Reine Silbert
Jean-Pierre Jaubert

Les yeux d'Hélène

Les cœurs brûlés

Une production

TF1 et HAMSTER PRODUCTIONS

Éditions J'ai lu

PREMIÈRE PARTIE

LA PUNITION

1

N'eût été les lunettes noires qu'elle portait désormais constamment, rien n'avait changé dans l'aspect d'Hélène ces trois dernières années, songea Arnaud en contemplant sa sœur, assise sur un banc, dans le jardin de cette fondation pour non-voyants où elle vivait depuis tout ce temps. Toujours aussi belle, toujours aussi blonde, le maintien toujours aussi altier. Depuis ce que tout le monde, sur l'île de la Réserve, appelait pudiquement l'« accident », elle avait appris à se mouvoir, à lire et à écrire en braille. Surtout, autrefois uniquement soucieuse de sa personne et de ses propres intérêts, elle s'efforçait désormais d'adoucir le sort de ceux qui croisaient son chemin, et principalement de ces jeunes gens qui arrivaient dans cet établissement dont elle avait fait son foyer, soudain victimes d'une tragédie qui, comme à elle, leur avait fait perdre une vue qu'ils croyaient à jamais acquise.

Sur un signe d'Arnaud, le chien posa son museau sur les genoux d'Hélène. Soudain tirée de sa rêverie, elle sursauta avant d'avancer les doigts pour caresser l'animal qui se frottait si gentiment contre elle.

– Bonjour, le chien, dit-elle. À qui es-tu ?

– Je te présente Girella, répondit Arnaud.

En entendant la voix de son frère, son visage s'éclaira. Il se pencha pour l'embrasser.

– Bonjour, monsieur Charrière. Tu es à Paris pour affaires ? demanda-t-elle.

– Une affaire de première importance. Toi.

Le rire d'Hélène tinta.

– Moi ?

Arnaud soupira. Au fond, qui lui était plus important qu'Hélène ? Tristement, il songea qu'à l'exception de son ex-mari, Marc, qui l'avait tant fait souffrir, sans le vouloir ni le chercher, Hélène s'était toujours attaché les cœurs masculins qui avaient croisé son chemin. Même derrière ses lunettes noires, sur ce banc de jardin, elle demeurait d'une séduction saisissante. Les jeunes qu'elle entendait aider lors de leurs premiers pas dans la cécité ne pouvaient qu'en ressentir le rayonnement.

– Tu as besoin de vacances. Je suis venu te chercher pour te ramener avec moi. Comment, toi qui as toujours vécu sur une île en pleine Méditerranée, au soleil, faisant du bateau et courant parmi les odeurs de pins et de garrigues, peux-tu supporter d'être ainsi cloîtrée dans un bâtiment parisien, sous ce climat gris et froid ?

– Je me plais ici, fit-elle, glaciale.

– Vraiment ? Tu te punis, oui.

– Et même si cela était ? J'ai mérité mon sort. J'ai été mauvaise. Par jalousie, j'ai voulu détruire Isa, ta fille, celle que mon propre fils aimait. J'ai voulu faire le mal. Heureusement, il y a une providence. Elle m'a châtiée. Ma méchanceté s'est retournée contre moi. Le vitriol avec lequel je voulais défigurer Isa, c'est moi qu'il a aveuglée. Aveugle je suis, et aveugle je resterai.

– Ton acte insensé, après tant de souffrances, nous te l'avons tous pardonné depuis longtemps et Isa aussi, tu le sais bien.

– Vous peut-être, moi pas. Et, d'ailleurs, crois-tu vraiment qu'à l'extérieur je serais plus heureuse qu'ici ? À sentir peser sur moi la compassion des gens dès que j'apparaîtrais avec ma canne blanche ? L'idée même m'en est insupportable. J'ai perdu la vue, certes, mais j'ai gardé ma dignité.

– Un week-end, plaida Arnaud, juste un week-end dans la chaleur de la Réserve ! Après tout, tu pourrais nous donner de bons conseils, à Patricia et à moi, pour mieux gérer l'hôtel. Sans toi, c'est comme s'il avait perdu son âme.

Gentiment, elle lui caressa la joue.

– Ne dis pas de sottises.

Mais Arnaud n'était pas décidé à renoncer. Il voulait tirer sa sœur de cette fondation où il avait le sentiment qu'elle s'était enterrée vivante.

– C'est toi qui en dis. Tu ne tiens pas à te montrer avec une canne blanche ? Très bien. Prends un chien pour te servir de guide.

Elle se raidit contre le dossier du banc, repoussant le museau blotti dans son giron.

– Arnaud, tu es venu m'imposer un chien ? Comment s'appelle-t-il, au fait ?

– Girella.

– Très bien, Girella, tu vas retourner au chenil où mon faux jeton de frère t'a acheté.

Pour convaincre sa sœur, Arnaud n'hésita pas à mentir.

– Impossible. Je l'ai pris à la Société protectrice des animaux. Il n'est plus tout jeune et il ne vaut pas un sou. Vraiment, tu n'en veux pas ? Il est tout doux et tout gentil.

– Non, non et non.

– Tu es toujours aussi entêtée.

Il l'embrassa. Lui caressant la joue, elle remarqua :

– J'ai du mal à t'imaginer avec une barbe grisonnante. Tu as toujours été si jeune d'allure, avec tes pulls marins et tes vestes de cuir.

– Elle convient pourtant tout à fait au personnage que je suis devenu. Comment s'étonner qu'elle ait blanchi avec tous les chagrins que nous avons connus ?

Elle soupira.

– C'est vrai.

– Bien, dit-il. Alors, je te quitte. Il faut que je ramène Girella à la SPA. Je suppose qu'ils le piqueront dès ce soir.

– Tu n'as pas honte de me faire du chantage ? s'exclama-t-elle.

– Je ne fais qu'exprimer la stricte vérité, se défendit Arnaud. Hélène, j'espère avoir plus de chance la prochaine fois et réussir à te convaincre de revenir à la Réserve. Allez, viens, mon pauvre vieux.

Il s'éloignait déjà quand, dans son dos, il entendit un cri.

– Girella !

Il se retourna. Approchant sa main des siennes, Hélène s'empara de la laisse.

– J'ai causé assez de souffrances comme ça. Ce chien ne mourra pas à cause de moi.

Arnaud éclata de rire.

– J'étais sûr que tu le prendrais, dit-il, soulagé et heureux d'avoir pu fournir à sa sœur un compagnon qui, très vite, lui deviendrait indispensable.

– Que crois-tu ? s'exclama Hélène avec hauteur. Je ne le garderai que le temps de trouver ici un aveugle qui voudra de lui.

Mais lui savait bien que cette nouvelle liberté qu'il avait apportée à sa sœur, quand elle s'y serait habituée, elle ne renoncerait pas volontiers à s'en priver.

– Alors ? interrogea Patricia, quand Arnaud débarqua au ponton de la Réserve.

– Il faudra encore du temps, je le crains, pour que ta mère accepte de quitter cette affreuse fondation, déclara-t-il.

Il considéra sa nièce avec affection. La jolie fille brune aux allures de sauvageonne, autrefois insouciante dans ses jeans et ses tee-shirts, s'était sous les coups du sort transformée en une femme d'affaires aux tailleurs stricts et aux chemisiers de soie. Il l'aidait de son mieux, bien sûr, mais c'était elle qui, penchée de longues heures sur son ordinateur, veillait à la comptabilité de l'hôtel, établissait les bilans, accueillait les clients et donnait ses ordres au personnel.

Même après la mort de Marc, le père de Patricia, dont l'île avait été le royaume, même en l'absence d'Hélène, sa mère, pour qui la Réserve avait représenté toute sa vie, l'hôtel devait demeurer le palace à la clientèle huppée et choyée, le lieu le plus sélect de toute la Riviera. Quand même, il importait de moderniser l'établissement pour mieux l'adapter aux goûts du jour. Arnaud avait mis au service de la Réserve ses talents de metteur en scène et de décorateur d'opéras, en attendant que sa sœur reprenne les choses en main. Il avait dessiné une nouvelle piscine, de nouveaux jardins, créé, selon ses termes, « une harmonie florale et aquatique » tout au long des escaliers qui, depuis la haute résidence blanche, descendaient jusqu'à la mer parmi une débauche de bougainvillées et de mimosas.

En attendant que les clients reviennent avec la saison, toute une petite armée d'ouvriers s'activait dans les jardins, les salons et les salles à manger. Les habitués retrouveraient un lieu entièrement rénové, mélange hardi de modernité et de meubles d'époque. Évidemment, la métamorphose avait coûté très cher, et Patricia plissait souvent le front en établissant des bilans devant son ordinateur.

Jean-Philippe, le banquier et l'ami, l'éternel amoureux d'Hélène qui, pour elle, n'hésitait pas à avancer d'importantes sommes d'argent, s'inquiétait aussi. Ces habitués qu'évoquait

Patricia ne seraient-ils pas désorientés par un cadre par trop nouveau et différent ?

La jeune femme était convaincue que non. Chaque fois qu'il visitait les lieux, examinant les paysages provençaux sur les murs crépis à la chaux, il se posait des questions. Enfin, si Hélène jugeait que tous ces changements étaient justifiés... D'ailleurs, Geneviève, redevenue la compagne d'Arnaud, était toujours là pour aider Patricia. Par amour, elle avait abandonné sa papeterie-journaux d'Hyères pour s'installer à ses côtés, dans le superbe fort qui était la propriété de l'aîné des Charrière de l'autre côté de l'île. Face à l'infini de la mer, ce fort, massif, gigantesque, ses pièces innombrables abritant son mobilier ancestral transmis de génération en génération, était le symbole même de la famille qui régnait. Dans l'imposante salle de séjour aux canapés blancs, on se réchauffait l'hiver devant un feu de bois. L'été, tout le monde se retrouvait pour déjeuner sur la vaste terrasse, dominant mer bleue et paysage de rêve. Un parc au savant désordre isolait la demeure de promeneurs indiscrets ou de clients de l'hôtel trop curieux et garantissait leur intimité.

Si la barbe et les cheveux d'Arnaud avaient blanchi, les ravages du temps avaient été épargnés à Geneviève. Sa peau avait conservé la fraîcheur de la jeunesse, et elle n'avait pas besoin d'avoir recours à la teinture pour conserver à son épaisse chevelure de somptueuses nuances d'ébène.

Chaque jour, elle rejoignait Patricia à la Réserve pour la conseiller et la seconder. Geneviève n'était pas seulement une femme douce et honnête, elle était pleine de bon sens. Depuis qu'Isa, sa fille, et Tanguy, son petit-fils, étaient partis en mer avec Christian, le fils d'Hélène, ceux de la Réserve étaient vraiment devenus sa seconde famille. Geneviève était heureuse de leur être utile. Elle n'était certes pas du même milieu que les Charrière, mais elle s'était vite accoutumée à une existence bien plus luxueuse que celle qu'elle avait connue dans son petit magasin d'Hyères, sans en être dupe.

Elle était dans la cuisine quand le chef cuisinier, qui se considérait comme un artiste, s'indigna au point de jeter, sur le sol carrelé, toute une batterie de casseroles en cuivre à vrai dire déjà fort bosselées.

– Mais on se fiche de moi ici, ma parole ! hurlait-il. On rachète tout. On modernise tout et à moi, on me dit : « Mon cher Albert, pour le nouveau matériel, ça peut attendre l'année prochaine. » Eh bien, il en a ras la toque, le cher Albert ! Il rend son tablier, le cher Albert !

Geneviève allait tenter de le calmer, tout en comprenant que de nouvelles promesses ne suffiraient pas, mais Patricia intervint avant elle, doucereuse :

– Vous n'êtes pas satisfait, semble-t-il, mon cher Albert ?

– Non, s'emporta l'artiste indigné. Je trouve énorme que vous dépensiez des fortunes pour rénover la Réserve. Tout dans la parade, rien pour les choses utiles. Je vais toucher deux mots à Madame Hélène de ce scandale.

– Ma mère ne s'occupe plus de la Réserve, vous le savez parfaitement, mon cher Albert, et c'est moi qui la remplace. Je vous le confirme, pour vos problèmes, on verra ça l'année prochaine.

– Très bien, alors moi, je rends mon tablier. Si vous croyez que vous pourrez vous débrouiller sans moi !

Dès que le maître queux claqua la porte de l'office, Geneviève souffla à Patricia :

– Tu crois vraiment que tu t'en tireras sans lui ?

La jeune femme sourit :

– Les cimetières sont pleins de gens irremplaçables, disait Clemenceau. Bon vent, cher Albert ! En plus, il me prenait pour une gamine et ne jurait que par maman dès que je disais quelque chose qui ne lui plaisait pas. Ce hargneux, il en avait plein la toque, moi j'en avais vraiment ras le bol !

– Il faut reconnaître qu'Hélène savait s'y prendre pour diriger le personnel. Elle avait de l'autorité.

– J'en ai aussi, affirma Patricia avec force. Quant à trouver un autre cuisinier, j'ai déjà mon idée là-dessus.

– Qui ?

– Luc.

Geneviève sursauta, surprise :

– Luc ? Mais il travaille déjà au restaurant des Maures !

– Pour moi, il n'hésitera pas à donner sa démission. Depuis longtemps il rêve de venir à la Réserve. Il a bien trop de talent pour moisir dans un boui-boui.

Dehors, dans le jardin, Arnaud contemplait cactus et hauts palmiers, se demandant s'il ne faudrait pas ajouter quelques notes de massifs fleuris ici et là.

Geneviève profita de ce que Patricia s'éloignait vers son bureau pour lui annoncer la nouvelle.

– Patricia renvoie Albert et le remplace par Luc.

Son compagnon fit la moue.

– Espérons qu'elle saura garder la tête froide. Elle a tort d'engager son petit ami.

Geneviève fronça les sourcils, surprise.

– Pourquoi ? Elle joint l'utile à l'agréable. Les affaires à l'amour.

Arnaud paraissait sincèrement mécontent.

– Une vraie patronne ne se commet pas avec le personnel.

Ah, cet orgueil des Charrière, Geneviève en avait suffisamment souffert pour ne plus l'accepter aussi facilement. Elle protesta :

– J'oubliais. Chez vous, on ne mélange pas les torchons avec les serviettes. Parfois, je me demande ce que tu fiches avec moi !

Tendrement, il lui entoura les épaules d'un bras protecteur.

– Parce que, nous, c'est différent, depuis toujours nous étions faits l'un pour l'autre. Mais en ce qui concerne Luc, l'éducation… Des allures de voyou… On se demande de quelle fange il sort ! Si Hélène était là, jamais elle n'aurait laissé s'instaurer cette relation entre Patricia et Luc.

– Patricia est désormais assez grande pour décider elle-même quel homme lui plaît ou pas, protesta Geneviève. Et puis, ce n'est pas demain qu'Hélène reviendra à la Réserve. Tu le regrettes assez depuis ton voyage à Paris. Même le sort de « sa » Réserve n'intéresse plus Hélène. Je me demande quelle bonne raison pourrait la décider à présent à revenir parmi nous.

Arnaud et Geneviève n'étaient pas les seuls à se soucier d'Hélène et à souhaiter la ramener dans le Var. L'idée d'une Hélène aveugle, esseulée à Paris, emmurée dans une fondation pour infirmes, tourmentait peut-être plus encore Jean-Philippe. À cette femme meurtrie, il avait pardonné toutes les tortures que lui avait infligées l'altière châtelaine de l'île. Il l'avait aimée, il l'aimait encore, il l'aimerait toujours. Si seulement elle consentait à ce qu'il s'occupe d'elle, il la convaincrait de redevenir la séductrice d'antan. Les médecins n'avaient-ils pas affirmé qu'une greffe de la cornée était possible ? Comme Jean-Philippe aurait voulu la prendre aux épaules, la secouer pour la convaincre de tenter l'opération qui la rendrait à elle-même et à lui ! Pourquoi se complaisait-elle ainsi dans son triste état ? Sa rédemption, elle l'avait déjà amplement méritée depuis toutes ces années.

Jean-Philippe se livrait à ces réflexions moroses tout en faisant les cent pas devant la fondation où s'était réfugiée sa maîtresse d'autrefois. Encore une fois, le banquier avait effectué le voyage à Paris. Chaque fois qu'elle y avait consenti, il l'avait consolée des tromperies de son ex-mari. D'elle, il avait tout accepté. Pourquoi ne parviendrait-il pas à la réchauffer encore ?

Il arpentait le trottoir, affûtant ses arguments. Même s'il n'en obtenait rien, au moins il aurait revu Hélène, entendu le son de sa voix. Il n'osait pénétrer dans l'immeuble pour non-voyants, inquiet comme à chacune de ses visites de l'accueil qu'elle lui réserverait. Sitôt qu'il aperçut Hélène qui franchissait le portail, un grand chien en laisse, il leur emboîta le pas. Visiblement, Hélène n'avait pas encore l'habitude de se laisser guider par l'animal, constata-t-il. Comme ils arrivaient au bord du trottoir, elle le retint alors que lui voulait l'entraîner. Quand elle se décida à avancer, il était trop tard, une voiture surgissait. L'automobiliste freina de toutes ses forces tandis que Jean-Philippe se précipitait.

– Mais cette femme est complètement folle ! cria l'homme par la portière. Vous pouvez pas regarder avant de traverser ? Le feu était au vert quand j'ai débouché ici.

– Non, il était à l'orange, protesta Jean-Philippe. C'est pour ça que vous avez accéléré et que vous avez failli écraser madame. Je vous prierai d'ailleurs d'être poli avec elle. Non seulement vous manquez de la tuer, mais en plus vous l'insultez !

– C'est elle qui s'est quasiment jetée sous mes roues, s'indigna l'autre.

Autour de Jean-Philippe et d'Hélène, muette et gauche, des passants prenaient fait et cause pour la pauvre infirme qui avait failli être victime de ce chauffard mal embouché. Dépassé, l'automobiliste remonta sa vitre et redémarra en trombe, tandis qu'Hélène, accrochée maintenant au bras de Jean-Philippe, poursuivait son chemin.

– Une chance que tu te sois trouvé là. Ce genre d'incident me déconcerte toujours, remarqua-t-elle.

– Pur hasard, affirma-t-il. Des problèmes à régler avec un confrère banquier dont l'établissement est justement situé place de Breteuil, dans ce quartier.

Pas dupe, elle sourit. Jean-Philippe ne serait jamais « par hasard » à proximité d'un immeuble où elle vivait. Pour éviter cependant de mettre mal à l'aise cet homme qui lui était si attaché, elle ne releva pas le charmant mensonge.

– Ah oui, quoi de neuf, dans les affaires ?

– La routine... Des emprunts, des garanties... Enfin, suffisamment de choses à régler pour justifier un déplacement à Paris... Et toi, tu as un chien, maintenant ?

– J'ai hésité lorsque Arnaud me l'a imposé, mais finalement je suis contente de l'avoir. Il m'oblige à sortir, même si la moindre promenade me fait courir des risques.

– Tu comptes rester encore longtemps dans cette fondation ? demanda-t-il, le cœur battant.

– Tant que je m'y sentirai utile, répondit-elle sans hésiter.

S'efforçant de prendre un ton amusé, il déclara :

– Si quelqu'un m'avait dit autrefois que tu finirais dame patronnesse...

– J'en ai l'allure ? répliqua-t-elle vivement.

Dans un soupir, il murmura :

– Non, hélas pour moi, tu es toujours aussi belle. Asseyons-nous à la terrasse du Coppée, au soleil, prenons un verre et bavardons un peu. Ce n'est pas si souvent que j'ai la chance de te rencontrer « par hasard ».

Cette chance, il l'avait bien provoquée, pensa-t-elle.

Jean-Philippe l'installa sur sa chaise avec des égards qui l'amusèrent, elle si accoutumée à la nuit. Prévenant le silence qui menaçait de s'installer, il annonça :

– Je visite souvent la nouvelle Réserve.

La Réserve, un sujet qui passionnerait toujours Hélène, même de loin !

– Et alors ? demanda-t-elle d'une voix égale.

– Alors, je regrette l'ancienne.

Elle sourit et le cœur de Jean-Philippe se serra davantage encore. Même le regard masqué par ses lunettes noires qu'elle ne quittait plus, elle était plus séduisante que jamais et, comme toujours, elle se moquait de lui.

– Jean-Philippe, disait-elle, rieuse, tu as peut-être du goût, mais tu es un homme désespérément conservateur. Tu seras toujours aussi hostile au moindre changement.

– Mais si tu voyais...

Elle rit encore.

– Désolée, ça m'est impossible !

– Quand même, si tu voyais… C'est le triomphe du tape-à-l'œil. On se croirait dans un décor d'opéra.

– Normal, avec Arnaud aux commandes.

– Et avec la bénédiction de Patricia. C'est toi qui l'as nommée gérante et elle en profite pour n'en faire qu'à sa tête.

– Elle est ma fille et il était naturel qu'elle prenne les choses en main à ma place. En plus, elle s'entend bien avec son oncle qui, contrairement à ce que tu as l'air de penser, est un homme en qui on peut avoir confiance.

– Mais cette nouvelle décoration ! À croire qu'ils ont dévalisé toutes les brocantes de la région ! Il n'y a que les nouveaux riches qui se plairont là-dedans !

– L'essentiel est qu'ils soient riches. Ils auront les moyens de payer. Une hôtelière avisée doit avant tout penser à sa gestion. En tant que notre banquier, je m'étonne que tu ne partages pas ce raisonnement. Tu es sans doute au courant de tous les emprunts et…

– J'accorde à la Réserve le même découvert que par le passé, l'interrompit-il vivement.

– Alors, tout va très bien. Cesse de jouer les vieux maris inquiets. Il y a longtemps que nous en avons fini avec ce genre d'attitude. Sois optimiste. D'après la météo, l'été sera superbe. Les clients afflueront et renfloueront nos caisses et les tiennes.

Sur le chemin du retour, tandis qu'il la raccompagnait à la fondation et qu'il la sentait contre lui et qu'il en profitait, Jean-Philippe osa demander :

– Hélène, pourquoi tiens-tu à rester aveugle ? Une greffe pourrait te faire retrouver la vue.

Comme toujours, elle éluda la question :

– Pour ne pas me voir vieillir.

Agacé par cette dérobade, il tenta :

– Et pour ne pas avoir à suivre les livres de comptes de la Réserve.

– Je croyais bavarder avec un ami et c'est toujours le banquier qui refait surface !

Jean-Philippe aurait voulu pouvoir lui expliquer que c'était justement parce qu'il était un homme et un ami qu'il souhaitait la retrouver entière. Irritée, elle le planta là et s'éloigna à grands pas. Il dut courir pour la rejoindre.

– Hélène, je tiens tellement à toi… Tu pourras toujours compter sur moi, tu le sais. Je… je t'aime, balbutia-t-il enfin.

Elle s'arrêta. Il imagina derrière les verres teintés le regard vert d'autrefois dardé sur lui.

– Jean-Philippe, depuis que j'ai perdu la vue, j'ai renoncé à toute vie de femme.

– Retourne quand même à la Réserve. Au moins, nous nous verrons plus souvent. Je pourrai veiller sur toi de plus près. Dans l'île, il n'y a pas de voitures.

– J'ai beaucoup de bonnes raisons de rester et aucune qui vaille de rentrer. Si tu repasses par Paris, inutile de faire le pied de grue à guetter mon apparition sur le trottoir. Je serai toujours ravie de te revoir. En toute amitié, bien entendu.

Bouleversé, tandis qu'elle passait la porte de la fondation, il resta un instant songeur sur le trottoir avant de se résigner à héler un taxi qui l'entraînerait vers l'avion qui l'éloignerait à des kilomètres de celle qu'il ne pourrait jamais s'empêcher d'aimer. Et qui ne leur reviendrait pas. À présent, il en était convaincu.

Escaladant les marches menant à la résidence où logeaient Geneviève et Arnaud, Patricia criait :

– Tout le monde va rentrer à la maison.

Elle se précipita dans le salon où, profitant de la fraîcheur régnant entre ces murs épais, son oncle et sa compagne se reposaient sur les canapés blancs en lisant les journaux apportés par la navette de la poste.

– Que dis-tu ? interrogea Arnaud. Qui rentre ?

– Tout le monde. Christian, Isa, Tanguy. Ils viennent de me téléphoner qu'ils veulent célébrer ici l'anniversaire d'Isa. Aussitôt j'ai appelé maman pour le lui annoncer et, bien sûr, elle n'a pas pu refuser d'être de la fête. J'irai la chercher après-demain à l'aéroport. Tout le monde rentre. Quelle joie !

– Quel bonheur ! dit Arnaud, les larmes aux yeux.

2

Ce bonheur, trois êtres au moins l'avaient connu pendant ces années de séparation. Isa, Christian, les amants magnifiques, Tanguy, l'enfant de douze ans, avaient navigué au gré de leurs humeurs sur les plus belles mers du globe, faisant escale selon leur fantaisie, repartant au large dès qu'ils s'étaient attardés un peu trop à leur goût même sur la plus enchanteresse des îles. Ils aimaient vivre ainsi, juste eux trois, sur leur superbe voilier. Son ketch tout neuf, Christian l'avait baptisé du nom de celle qui était sienne et qui en était la marraine : *Isa*. À la barre, il chantait joyeusement, à gorge déployée, donnant de temps à autre avec bonne humeur des ordres à son « équipage », Isa promue lieutenant et Tanguy nommé moussaillon. Il se sentait fort et vigoureux. Il avait conscience de leur beauté à tous trois, sains et hâlés.

L'*Isa* louvoyait au large des côtes italiennes. Bientôt, le ketch regagnerait les eaux françaises. Lors d'une escale, Christian avait prévenu Patricia de leur retour. Pour les accueillir, il en était sûr, même sa mère serait à la Réserve. Combien de temps y resteraient-ils ? Un jour, un an ? Le temps de savourer un peu le confort de la vie familiale. Le temps de longues discussions avec ceux qu'ils n'avaient pas vus depuis trois belles années. Isa se souciait aussi de donner à son fils un enseignement plus normal que celui qu'ils avaient improvisé à bord. Peut-être confieraient-ils l'enfant à sa grand-mère ? Mais ce serait si dur de se séparer de lui. À douze ans, cependant, même si Christian et Isa devaient en souffrir, il était grand temps d'inscrire Tanguy dans un lycée.

L'avenir ne pourrait être que beau. Et, pour l'instant, il faisait bon chanter à la barre.

Surgissant sur le pont, Tanguy, pieds nus, short déchiré, tee-shirt froissé et tête embroussaillée, brailla gaiement :

– À table !

– Qu'est-ce qu'on mange ? interrogea Christian avec insouciance.

– Maman nous a préparé des nouilles-hamburgers.

– Encore ! protesta-t-il pour la forme.

– Non, hier c'était hamburgers-spaghettis.

D'une main affectueuse, Christian emmêla davantage encore les cheveux du gamin.

– Décidément, c'est tous les jours festin sur ce bateau !

– Tu peux le dire, la cuisine de maman, c'est quelque chose ! Et celle de grand-mère aussi. On sera quand à la Réserve ?

Christian scruta les nuages qui s'amoncelaient à l'horizon.

– Demain, après-demain… La météo annonce un coup de vent, mais on sera loin quand il arrivera.

– Et puis, à côté de ce qu'on a vu dans notre tour du monde, un coup de vent en Méditerranée, ça doit être moins que rien.

– Tu l'as dit, moussaillon. Maintenant, à la graille ! Des nouilles-hamburgers, ça n'attend pas.

Installant le pilote automatique, Christian descendit dans le carré avec Tanguy.

Il y avait eu de longues embrassades. Hélène s'était enquise de la santé de tout le monde, Patricia de sa vie à la fondation. Maintenant, dans la voiture qui les ramenait de l'aéroport au ponton où les attendait le hors-bord de la Réserve, Patricia, conduisant tout en observant furtivement sa mère, évoquait ses soucis de directrice d'hôtel.

– Tu sais, maman, j'ai un trac épouvantable en ce qui concerne la réouverture de la Réserve. Et si oncle Arnaud et moi nous nous étions trompés en transformant tout de fond en comble ?

Soudain, c'était comme si ces années s'étaient effacées. Patricia prenait une voix de petite fille et recherchait de nouveau l'approbation maternelle. Hélène la lui donna volontiers.

– Vous avez sûrement fait de votre mieux.

– Mais tout cet argent engagé, tous ces emprunts, poursuivait Patricia.

Elle dévoila enfin l'anxiété qu'elle s'était toujours refusée à révéler aux autres. À sa mère, toujours si forte et dont nul n'aurait pu deviner l'infirmité à l'aéroport quand elle était apparue si belle, si élégante, impeccablement coiffée, lunettes d'estivante joliment posées sur son nez retroussé, elle osait confier ses inquiétudes.

Hélène la calma.

– Ton père et moi, nous avons souvent pris des risques encore plus lourds et nous nous en sommes toujours parfaitement sortis.

– Et si Isa n'appréciait pas les changements, si elle décidait de reprendre la direction de la Réserve ?

La voix d'Hélène se durcit. Elle avait assez souffert à l'époque où Isa s'était mêlée de régenter la Réserve. Heureusement, elle avait vite compris que sa vie était ailleurs, à la grande satisfaction de tous.

– Cela m'étonnerait. Depuis trois ans qu'elle navigue à travers le monde avec Christian et Tanguy, elle n'a plus manifesté le moindre intérêt pour la Réserve. Et puis, qui va à la chasse perd sa place !

Mais Patricia ne désarmait pas.

– On dirait que les ennuis s'amoncellent, ces temps-ci. Il y a d'abord eu du retard avec les peintres. Maintenant, c'est Albert qui a rendu son tablier. Et où trouver un autre cuisinier de cette classe ? Nous risquons de perdre une étoile !

– Mais non, la rassura encore sa mère. Je compte encore des amis parmi les directeurs des grands hôtels de la Riviera. Je donnerai quelques coups de fil dès ce soir et l'un d'eux saura nous envoyer un chef pour nous dépanner.

Brusquement, la voiture s'immobilisa.

– Que se passe-t-il ? s'enquit Hélène.

– Je ne sais pas. Le moteur s'est arrêté d'un coup.

– Je n'ai rien entendu, s'étonna sa mère. D'ordinaire, il y a généralement comme un toussotement, un bruit bizarre avant une panne.

– Quand tout se met à aller de travers... soupira Patricia qui avait discrètement coupé le contact. Heureusement, nous avons de la chance dans ce malheur-ci. Nous étions en train de traverser un petit village et nous sommes tombées en panne sur la place. Je vais me renseigner sur le garage le plus proche et je reviens.

S'avançant allégrement dans une rue aux maisons provençales couvertes de tuiles rouges, Patricia pénétra dans un restaurant rustique à l'enseigne du Relais des Maures. La salle était presque vide, mais l'aubergiste n'en protesta pas moins à l'apparition de la jeune femme.

– Je vous ai déjà dit je ne sais combien de fois de ne pas venir déranger le personnel pendant le service !

Patricia haussa les épaules, lança : « J'en ai pour deux secondes », et, sans s'excuser davantage, poussa la porte western de la cuisine.

Au bruit, le svelte cuisinier aux cheveux frisés se retourna, l'aperçut et, laissant là ses fourneaux, arracha sa toque et se précipita pour l'enlacer. Elle se jeta contre son habit de coutil blanc.

– Bonjour, Luc, réussit-elle à souffler entre deux baisers passionnés.

Ses mains courant sur sa poitrine, glissant sur sa robe, il murmura :

– Et alors ?

– Alors, fit-elle, la respiration courte, alors j'ai fait ce que tu m'as conseillé et le coup de la panne, ça a marché.

Elle renversa le cou quand le garçon lui reprit les lèvres avec feu. La lâchant soudain, il déclara :

– Maintenant, à nous deux de jouer. Moi dans la cuisine, toi dans la salle. Tout ira bien, ma chérie.

Enjouée, Patricia regagna la voiture et ouvrit la portière de sa mère.

– Quand je te disais que la chance était avec nous dans cette mésaventure ! Il y a un garage à cent mètres et un restaurant charmant en face. Quand je lui ai raconté ce qui nous était arrivé, le mécano m'a dit que ce devait être un truc dans le circuit électrique. Il m'a recommandé l'auberge. Le temps que nous ayons déjeuné, il aura tout réparé. On y va ?

Elle aida sa mère à s'extirper de son siège. Hélène saisit la laisse de Girella.

– Arnaud avait raison, ce chien-là est vite devenu mon meilleur ami.

– Il ne remplace quand même pas une fille, plaisanta Patricia.

– Bien sûr que non, fit Hélène en l'embrassant. Si dévoué soit-il, il ne saurait ni discuter avec un garagiste, ni choisir un menu dans un restaurant.

Gaies, elles pénétrèrent dans le Relais des Maures. La patronne lança un regard méfiant en direction de Patricia ; cependant, constatant que cette fois elle ne s'intéressait pas à son personnel de cuisine mais s'installait à une table en compagnie d'une dame fort élégante, elle ne bougea pas de sa caisse. Elle s'en félicita car les deux femmes commandèrent de nombreux plats et, contrairement à tant de mijaurées, ne reculèrent pas devant la ronde des desserts.

Tout en appréciant le repas, Hélène remarqua :

– Leur cuisinier doit être encore très jeune car sinon, il serait parti d'ici depuis longtemps. On sent dans ces plats la patte d'un grand chef.

– Ce n'est pas si facile de trouver du travail quand on est débutant, dit Patricia.

– Un jour ou l'autre, affirma sa mère avec assurance, tout talent est reconnu.

Tout à coup, elle éclata de rire.

– Tu disais que nous avions eu de la chance d'être tombées en panne ici. Eh bien, cette bonne fortune, ce garçon risque de la partager s'il a le courage de la saisir. Souviens-toi, c'était le jour de tes vingt ans, nous avons eu un problème de chef. Ton père m'a emmenée au restaurant et comme aujourd'hui, nous avions été surpris par la qualité du repas. Marc s'est précipité à l'office et a débauché le cuisinier. Il avait décidément tous les culots, ton père.

– Moi aussi, dit Patricia, mais seulement pour la Réserve et quand il le faut. À présent, c'est moi la responsable de l'hôtel. La patronne est en train de saluer des clients qui s'en vont, je vais en profiter pour me glisser dans la cuisine.

Patricia se jeta dans les bras de Luc, poussant un cri de triomphe.

– C'est dans la poche.

Ravi, il la contempla qui souriait, les prunelles étincelantes.

– Tu es géniale, vraiment géniale.

– Tu m'aimes ?

Évitant de répondre, il l'étreignit à la briser. Puis, sans la lâcher, jetant un regard au travers du passe-plat, il déclara :

– Elle a une sacrée allure, ta mère. Si tu dois lui ressembler en vieillissant, je suis preneur !

– C'est une femme de tête, en plus. Avant de perdre la vue, elle savait faire marcher la Réserve, crois-moi.

– Toi aussi, tu sais. Et en plus, maintenant, je serai là pour t'aider.

De nouveau, Luc serra Patricia contre lui et lui prit les lèvres dans une dernière étreinte.

Très fière d'elle, elle retourna s'asseoir près de sa mère.

– C'est dans la poche. Pour le même prix qu'Albert.

– Gourmand, pour un jeune, remarqua Hélène.

– La gourmandise, pour un chef, c'est une qualité, non ? Et puis je n'ai pas voulu marchander. Nous avons besoin de lui et il hésitait à abandonner sa patronne sans préavis. Mais j'ai emporté la décision, c'est l'essentiel.

– Il a compris que travailler à la Réserve est un honneur ?

– La Réserve est célèbre dans toute la région, mais s'il n'en a pas déjà conscience, compte sur moi pour le lui apprendre.

Sous prétexte d'aller régler le garagiste, Patricia s'éclipsa après avoir installé sa mère dans la voiture. Sur le seuil du Relais des Maures, Luc la guettait.

– À ce soir ? demanda-t-il.

– À cette nuit, dit-elle.

Son sourire était une promesse.

Ce soir, elle se blottirait contre un corps jeune et mince. Ce soir, dans sa chambre sur l'île où bientôt ils vivraient côte à côte, ce soir, elle serait heureuse.

Elle roula vite sur la route de la Corniche. À la Réserve, oncle Arnaud et Geneviève devaient s'impatienter. En effet, ils étaient là quand elle accosta au ponton.

– Que c'est bon de vous savoir de retour ! s'écria Geneviève, sincère.

– Que nous sommes heureux de te revoir ! renchérit Arnaud.

Tout en gravissant lentement les marches qui menaient au fort, d'emblée, Hélène tint à mettre les choses au point :

– Je ne suis venue que pour l'anniversaire d'Isa. Je resterai quelques jours tout au plus. On a davantage besoin de moi à la fondation qu'ici.

– À peine arrivée, tu m'as déjà aidée à engager un nouveau cuisinier ! s'exclama Patricia.

Son oncle et sa compagne dévisagèrent la jeune femme, l'un avec sévérité, l'autre avec complicité, tandis qu'Hélène effleurait avec délices les cascades familières des bougainvillées, humait les senteurs de lavande, racontait les événements de la matinée. La voiture immobilisée, une halte fâcheuse, puis la découverte providentielle d'un cuisinier prometteur.

– J'ai conseillé à Patricia d'embaucher ce garçon. Vous le constaterez vous-mêmes, il est très doué.

Luc était « doué » en bien des domaines, songea Arnaud, faisant la grimace. Se refusant à entendre plus longtemps des éloges qu'il estimait intempestifs, il prit le bras de sa sœur.

– Viens faire ton tour du propriétaire. Je t'expliquerai au fur et à mesure toutes les transformations que nous avons effectuées.

– J'aimerais me reposer d'abord un peu dans ma chambre, dit Hélène.

– Très bien, je te raconterai tout en route.

Derrière eux, Geneviève félicita Patricia :

– Bravo ! Tu t'es arrangée pour que ce soit ta mère qui engage Luc !

– Mais maman est toujours de bon conseil et, à vrai dire, je souhaitais avoir son avis sur les talents de Luc en tant que cuisinier. Je suis contente qu'elle ait apprécié ce qu'il nous a servi. Je sais maintenant que c'est tout à fait objectivement que j'ai jugé qu'il ferait un grand chef, digne de la Réserve. Si maman le pense !

Geneviève la considéra avec attention.

– Je croyais que, désormais, c'était toi la patronne. Tu as encore besoin de l'avis de ta mère ?

– Maman et moi, c'est la même chose, se récria Patricia.

– Ma pauvre fille, quand te résoudras-tu à devenir adulte et à prendre tes décisions toute seule ?

– Je suis adulte et je prends mes décisions toute seule, affirma Patricia avec force. Après tout, ne me suis-je pas débrouillée pour que le garçon que j'aime vienne vivre près de moi ?

Dubitative, Geneviève hocha la tête.

Hélène et Arnaud traversèrent la salle à manger. Au passage, Hélène tâta une chaise, s'y assit.

– Pourquoi avoir changé les sièges ? Mon pauvre Marc les avait choisis avec tant de soin.

– Ils étaient parfaits, admit Arnaud, seulement tout vieillit. Avec le temps, la plupart étaient défoncés.

Hélène s'appuya au dossier.

– Espérons qu'avec le temps, dit-elle ironiquement, ceux-ci deviendront moins durs. Montons chez moi, à présent.

Aussitôt poussée la porte de sa chambre, Hélène poussa un cri de joie.

– Ah, enfin mon refuge, mon abri ! Ici, pour moi, pas besoin de vue, je connais par cœur les moindres recoins.

Elle s'avançait, joyeuse, quand aussitôt elle se heurta à un fauteuil. Horrifiée, elle se figea, lançant ses mains en avant à la découverte du meuble.

– Qu'est-ce que c'est que ça ?

– Un fauteuil, fit Arnaud, mal à l'aise.

– Ça, je le sens bien, s'exclama Hélène, mais qu'est-ce qu'il fait là ? En plus, ce n'est même pas « mon » fauteuil.

Longeant les murs, elle s'étonna encore :

– Et mon lit ? Qui a déplacé mon lit et pourquoi ?

Humant l'air, de plus en plus soupçonneuse, elle demanda :

– Et cette odeur ? Qu'est-ce que c'est que cet insupportable parfum qui empeste ? Vite de l'air !

Elle se précipita pour ouvrir la fenêtre.

– Au moins, elle, vous n'y avez pas touché, constata-t-elle, ironique.

Mais ce fut avec fureur qu'elle ajouta :

– Arnaud, qui s'est permis de modifier ma chambre en mon absence ?

Gêné, il toussota.

– C'est que... Pendant les travaux, il fallait constamment surveiller les ouvriers et ils étaient à l'ouvrage dès l'aurore. J'ai vite cessé de rentrer tous les soirs au fort et j'ai dormi ici.

– Sans Geneviève ? interrogea Hélène.

– Avec Geneviève, reconnut Arnaud.

Elle explosa, hors d'elle :

– À la limite, que mon frère se soit cru autorisé à dormir dans mon lit, je l'aurais supporté. J'aurais même compris qu'il change un fauteuil pour se reposer plus confortablement, mais que tu aies amené cette femme ici, chez moi, que vous ayez couché ensemble entre mes draps, qu'elle se soit lavée dans ma salle de bains, qu'elle ait empuanti l'air avec ses relents détestables, ça, c'est inadmissible !

Arnaud s'en voulait de n'avoir pas songé à aérer suffisamment la pièce, ni à remettre chaque meuble à sa place avant l'arrivée d'Hélène. Il était prêt à supporter tous ses reproches, mais pas à accepter qu'elle s'en prenne à Geneviève.

– Geneviève vit avec moi, cria-t-il à son tour. Et où je dors, elle dort. Après tout, tu jurais tes grands dieux que plus jamais ou du moins pas avant longtemps tu ne remettrais les pieds ici.

– C'est ça, traite-moi d'intruse ! Chez moi ! Dans ma propre chambre !

Soudain abattue, elle s'effondra sur le lit.

– Jamais je n'aurais dû quitter la fondation. Je n'ai plus de place ici. Ma place, elle est désormais parmi les autres aveugles.

Arnaud se pencha sur sa sœur, la saisissant affectueusement aux épaules.

– Ne dis pas de bêtises ! Nous t'aimons tous, tu le sais. Quant à ta chambre, elle sera remise en ordre conformément à tes goûts en un rien de temps.

– Je me figurais que c'était au moins un lieu où je serais complètement autonome, j'entre et rien n'est plus pareil...

Des larmes glissèrent sous les lunettes noires.

– Arnaud, Arnaud, c'est affreux de ne plus rien voir, de dépendre de tout le monde et quand même de faire face, d'afficher toujours un sourire comme si de rien n'était !

S'asseyant près d'elle, il lui prit les mains.

– Mais tu peux retrouver la vue ! C'est toi qui t'obstines à refuser une greffe, pourquoi donc ?

– Pour me punir d'avoir été un monstre, pour avoir été capable de souhaiter défigurer la plus belle des jeunes femmes, soupira-t-elle, je te l'ai déjà dit.

– Et moi, je t'ai déjà répondu que ton soi-disant châtiment avait assez duré.

Elle étira ses lèvres pleines en un pauvre sourire.

– J'ai encore quelques progrès à accomplir. Rien que cette colère, à l'instant…

Il s'emporta, comme chaque fois que sa sœur repoussait la seule idée d'une guérison.

– Que cherches-tu ? À te transformer en sainte ? Quel monstre d'ennui tu deviendrais ! Je te préfère encore avec ton insupportable caractère ! Bon, nous reparlerons de tout cela, mais pour l'instant il ne nous faut songer qu'à l'arrivée de Christian, d'Isa et de Tanguy.

Hélène se releva, tira sur sa jupe, sortit un mouchoir de sa poche, essuya ses joues et approuva :

– Tu as raison. Tu as toujours raison. Préparons la fête pour le retour des enfants prodigues.

3

Le ciel noir projetait des trombes. Arc-bouté à la barre de l'*Isa*, Christian tentait désespérément de maintenir à flot son voilier dans la tornade. Quoi, ils avaient passé le cap Horn sans encombre, traversé sans dommage les quarantièmes rugissants, frôlé des icebergs et essuyé les grains mauvais de l'Atlantique, ce n'était pas un coup de chien en Méditerranée, à quelques encablures de la maison, qui submergerait son voilier !

Jamais encore, lui si familier des parages, il n'avait connu pareilles vagues par ici. De véritables murs d'eau s'abattaient l'un après l'autre sur le pont. Tanguy et Isa tiraient de toutes leurs forces sur les drisses, essayant d'entendre ses ordres par-dessus le fracas des flots. Soudain, le grand mât, poussé à l'horizontale par une main gigantesque, bascula. Déséquilibré instantanément, le bateau pencha presque à la verticale, projetant ses trois occupants à la mer.

Suffoqué par les tourbillons, Christian dut faire appel à toutes ses forces pour revenir à la surface.

– Isa ! cria-t-il, s'efforçant de discerner une silhouette à travers ses yeux brûlés par le sel. Isa…

À quelques mètres, il entrevit deux bras de femme s'agitant dans la cataracte. Dieu merci, elle n'était pas loin ! Excellent nageur, il l'atteindrait à temps. Il la ramènerait à un filin. Il l'aiderait à remonter sur le pont. Ensemble, ils se harnacheraient le temps que la tempête s'apaise. Par ici, en cette saison, elle ne saurait durer. Chaque mouvement durement arraché à son corps le rapprochait d'Isa. Il apercevait déjà son cher visage défiguré par la terreur quand deux petites mains enfantines s'agrippèrent à sa taille.

– Isaaaa…

Ne pas couler. Surtout ne pas couler.

Patricia s'émerveilla des gestes sûrs avec lesquels Hélène dressait la table dans la salle à manger du fort. Elle n'avait rien d'une aveugle, cette belle femme qui disposait avec art assiettes en porcelaine fine, couverts en argent et verres de cristal taillé.

Se chargeant même de décanter le vin, elle se dirigea tout droit vers le dressoir (lui au moins n'avait pas été bougé), s'empara d'un tire-bouchon, déboucha la bouteille de haut-brion apportée sur ses conseils et le versa sans en laisser tomber la moindre goutte dans son aiguière préférée. Pour cet anniversaire d'Isa, rien ne serait trop beau.

Voluptueusement, elle huma l'arôme boisé.

– Sublime, dit-elle.

– Le vin est peut-être sublime, mais ma crème anglaise, elle, est ratée, s'écria une voix tragique.

Geneviève avait surgi de la cuisine, les joues en feu, se tordant les mains sur son tablier de cretonne. Blême, elle répétait : « C'est horrible, c'est horrible », d'un ton si catastrophé que les deux autres ne purent s'empêcher de pouffer.

Elle allait retourner à ses fourneaux quand, faisant volte-face, elle demanda :

– Et où est Arnaud, au fait ? Lui, il ne rirait pas. Tout ce mal que je me suis donné et tout à recommencer… Il ne rirait pas, Arnaud. Il comprendrait, lui !

– Il n'a sans doute pas voulu vous encombrer dans la cuisine, dit Hélène. Vous avez peut-être raté votre crème anglaise, ma chère Geneviève, mais votre sauce aux truffes, je l'ai goûtée, elle est fameuse.

– Pourvu quand même qu'ils soient à l'heure, il ne faudrait pas en plus que le rôti soit brûlé.

Dépassée, Geneviève leva les bras au ciel et repartit derechef vers sa cuisine en marmonnant des « Arnaud, lui… ».

Arnaud, vêtu de son habituelle et confortable veste de chevreau jaune, se tenait sur le ponton. Armé de jumelles, il scrutait l'horizon, le ciel enfin dégagé, guettant l'instant où apparaîtrait le navire lui ramenant son petit-fils, sa fille et son neveu. Enfin, il le vit se profiler au large et il se précipita vers le fort.

– Voilier en vue, annonça-t-il joyeusement.

À sa suite, les trois femmes dévalèrent vers le rivage, battant des mains. Anxieux soudain, Arnaud examina le bateau qui s'approchait lentement, trop lentement, de l'île.

– Que se passe-t-il ? interrogea Hélène, sentant le changement d'ambiance. Tu t'étais trompé, Arnaud ? Ce n'était pas l'*Isa* ?

Il y eut un silence que Patricia se décida à rompre.

– C'est bien l'*Isa*, maman, mais en quel état ! Toutes les voiles sont en lambeaux... Christian est à la barre.

– Ils ont sûrement essuyé cette tempête dans le golfe de Gênes dont parlait la radio ce matin, fit Arnaud, s'efforçant de se montrer enjoué. L'important, c'est que le bateau ait résisté.

– Christian est un navigateur expérimenté, capable de se tirer des situations les plus difficiles en mer, renchérit Hélène. Vous apercevez Tanguy ?

– Oh, lui, fit Geneviève, s'ordonnant de demeurer résolument optimiste malgré l'angoisse qui l'envahissait, il est sûrement dans la cabine avec sa mère qui l'aide à récupérer de son mal de mer.

– Après tant de temps passé sur ce voilier, ça m'étonnerait qu'il en souffre encore, remarqua Hélène.

Tous se turent, dissimulant leur inquiétude. Bientôt, ils sauraient. Christian était sur le point d'accoster. Arnaud attrapa le bout que son neveu lui lançait sans un mot ni un regard et amarra le voilier au ponton.

– Bienvenue au port, amiral, s'efforça-t-il de plaisanter. La galère est dans un piteux état, mais comment va l'équipage ?

Christian sauta à terre sans prononcer un mot. Ses traits étaient tirés, ses yeux cernés de noir, ses joues rongées de barbe. Tel un automate, pas après pas, titubant presque, il se dirigea vers sa mère, s'arrêta devant elle, la contempla longuement, puis enfouit son visage désespéré au creux de son épaule. Hélène serra très fort contre elle le corps frémissant de son enfant.

– Et Isa ? Et Tanguy ? cria Geneviève.

Tanguy apparaissait à son tour sur le pont. Il chancelait, avançait en s'appuyant à ce qu'il restait de roof. Patricia s'élança pour l'aider à descendre.

– Et Isa ? Et Isa ? demanda encore Geneviève.

Contre la poitrine de sa mère, Christian éclatait en sanglots. D'une voix brisée, Geneviève protesta :

– Non, non, non…

Et elle s'enfuit, courant à travers la palmeraie jusqu'à ce que, épuisée, elle s'effondre contre un arbre, l'étreignant comme elle avait rêvé qu'en ce moment elle étreindrait sa fille. Sa fille morte, son Isa qu'elle ne reverrait plus, plus jamais, jamais, jamais. Ce fut là qu'Arnaud la rejoignit. Elle tomba contre lui.

– Notre fille… balbutia-t-elle. Disparue ?… Noyée ?…

Tendrement, Arnaud lui caressa les cheveux. Elle ne savait que répéter, la voix rauque, entrecoupée :

– Maintenant, je suis seule, toute seule.

Il l'obligea à relever la tête, à le regarder.

– Tu n'es pas seule, Geneviève. Je suis là et jamais je ne te quitterai. Et Isa ne nous a pas laissés seuls, Geneviève. N'oublie pas Tanguy, cet enfant du malheur, nous sommes ses grands-parents, son unique soutien.

– Où est-il, Tanguy ? interrogea-t-elle.

– Au fort.

Main dans la main, ils retournèrent sur leurs pas.

Trois ans plus tôt, Régine était apparue dans la vie de Jean-Philippe au moment même où Hélène, blessée, choisissait l'exil à Paris. Si Hélène était restée, il n'aurait peut-être pas remarqué la jeune femme à la physionomie autoritaire et aux allures décidées qui était venue ouvrir un compte à sa banque. L'élégance de la silhouette juvénile, l'intelligence des prunelles noires avaient capté l'attention de Jean-Philippe quand ils se penchèrent sur le portefeuille de la nouvelle cliente pour décider de ce qu'il conviendrait de vendre et de ce qu'il conviendrait de garder. Régine Vendeuil, nouvellement nommée juge d'instruction à Toulon, ne comptait guère de connaissances dans la ville. Elle avait volontiers accepté de dîner avec ce séduisant quadragénaire aux tempes poivre et sel, un notable qui lui ouvrirait bien des portes et faciliterait son installation.

D'une invitation à l'autre, elle l'avait accompagné à quelques soirées mondaines, lui avait servi d'hôtesse à l'occasion. Une relation s'était nouée. Ils s'étaient livrés à quelques confidences. Elle était divorcée d'un député morose, trop obnubilé par ses électeurs et les débats en cours pour se préoccuper de son épouse. Lui était demeuré célibataire par fidélité à un grand amour, une femme qui lui avait préféré son meilleur ami et qui, devenue aveugle à la suite d'un accident, venait tout juste de partir vivre à Paris dans un établissement spécialisé.

Qu'elle y reste donc, et le plus longtemps possible, priait Régine. Trois années durant, son souhait avait été exaucé. Il avait suffi cependant qu'elle débarque, sous prétexte d'un vague anniversaire, pour que les incidents s'enchaînent et que Jean-Philippe ait soudain l'air absent même dans leurs tête-à-tête. Elle portait vraiment la poisse, cette Hélène Charrière ! Et voilà qu'en plein déjeuner, dans un restaurant choisi pour son atmosphère agréablement feutrée, il lui avouait qu'il était en train de penser à elle.

Surprenant le froncement de sourcils de sa compagne, Jean-Philippe s'empressa de rectifier :

– Enfin, à la mort d'Isa… Quelle tragédie pour elle !

– Pour ses parents, plutôt, rectifia Régine. Ils ont sûrement davantage de chagrin qu'elle. Je suppose que vous allez vous charger des formalités de l'héritage ?

– Oui. Le décès de sa mère fait du jeune Tanguy l'actionnaire majoritaire de la Réserve.

– Encore heureux que la mer ait rapidement rejeté son corps, remarqua-t-elle, sinon la succession était bloquée pour six ans. Avec tous les travaux qu'ils ont entrepris dans l'île et les emprunts que vous leur avez consentis, cela n'aurait pas arrangé leurs affaires, ni celles de votre banque.

Elle se tut pour laisser le serveur en veste blanche remplir leurs flûtes de champagne. Levant son verre et changeant de ton, elle demanda :

– Et si vous m'emmeniez danser ce soir ?

– En un pareil moment ? s'exclama-t-il, choqué.

Elle lui sourit avec gentillesse.

– Vous n'êtes pas de la famille, que je sache ?

Jean-Philippe se reprit :

– C'est vrai, mais je n'ai pas le cœur à la fête et je ne suis pas très bon danseur non plus.

S'efforçant de conserver son calme, Régine insista :

– C'est que, justement, nous avons quelque chose à célébrer !

– Quoi donc ? s'étonna-t-il.

– L'anniversaire de notre amitié. Trois ans, déjà. Eh oui, le temps a passé vite.

Par-dessus la table et sa nappe damassée, Jean-Philippe se pencha vers elle qui l'observait avec la compréhension qu'elle lui avait si souvent témoignée pendant ces longs mois où son cœur avait saigné d'être séparé d'Hélène.

– Régine, dit-il avec feu, je voudrais vous remercier d'avoir eu la patience de m'écouter. D'avoir été si indulgente avec moi. De m'avoir aidé à voir clair en moi-même. Quant à Hélène...

Le visage de Régine s'éclaira d'un sourire contraint.

– Encore ?

– Pardon, je suis désolé, dit-il, plein de contrition. Je peux vous le jurer, grâce à vous, mon esprit s'est entièrement libéré d'Hélène. Elle n'est plus qu'une femme dont j'ai traversé l'existence autrefois avant que nos chemins ne se croisent.

– Alors faites-moi plaisir, lança-t-elle avec légèreté. Ne l'évoquons plus jamais. Promis ?

Jean-Philippe posa sa main sur la sienne.

– Juré.

– Voilà quelque chose de réglé... sans appel ! À présent, dit-elle en consultant sa montre, il est temps que vous me rameniez au palais de justice.

Elle prit son bras.

Il arrêta sa voiture devant le perron solennel et coupa le contact. Considérant la jeune femme auprès de lui dont la chevelure brune contrastait si fort avec la blondeur d'Hélène, la constante douceur avec la dureté qu'il avait subie autrefois, il murmura :

– Après tout, pourquoi ne pas aller danser ce soir si vous en avez tant envie ?

– Vous voilà plus prévenant, dit-elle, se tournant vers lui et le regardant droit dans les yeux.

Il hésita un instant puis la saisit aux épaules. Sans se soucier des passants, elle s'abandonna contre lui, il sentit la fermeté de ses seins sous le mince corsage et, pour la première fois, il lui prit les lèvres.

Régine se détacha de lui, mais il la retint et proposa :

– Nous pourrions peut-être nous tutoyer, désormais. Après trois ans…

– Vous avez raison, dit-elle en ouvrant la portière.

Déjà, elle montait les marches en courant. Le gendarme de garde la salua. Jean-Philippe resta quelques minutes à la contempler, songeur, avant de se décider à redémarrer.

À la Réserve, c'était la consternation. Christian ne s'exprimait que par monosyllabes. Quant à Tanguy, nul n'avait pu en tirer un mot. Ni supplications, ni caresses n'avaient eu d'effet sur l'enfant. Il semblait avoir perdu l'usage de la parole, être devenu ou se vouloir totalement muet. Le choc, avait expliqué un médecin, promettant que l'enfant retrouverait bientôt sa voix. Ils vivaient enfermés dans ce sombre silence ; ni Christian ni Tanguy n'avaient livré la moindre information sur le drame qui s'était déroulé dans le golfe de Gênes. Christian s'enfuyait dès que Geneviève ou Arnaud l'imploraient de leur raconter dans quelles circonstances avait péri leur fille. Son visage se renfrognait aussitôt et il quittait la pièce, suivi à distance par l'enfant dont il ignorait l'existence. Quand, osant parfois se rapprocher, le garçon avait voulu lui prendre la main, Christian l'avait sèchement renvoyé. Hélène, se décidant à l'interroger sur son comportement, ne fut pas plus heureuse ; son fils la rembarra de la même manière.

Il n'avait rien à dire, rien à expliquer. Et la façon dont était morte Isa, cria-t-il violemment, ne regardait que lui. Sur ce, il avait avalé d'un trait un verre d'alcool et était sorti en claquant la porte. C'était un cri de douleur.

Hélène était restée stupéfaite. La Réserve ouvrait dans quelques jours. Ni Arnaud ni Geneviève, plongés dans un abîme de réflexions, ni même Patricia n'avaient la tête à s'en préoccuper. Quant à Christian, il n'avait pas la moindre conscience de ses responsabilités dans les affaires de l'hôtel. À nouveau, c'était à elle d'agir. Le destin la malmenait.

Quand elle se leva, Girella alla ramasser sa laisse pour la déposer dans la main d'Hélène afin qu'elle l'attache à son collier. Elle lui flatta le poitrail.

– Mon vieux chien, lui dit-elle, je n'ai pas le droit d'avoir des états d'âme. D'abord remettre mon fils dans le droit chemin, et ensuite au travail !

Son fils, elle le connaissait bien. Tout petit déjà, quand il était malheureux, il montait au plus haut de la falaise et contemplait la mer comme si elle seule pouvait le rasséréner. Hélène grimpa donc vers le golfe, guidée par Girella qui lui épargnait les aspérités du sentier et les difficultés des marches.

Christian était bien là où elle pensait le trouver, mais cette fois les flots ne ramenaient nul calme en lui. Fasciné, il contemplait l'eau clapotant au bord des rochers. Les vagues, plus loin, la mer tout entière semblaient l'appeler. En finir, n'être plus rongé par la culpabilité de n'avoir pu la sauver, pensait-il, rejoindre Isa où qu'elle se trouve et la supplier de lui pardonner…

Girella aboya en l'apercevant. Se détournant, Christian découvrit sa mère et son chien. Un caillou roula sous son pied.

– Qui est là ? interrogea Hélène.

Furieux d'être dérangé, Christian resta d'abord silencieux.

– Qui est là ? demanda encore Hélène.

Dans sa voix perçait une note de détresse à laquelle il ne put résister. Il serait indigne de se jouer d'une mère aveugle et qui l'aimait tant, si forte soit la tentation de s'échapper dans le néant.

– Moi, dit-il d'une voix qu'elle ne reconnut pas.

Il décela du soulagement puis de la peur quand elle s'écria :

– Ah, Christian ! Justement, je te cherchais. Mais tu es au bord de la falaise, tout au bord !

Des cailloux qui crissaient lui révélèrent que, de nouveau, son fils s'écartait d'elle, accomplissait un faux pas peut-être, tout près du vide. Elle lâcha la laisse de Girella qui, rassuré par la présence d'un être voyant près de sa maîtresse, partit aussitôt gambader dans les garrigues dont en venant il avait apprécié les odeurs.

– Christian, cria-t-elle, mon chien s'est sauvé !

Sans doute devait-il hausser les épaules, ne pouvant comprendre ce que cette escapade impliquait. Au désespoir, elle expliqua :

– Je ne pourrai jamais rentrer toute seule.

Difficilement, Christian s'arracha à la tentation des flots. Comme lui, sa mère était bouleversée. Comme lui, elle souffrait. S'approchant d'elle, il posa sa tête sur son épaule, dans un geste à la fois de chagrin et de réconfort. Il venait de comprendre qu'il n'avait pas le droit de l'abandonner. Pas dans un pareil état. Il était avec elle. Il ne l'abandonnerait pas.

– Viens, maman, dit-il en lui prenant le bras, je te ramène à la maison.

Le sentant qui frémissait contre elle, Hélène pensa le moment bien choisi pour demander :

– Pourquoi repousses-tu Tanguy ? Tu te disais si attaché à lui.

– Je ne… peux pas… Je ne peux pas…

– Tu ne peux pas quoi ?

– Lui… pardonner. S'il ne s'était pas accroché à moi quand le bateau a dessalé, j'aurais pu sauver Isa. C'est à cause de Tanguy qu'Isa est morte. Il m'est impossible de le regarder sans lui reprocher de vivre. C'est parce qu'il est vivant qu'elle est morte.

– Ce n'est qu'un enfant, dit Hélène. Et qui souffre. Tu as perdu la femme que tu aimais, lui a perdu la mère qu'il aimait. Vous avez vécu un drame ensemble. Pourquoi ne pas vous entraider, vous consoler ensemble ? Pour ce garçon, tu étais devenu un père. Lui aussi a vécu la mort de sa mère et tu le rends complètement orphelin. Sa souffrance n'est pas inférieure à la tienne.

– Je ne peux pas… Je ne peux pas le supporter… répéta Christian, la voix rauque.

Le temps, seul le temps ramènerait son fils à la raison. Ils cheminaient en silence. La Réserve n'attendrait pas que chacun en ait fini avec son travail de deuil. À elle était dévolue la mission de veiller sur le patrimoine de tous. La douleur de Christian l'éclairait. Comment avait-elle pu se figurer si longtemps que d'autres qu'elle seraient capables de s'en charger ?

4

L'*Harlequin Boy* était un yacht luxueux, conçu pour le confort de deux frères quadragénaires, l'un veuf, l'autre célibataire. Les Volvani étaient jumeaux et inséparables. Pourtant, on n'aurait pu rêver caractères plus différents. Dominique, star des courses automobiles de Formule 1, était insouciant et bohème. Frédéric gérait dans son ombre sa renommée et ses affaires. L'un portait jeans et blouson de cuir, l'autre possédait des dizaines de costumes anglais trois-pièces de Saville Row.

Pieds nus sur le pont de teck, les cheveux courts, les traits virils, Dominique observa la côte varoise qui s'approchait. Il était heureux à l'idée de retrouver leur père retranché dans la maison familiale. Le vieillard s'était obstinément refusé à quitter le village quasi abandonné de l'arrière-pays en dépit de toutes les prières de ses enfants. Eux l'auraient volontiers installé à Toulon, à Marseille ou à Paris, dans un appartement plus confortable que la masure où ils étaient nés ! Jamais leur père n'avait consenti à les accompagner dans un voyage. L'exotisme ne l'attirait pas. Il ne se plaisait que chez lui, dans sa campagne, dans la maison où ses fils avaient grandi. S'il partait, avait-il répété aux jumeaux toute leur jeunesse, ce ne serait que pour retrouver son île, l'île de la Réserve, qu'il avait été contraint de brader à des bandits pour régler d'infâmes dettes d'honneur imprudemment contractées par une épouse trop belle, trop jeune et trop frivole. Mais c'était à jamais son île, et jamais il ne s'en éloignerait. De loin, il veillerait sur son trésor volé.

Avec la fortune qu'ils avaient amassée, peut-être parviendraient-ils à la racheter aux actuels propriétaires et à réaliser le rêve paternel, pensa Dominique. Et s'il y avait eu duperie des dizaines d'années plus tôt dans la transaction, ils étaient maintenant assez puissants pour défendre un bien qui leur revenait de droit.

Dominique se dirigea vers la coursive et descendit dans le salon. Frédéric en avait fait un véritable musée à la gloire du champion. Trophées et coupes s'alignaient dans des vitrines. De nombreuses photos montraient Dominique, en combinaison de pilote et casque sur la tête, au volant de monoplaces sur tous les grands circuits du monde. Un piano demi-queue, d'épais tapis jonchant le sol et quelques tableaux choisis avec soin dans des galeries parisiennes et new-yorkaises complétaient le décor.

Dans l'angle bâbord, Frédéric s'était installé un coin-bureau, avec ordinateur et fax qui lui permettaient de veiller à leurs affaires, même en pleine mer. Quand Dominique lui annonça, pensif, qu'ils allaient accoster, son frère releva un visage identique au sien, si ce n'est le regard ambigu qui n'avait pas l'acuité de celui du champion.

– Les Australiens achètent les droits d'exclusivité de ta ligne de vêtements de sport. Je viens de recevoir leur accord à l'instant ! s'exclama-t-il, tout excité.

– Épatant, répondit calmement Dominique.

– Je leur ai tiré plus du double de ce que proposaient les Allemands.

– Formidable, fit l'autre avec flegme.

– Et pour l'opération champagne, c'est réglé. Ils m'ont même envoyé leur projet d'étiquette : « Cuvée Dominique Volvani », en lettres dorées. Ah ! on ne peut pas dire que les gens t'aient oublié. Tu es devenu une authentique légende, ma parole !

Dominique haussa les épaules.

– Parfois, la compétition me manque, soupira-t-il.

– L'essentiel, c'était de se retirer à temps, au faîte de la gloire, d'éviter la course de trop. De partir avec une image de gagneur qu'on puisse faire fructifier.

– Peut-être...

Par l'interphone, le capitaine annonça que le yacht allait accoster. Au port les attendait une Mercedes de location. Sans perdre de temps, ils pourraient gagner l'arrière-pays. Très vite, Dominique s'engagea dans les routes étroites des collines qui leur étaient familières. Il avait conservé tous ses réflexes et roulait à vive allure malgré les ornières et les nids-de-poule de plus en plus fréquents au fur et à mesure qu'ils montaient.

Bientôt, le village fut là, avec ses nombreuses maisons aux toits effondrés, aux ruines envahies par les ronces, aux jardins en friche livrés aux lièvres et aux oiseaux.

Abandonnant la voiture dans ce qui avait été la grand-rue d'un lieu qui, avant-guerre, comptait près d'un millier d'âmes avant que les jeunes ne partent travailler ou chômer à la ville, les deux frères s'engagèrent à pied dans une étroite ruelle. Sans les pépiements des oiseaux, le silence eût été pesant.

Ils marchèrent jusqu'à une bicoque entièrement recouverte de lierre. Même les fenêtres et la porte en étaient masquées. Un instant, ils demeurèrent interdits. Dominique se reprit le premier. Se dirigeant vers la porte de bois, il la défonça à coups de pied.

À l'intérieur, dans ce qui avait été la salle commune, la table, la desserte et le buffet étaient recouverts de poussière et de toiles d'araignée. Allumant son briquet, Frédéric découvrit des murs tapissés de pages arrachées dans des journaux locaux vantant les victoires de son frère et affichant des photographies déjà anciennes d'un jeune homme rieur sous son casque, maintenant jaunies… Dominique était partout.

– Allons-nous-en, dit Frédéric.

Sans l'écouter, son frère s'avança dans la maison. La chambre de leur père était dans le même état de saleté que la pièce. Dans l'armoire au miroir voilé pendaient quelques vêtements en lambeaux. Tout dégageait une odeur de moisi.

– Il n'a pas déménagé, dit-il dans un sanglot. Il est mort.

Frédéric posa une main affectueuse sur son épaule.

– S'il était mort, on nous aurait prévenus.

– Qui ? Et où ?

En attendant, dans la pauvre demeure, Dominique constatait :

– En tout cas, son cadavre n'est pas ici. Allons voir au cimetière.

Le cimetière était mieux entretenu que le village. Respect dû aux morts oblige et sans doute exigence des familles survivantes aidant, un gardien venait régulièrement l'entretenir. Ici et là, quelques pierres tombales présentaient des bouquets de fleurs fraîches.

Les deux frères parcoururent les allées, déchiffrant les noms sur chaque stèle.

– S'il avait accepté qu'on l'installe confortablement quelque part, avec quelqu'un pour s'occuper de lui, il ne serait pas mort seul, nous aurions été plus proches. Nous aurions peut-être même pu le soigner à temps, dit Frédéric.

– Son île, il était obnubilé par son île, souviens-toi, répondit Dominique. Ah ! il nous aura rebattu les oreilles avec son île.

Il sursauta. Devant lui, au détour du chemin de gravier, cernée de deux cyprès, une dalle de pierre avait été érigée. Une inscription y avait été gravée en lettres noires. À haute voix, il lut : « Ci-gît Rocco Volvani qui devrait reposer en paix, chez lui, dans l'île de la Réserve. »

– Papa, un jour, tu reposeras en paix, chez toi, dans l'île de la Réserve, promit-il entre ses dents, les yeux embués de larmes. Chez nous, dans notre île de la Réserve. Je te le jure, nous, tes fils, pour honorer ta mémoire, nous la reprendrons.

Ils se rendirent ensuite à la gendarmerie la plus proche pour tâcher d'en apprendre davantage sur les circonstances du décès. Un homme en uniforme les informa que la préposée du bureau de poste dont dépendait leur village, comme le courrier s'amoncelait dans son casier sans que le vieillard vienne le quérir, avait donné l'alerte. Des cartes postales sans adresse, des papiers à lettres à l'en-tête d'hôtels. Les Volvani apprendraient bien assez tôt la mort de leur père. Le cantonnier s'était chargé de l'inhumation, observant respectueusement les dernières volontés laissées par le mourant. L'inscription sur la stèle, il l'avait lui-même gravée.

À présent, c'était aux jumeaux de remplir les ultimes vœux gravés pour l'éternité.

Dans la salle du fort, Hélène fut la dernière à lever la main lors du vote lorsqu'il s'agit de choisir le tuteur de Tanguy. Il fallut que Geneviève la tire des réflexions où elle s'était plongée face aux réticences de Christian avec un : « Alors, tu ne votes pas pour ton fils ? » pour qu'elle s'y résolve.

Jean-Philippe avait insisté pour que la question soit tranchée sans délai. Des décisions devaient être prises et Tanguy était dorénavant actionnaire majoritaire de l'île de la Réserve. Geneviève avait d'abord protesté. Isa était à peine inhumée qu'au lieu de la pleurer, déjà, l'on ne se souciait plus que de l'héritage.

– Il faut bien que la vie continue, avait remarqué Arnaud.

Geneviève s'était alors écriée que Tanguy n'avait pas besoin de tuteur. Elle était sa grand-mère, elle pouvait très bien s'occuper de lui. En tout cas, pas question pour elle de confier cette responsabilité à Hélène. Elle ne se souvenait que trop bien de ses différends avec Isa. Hélène s'était contentée de hausser les épaules.

Christian avait été convoqué. Il avait surgi de nulle part, mal rasé, les yeux encore plus bleus sous les paupières bistres. Caressant machinalement une sculpture métallique qui détonnait dans ce décor classique, sans se préoccuper du débat, il s'était servi un verre d'alcool avant de se vautrer dans un fauteuil, ses jambes interminables étalées devant lui. Tanguy, qui l'avait suivi, se terra derrière un balustre, écoutant attentivement cette conversation où se jouait son sort.

– Pourquoi pas moi, alors ? dit Jean-Philippe. Après tout, il ne s'agira que de questions d'affaires. Pour ce qui est d'entourer l'enfant d'amour, vous avez raison, Geneviève, il a encore ses grands-parents.

– Non, il faut quelqu'un de la famille, insista Hélène.

– Quelqu'un d'autonome, précisa Patricia, de libre de ses mouvements.

– Tu parles de toi ?

– Non, de Christian.

Tanguy frémit quand ce dernier se récusa :

– Il n'en est pas question. Je ne supporte pas cette idée.

– Elle est pourtant excellente, fit Arnaud. Je vote pour Christian.

– Impossible, réitéra le jeune homme. C'est au-dessus de mes forces. Je suis trop paumé actuellement pour m'occuper de qui ou de quoi que ce soit.

– Tanguy aussi est perdu. Vous pourrez vous aider l'un l'autre. Cela vous ferait le plus grand bien à tous deux.

L'un après l'autre, ils levèrent la main en faveur de Christian.

Hélène tourna ses yeux morts vers son fils dont le regard vide était fixé sur son verre. Elle seule savait quel tourment l'agitait en cet instant et les rancœurs dont il ne s'était pas encore délivré à l'égard de l'enfant.

– Alors, tu ne votes pas pour ton fils ? demanda Geneviève.

Peut-être avaient-ils tous raison, après tout ? Le contraindre à se soucier de Tanguy l'aiderait. En faire le tuteur de Tanguy, c'était aussi pour elle, au travers de son fils, une façon de conserver encore la haute main sur les destinées de la Réserve. Mais, sur le visage impassible d'Hélène, rien ne trahit le débat intérieur quand elle parla.

– Si, bien sûr, dit-elle. Je vote pour Christian.

Christian s'était éclipsé sans attendre le résultat du scrutin familial. Déjà, Tanguy s'était plongé à l'abri d'un buisson et l'observait, descendant vers la mer, regagnant son bateau.

– En tout cas, l'affaire est réglée, déclara Arnaud en se levant. Viens, Geneviève ! Borelli, le directeur de l'opéra de Toulon, a insisté pour que j'assiste à une répétition de *Tosca*. Cela nous changera les idées à tous les deux.

Une fois dans le passage parfumé de romarin et de senteurs marines, Geneviève le félicita.

– Je me figurais que tu t'étais définitivement transformé en hôtelier respectable. Le bohème reviendrait-il à ses anciennes amours ?

– Plus la peine de jouer au cadre soucieux. Hélène a décidé de rester à la Réserve, je lui rends volontiers sa place. Bon débarras !

Elle lui serra affectueusement le bras.

– Tu ne crois pas que ta sœur avait déjà repris son hôtel sans demander l'avis de personne ?

Ensemble, ils eurent un rire complice, le premier depuis le drame, en gagnant le ponton où, sur la mer étale et bleue, patientait la navette de l'hôtel.

Patricia aussi avait quitté la salle du fort où Hélène et Jean-Philippe étaient restés en tête à tête.

– Tu as raté la tutelle de Tanguy, déplora Jean-Philippe. Et je n'ai pas réussi à te sauver la mise…

Caressant distraitement Girella avachi, elle remarqua :

– Quelle importance ? Christian ne fera jamais rien sans me demander mon opinion. Je continuerai à prendre toutes les initiatives. Il n'aura qu'à signer chaque fois que je le lui demanderai.

– En ce cas… Pourquoi ne pas sortir ensemble ce soir ?

– Impossible. La Réserve a tout juste rouvert et je ne peux pas laisser Patricia seule. Elle a encore trop à apprendre.

– Tu n'es revenue que depuis quelques jours à peine et, déjà, tu recommences à être dévorée par la Réserve, lui reprocha Jean-Philippe.

Elle s'appuya à son fauteuil. Il n'y avait aucun reflet dans ses lunettes d'aveugle, pas d'expression sur son visage non plus quand elle s'écria :

– Cesse tes jérémiades, Jean-Philippe. Résigne-toi à oublier nos relations d'antan. Épouse Régine et soyez heureux, ce n'est pas difficile.

– Bonne idée ! fit le banquier avec amertume. Je vais m'empresser de la demander en mariage. Elle, au moins…

– Félicitations, le coupa Hélène. En souvenir de notre vieille amitié, j'espère que tu me prendras pour témoin.

– Jamais je ne t'aurais crue si cynique, lança-t-il.

Sans attendre une justification qui ne viendrait pas, il disparut dans la somptueuse verdure du parc entourant le fort. Son pas décrut. Hélène se permit alors un étrange sourire. Son masque tombait…

À la réception, Patricia, impeccable dans son tailleur de lin brun, affrontait un client inconnu, autoritaire et impérieux dans sa tenue de yachtman.

– J'exige la meilleure suite. La suite royale.

– Elle est déjà retenue, monsieur. Mais en revanche, nous disposons d'autres appartements, tout aussi plaisants, répliqua-t-elle avec la courtoisie impersonnelle qu'elle réservait aux clients.

– Pour ma fille, je veux ce qu'il y a de mieux, s'emporta-t-il. Vous savez qui je suis ?

Elle l'observa plus attentivement. Cet homme, elle l'avait déjà vu, elle en était sûre. Un souvenir lui revint. À la télévision, la retransmission d'un grand prix… Les commentateurs qui se congratulaient, un champion français imposait sa loi sur les circuits. Quel était son nom déjà ? Ah oui, Dominique Volvani. Du même ton égal, elle lui fit face :

– Je sais, vous êtes monsieur Dominique Volvani, le célèbre pilote automobile. La suite royale n'en a pas moins été retenue depuis la saison dernière par la princesse Barouska, une de nos plus fidèles habituées. Monsieur Volvani, n'insistez pas. Ce serait inélégant.

– Mais je m'en fiche, de votre princesse Machinovska, hurla Dominique. Décommandez-la !

Hélène avait suivi la conversation depuis le bureau mitoyen. Apparaissant à son tour derrière le comptoir de bois blanc, elle se décida à intervenir.

– Puis-je me permettre de vous demander pourquoi vous tenez tant à cette suite royale ?

Il considéra la grande femme majestueuse devant lui, un châle mauve jeté avec un négligé étudié sur le tailleur de prix, la chevelure blonde, le front barré d'une frange, l'ovale parfait de la physionomie, et ne put s'empêcher de s'interroger sur la couleur des prunelles que dissimulaient les lunettes estivales.

– Moi, je resterai sur mon bateau, mais je tiens à célébrer dignement les dix-huit ans de Cornélia. Elle aura pour elle toute seule la suite la plus belle dans le plus beau des hôtels sur la plus belle des îles. Ce sera mon cadeau d'anniversaire. Donc, je veux la suite royale. Cette réponse vous convient ?

– C'est que… la princesse avait retenu pour deux mois… fit pensivement Hélène.

– Bon, alors moi je retiens pour toute la saison, s'écria immédiatement Dominique.

– Nous devrons la dédommager…

– Qu'importe !

Sortant son portefeuille et un stylo de la poche intérieure de son blazer, Dominique libella un chèque.

– Ça suffira ? demanda-t-il en le posant agressivement sur le comptoir.

La femme blonde si élégante n'esquissant aucun geste pour s'en emparer, ironique, il interrogea :

– Vous n'avez pas confiance en mon crédit ? Vous exigez que j'exhibe ma carte d'identité ?

Patricia, embarrassée, toussota. Elle aurait volontiers mis à la porte ce champion qui se croyait tout permis et qui l'obligeait à confronter Hélène à son infirmité. Pourtant, elle le savait parfaitement, jamais sa mère nc tolérerait le moindre mot plus haut que l'autre adressé à un client. Alors, gênée, elle murmura :

– Maman, M. Volvani te tend un chèque.

La femme blonde promena dans les airs de longs doigts aux ongles impeccables. Il s'empara de la main hésitante et la retint. En cet instant, Dominique se maudit ; il aurait aimé se retrouver soudain par enchantement à l'abri dans le salon de l'*Harlequin Boy*.

– Excusez-moi, balbutia-t-il. Je n'avais pas vu…

– Que je ne voyais pas ? demanda-t-elle avec gentillesse.

– C'est que, avec ce soleil… les lunettes… Et vous paraissez si… si… Je suis confus !

Elle dégagea sa main.

– Ne vous désolez pas, dit-elle doucement. On s'habitue à tout, vous savez. Même à des pères sans doute plus capricieux que leur fille. À propos, quand arrive cette jeune personne ?

– Cet après-midi.

– La Réserve sera ravie de l'accueillir, annonça-t-elle, se détournant pour regagner le bureau.

Dominique tendit la main afin de serrer à nouveau celle d'Hélène, à la fois pour sceller le marché et la saluer, mais la remit aussitôt dans sa poche. Inutile de commettre un nouvel impair ! Il émit un piteux : « À bientôt ! »

La femme blonde inclina la tête et disparut.

Patricia ramassa le chèque et en examina méticuleusement le montant.

– Puisque ma mère est d'accord, considérons cela comme des arrhes, fit-elle, très professionnelle, pianotant déjà sur le clavier de son ordinateur : « Cornélia Volvani, suite royale. »

– Bien sûr, admit Dominique. Au revoir, mademoiselle. Mademoiselle ?

– Patricia Charrière.

– Au revoir, mademoiselle Charrière.

Charrière, tel était donc le nom de la grande femme blonde. Et son prénom ?

Pensif, il quitta le vaste établissement blanc, aperçut sur sa gauche le scintillement d'une piscine, traversa lentement les jardins fleuris où quelques hommes et quelques femmes, d'âge plutôt mûr, remarqua-t-il, se reposaient sur des chaises longues. D'avance, il s'amusa. Ces gens avaient raison de profiter de leurs derniers instants de tranquillité. Avec l'arrivée de Cornélia, ce serait le grand chambardement, dans ce palace figé par le temps.

Dans le bureau envahi de soleil, Hélène et Patricia se congratulaient.

– En tant qu'habituée, la princesse payait moitié prix depuis des années, dit Hélène. Avec tous ces travaux, nous n'avons plus les moyens d'être philanthropes. Elle devra se contenter d'une simple chambre, et ce Volvani peut nous amener une nouvelle clientèle, plus dynamique, plus conforme à notre nouvelle Réserve.

Mue par une impulsion, elle ajouta :

– À propos, à quoi ressemble ce champion à la retraite ?

– Devine, la taquina Patricia.

Hélène réfléchit un instant.

– Hmmm… Je me l'imagine blond, bronzé, les épaules larges, le sourire carnassier.

– Tu ne pourras donc jamais tracer d'autres portraits masculins que celui de papa ? s'amusa sa fille.

Hélène se figea. Oui, pourrait-elle jamais se figurer un homme sous d'autres traits que ceux de Marc ?

5

Dans le parc du monastère blotti au fond d'une route provençale, un moine en robe de bure se promenait entre les cyprès, plongé dans une profonde méditation, quand un appel lancé derrière lui le fit sursauter :

– Vincent !

Sa sœur Régine surgissait toujours ainsi, à l'improviste, sans jamais le prévenir. Mais après tout, elle savait bien qu'il était rare qu'un moine s'éloigne longtemps de son monastère et jusqu'à présent, à chacune de ses visites, elle l'avait toujours trouvé en prière dans la chapelle ou à peindre des portraits de madone dans sa cellule.

– Tu t'es faite rare, ces derniers temps, madame le juge ! Je commençais à m'inquiéter ! s'exclama-t-il en l'embrassant.

– Le travail m'accapare, frère Vincent, s'excusa-t-elle. Je croule littéralement sous les dossiers. Mais, Vincent, je veux que tu sois le premier à apprendre la nouvelle.

Il retint son souffle, tandis que sa sœur annonçait, triomphante :

– Jean-Philippe s'est décidé. Je vais me remarier.

La réaction de son frère fut une douche sur son bonheur tout neuf :

– À quoi bon ? dit-il froidement. Pourquoi de nouvelles épousailles ? Tant que vous vous montrez discrets, rien ne vous empêche de vivre ensemble. Inutile de prendre encore un engagement « définitif ».

Elle demeura quelques minutes interloquée.

– Et moi qui me figurais que tu serais enchanté ! Comment toi, un homme d'Église, peux-tu conseiller à ta sœur de vivre dans le péché ?

– On peut être homme d'Église et demeurer raisonnable, surtout quand on connaît quelqu'un aussi bien que je te connais, toi !

– Je ne comprends pas. Tu sais que j'aime Jean-Philippe depuis longtemps, si longtemps. Drivé par moi, c'est un homme merveilleux, il prouvera ses capacités au monde entier !

De rage, elle frappa du pied.

– Qu'est-ce que c'est que cette mine soupçonneuse ? Qui es-tu pour jouer les conseillers conjugaux ? Toi, tu t'étais marié sans amour, par pure ambition, simplement parce que ta fiancée était la fille de ton agrégé chef de service et que tu espérais ainsi gravir plus rapidement les échelons de l'hôpital ! C'est parce que tu ne l'aimais pas que tu avais une maîtresse, que tu n'étais pas là cette nuit où elle a péri carbonisée avec vos deux enfants.

– Maintenant, j'expie, murmura tristement le moine. Je regrette mon passé. Et je tremble quand je vois ma sœur s'avancer sur une voie périlleuse pour sa conscience.

Régine rougit de colère.

– Quelles sornettes ! J'étais venue parce que je voulais que tu partages ma joie, que tu sois heureux de savoir qu'au moins quelqu'un dans la famille avait atteint son but. J'aime Jean-Philippe, il m'aime et nous serons heureux ensemble. Tu t'abrutis à force de prier, ma parole !

Comme elle s'éloignait, toute à sa fureur, il lui lança :

– Quand même, sœurette, je prierai pour toi.

Hélène sortit de sa chambre et, dans le couloir, Girella s'immobilisa puis tira sur sa laisse.

Le chien n'aboya pas. Si présence il y avait, elle était amicale.

– Qui est là ? demanda-t-elle, avançant son bras.

Sa main tâtonna avant de rencontrer, plus bas, une chevelure raide. Elle caressa une joue fraîche et imberbe.

– Tanguy ! Que fais-tu là ? Tu m'attendais ?

Elle sentit soudain peser sur elle tout le poids du chagrin que ressentait l'orphelin. Elle lui sourit.

– Tu es muet, je suis aveugle. Difficile de communiquer !

L'enfant se blottit contre elle, jeta ses bras autour de sa taille.

– Christian n'est pas très gentil avec toi, je sais. Mais ne lui en veux pas, il n'est pas fâché contre toi. Après ce qui s'est passé en mer, il est surtout en colère contre lui-même. Tout s'arrangera, mon petit. Tout s'arrangera.

L'enfant la serra plus fort et elle ajouta :

– Un jour, Tanguy, la Réserve sera à toi. Si tu pouvais l'aimer aussi fort que je l'aime, cela me donnerait le courage de continuer à la porter à bout de bras jusqu'à ce que tu me remplaces.

Il l'embrassa sur la joue comme s'il voulait la rassurer et s'enfuit en courant.

Si Dominique Volvani avait voulu semer le désordre dans l'île, il avait réussi. On pouvait compter sur sa fille pour chasser les clients de l'hôtel. Comme il l'avait prévu, après une année de réclusion dans un strict pensionnat suisse, Cornélia était bien décidée à s'en donner à cœur joie. Elle arriva, longue crinière bouclée au vent, dans le tumulte d'une musique rap déversée par les deux haut-parleurs d'une énorme radio portable.

Sur la navette, le marin semblait dépassé par ce groupe d'adolescents débraillés qui se trémoussaient autour de lui. Plusieurs fois, il avait craint de chavirer. Heureusement que la mer était calme, aujourd'hui. Il était quand même soulagé de s'amarrer enfin au ponton.

Luc et Patricia, qui discutaient de menus et de nouvelles recettes à la réception, sortirent pour comprendre la raison de ce tohu-bohu qui leur écorchait les oreilles.

– Qu'est-ce que c'est que ce carnaval ? s'exclama le jeune homme.

Ils étaient plus d'une dizaine, filles et garçons, à s'agiter sur le gravier.

– Je ne comprends pas, dit Patricia. Comment cette bande a-t-elle osé venir ici ? Qui sont ces jeunes ?

– Je me fiche de savoir qui ils sont. Je vais les virer vite fait, répliqua Luc.

Il s'avança.

– Établissement privé ! On remonte sur le bateau et on se tire avant de s'attirer des embêtements.

– Quels embêtements ? interrogea crânement une jeune fille en se plantant devant lui.

Luc la dévisagea. À un autre moment, il l'aurait sans doute trouvée jolie avec sa frimousse de dix-huit ans, ses yeux noisette, sa longue chevelure cannelle qui dégringolait sur ses épaules et son minois rieur. Dans un passé pas si lointain, il se serait peut-être même joint à la bande plutôt que de la chasser. Mais s'il était à la Réserve, c'était pour réussir enfin quelque chose dans sa vie, et il n'allait pas laisser une horde mal élevée démolir tout le travail d'une saison.

La minette insista :

– Quels embêtements ? Annonce la couleur pour voir…

D'un ton menaçant, Luc rétorqua :

– Une bonne paire de baffes, par exemple. C'est ça que tu veux ?

– Eh ben, Cornélia, ils ont une drôle de façon d'accueillir les clients dans cette piaule, fit un garçon. Mais si tu as besoin d'un coup de main, on est là. Et crois pas qu'on se débarrasse de nous comme ça, ajouta-t-il à l'intention de Luc.

Aux côtés de son amant, Patricia n'avait retenu qu'un mot.

– Vous êtes Cornélia Volvani ? demanda-t-elle à la jeune fille qui se pavanait devant eux.

– Ouais. Mon père a retenu pour moi. La suite royale, à ce qu'il m'a dit. Ça doit être quelque chose !

– Effectivement. Bienvenue à la Réserve, mademoiselle Volvani. Un groom va vous conduire à votre appartement.

– Pas sans mes invités, la défia Cornélia.

Patricia la surprit tout autant que Luc par sa courtoisie :

– Mais vos hôtes sont les nôtres, mademoiselle Volvani.

Si la taulière s'aplatissait ainsi devant elle, son père n'avait sans doute pas lésiné pour lui louer la suite royale. Elle voulut voir jusqu'où elle pourrait pousser l'avantage.

– Avant d'aller à la piaule, on se fait d'abord une petite bouffe.

La bande, qui s'était regroupée autour d'eux comme une meute de babouins arrogants, attendant l'issue du conciliabule, approuva à grands cris :

– À la graille ! À la graille !

Suivant Cornélia, leur radio braillant de plus belle, ils foncèrent vers les terrasses du restaurant. Sur le chemin, certains jugèrent bon de se rafraîchir en se précipitant tout habillés dans la piscine, éclaboussant sans ménagement les dignes clients allongés sur leurs matelas et bousculant ceux qui, dans l'eau, nageaient péniblement.

Le maître d'hôtel fut effaré par cette meute de garçons et de filles qui s'abattaient autour de ses tables sans même attendre qu'il les place. Les quelques couples élégants qui déjeunaient sous les parasols reculèrent sous l'invasion. Précipitamment, ils se levèrent.

– Ce n'est plus un palace, c'est les Restos du cœur ! s'exclama Luc, de loin, les poings sur les hanches. Patricia, comment peux-tu te laisser malmener comme ça par cette pisseuse ?

– Elle paie le prix fort, soupira Patricia, et la Réserve n'a pas les moyens de se priver de clients à ce tarif-là.

– C'était bien la peine que je me donne tout ce mal à préparer des menus de grand chef pour des piliers de McDo incapables de les apprécier !

Patricia sourit. Luc serait-il en train de devenir tout aussi vaniteux que le « cher Albert » qu'il avait remplacé ?

La fine cuisine dont Luc était si fier, les garçons et les filles, au restaurant, n'en avaient cure. À grands cris, ils réclamaient frites et hamburgers. Patricia, se serrant contre lui, implora :

– Je t'en prie.

– Qu'est-ce que je ne ferais pas pour toi, marmonna-t-il. Même me transformer en tâcheron de fast-food !

Fuyant les mines désapprobatrices de la famille chaque fois qu'il saisissait un verre et la silhouette furtive de Tanguy qu'il devinait sans cesse tapie derrière lui, Christian avait pris l'habitude de se réfugier dans un bar de la plage pour assouvir ses besoins d'alcool. L'Hollywood Bar était un de ces établissements saisonniers qui éclosent en été sur la Riviera pour refermer leurs portes aux premiers frimas. Un coup de peinture rouge sur les planches et Jacky, le tenancier, qui entretenait son obésité au pastis, rouvrait à chaque Pentecôte.

En cette heure de sieste, Christian était son seul client. Il avait avalé un whisky, puis un autre, avant d'aller malmener l'unique flipper en état de marche. Il secoua l'appareil jusqu'à ce qu'un tilt s'inscrive sur l'écran, interrompant définitivement la partie. Il regagna alors le bar.

Il commanda, le visage fermé :

– La même chose !

– Dire qu'avant tu ne buvais que de l'eau ! remarqua Jacky. C'est pas pour décourager la clientèle, mais quand même, un marin comme toi…

– Un marin sans bateau. J'ai abandonné la mer. Ce qu'il me restait de voilier, ça ne valait pas la peine de le réparer et je ne supportais plus sa vue. Je l'ai sabordé.

– Sans blague ? s'étonna l'autre. Qu'est-ce que tu vas faire alors ? Bosser à la Réserve ?

Mais Christian en avait fini avec ses confidences d'ivrogne.

– Qu'est-ce que ça peut te foutre ? dit-il. Sers-moi encore un petit dernier. Et en silence.

Jacky se tut, haussa les épaules, versa le liquide ambré dans un verre douteux et s'empara d'un journal hippique qui traînait sur le comptoir. Autant calculer le quarté que s'occuper de ce type transformé en un véritable sauvage ! Et si Christian tenait à se défoncer, ce n'était pas son affaire à lui. Du moment que son bar tournait et que les verres vides remplissaient sa caisse...

À sa façon, Jacky avait les mêmes préoccupations de propriétaire qu'Hélène, assaillie au même instant dans les jardins de la Réserve par un couple de clients en colère. Tous deux les cheveux grisonnants, lui en complet blanc, elle en robe de mousseline fleurie au léger décolleté, ils protestaient qu'ils n'avaient pas pu déjeuner en paix à cause de cette satanée radio, et avec tout le raffut qu'ils faisaient dans la suite royale, il était impossible de faire la sieste.

– Madame Charrière, si vous tolérez des jeunes gens aussi vulgaires et aussi bruyants chez vous, c'est nous qui partirons, grinça la femme. Notre patience à des limites.

L'homme approuva silencieusement. Il avait l'habitude.

Essoufflée, Patricia se précipita vers sa mère.

– Maman, je ne sais plus quoi faire ! Je suis dépassée ! La fille de Dominique Volvani est une folle furieuse. Elle a d'abord semé la panique à la piscine et au restaurant. Maintenant, elle a clos tous les volets pour transformer sa suite en boîte de nuit. Tout le monde fuit le tintamarre.

– Calme-toi, lui dit Hélène. Ne te laisse pas dépasser, et, se tournant vers le couple qui l'avait assaillie, elle ajouta : Je vais régler le problème immédiatement.

Devant la porte de l'appartement d'où s'échappaient flots de musique assourdissants et clameurs sauvages, Luc, en tenue de cuisinier, flanqué de quelques garçons et de quelques femmes de chambre tout aussi ulcérés que lui, écoutait les doléances d'autres clients qui, eux aussi, si un terme n'était pas mis au plus vite à ces extravagances, menaçaient de déguerpir. La Réserve n'était-elle pas réputée pour son calme et sa tranquillité ? Déjà que la nouvelle décoration n'était, à leur avis, pas si réussie que ça, si en plus on leur imposait pareil ignoble voisinage… À ce prix, ce n'étaient pas les hôtels qui manquaient dans la région !

Mme Charrière arriva enfin au bras de sa fille, Tanguy trottinant à ses côtés.

– J'aurais bien enfoncé la porte, déclara Luc, mais Patricia m'a dit qu'il fallait d'abord demander votre avis.

– Mlle Patricia, rectifia sèchement Hélène.

Patricia rougit. Luc se contint. Quand cette pimbêche saurait ce qu'il faisait à Mlle Patricia…

Déjà, Hélène frappait à la porte :

– Mademoiselle Volvani, ouvrez immédiatement ou j'appelle la police.

Derrière le battant éclata un « merde » retentissant.

– Et vous allez tolérer ça, Madame Hélène ? ironisa Luc.

Hélène ordonna :

– Patricia, rends-toi au tableau des compteurs et coupe l'électricité dans la suite.

Sa fille se précipita. Instantanément, la musique cessa en même temps que montait une clameur de protestations. Cornélia, échevelée, en sueur, ouvrit la porte.

– C'est quoi, cette taule ? Et qu'est-ce que c'est que cette vieille ?

Majestueuse, Hélène conserva tout son calme.

– Cette « taule », dit-elle, est un hôtel où tous ceux qui y cohabitent momentanément se doivent respect les uns aux autres. Et cette « vieille » est la propriétaire de cet hôtel qui, au cas où vous ne seriez pas d'accord, vous demande de régler votre note et de disparaître à jamais.

Dans le couloir, les clients approuvèrent avec force tandis que sur le seuil de la suite garçons et filles s'agglutinaient, considérant Hélène, sa canne blanche dressée devant elle, comme une extraterrestre.

– Luc, dit-elle, prenez quelques hommes pour vous prêter main-forte et escortez ces gens au ponton.

– Avec plaisir, Madame Hélène, fit Luc, cette fois respectueux et vaguement admiratif.

Hélène, Patricia et Tanguy pénétrèrent dans la suite où Cornélia s'était réfugiée sur le lit, la tête dans l'oreiller, baskets ensablées sur la courtepointe de satin. Tanguy, fasciné, contempla la jeune fille allongée et le désordre alentour. Lui, il aurait bien aimé danser tout à l'heure avec les autres, et avec pareil leader on ne devait pas s'ennuyer !

Patricia, atterrée, constata :

– Maman, si tu voyais… Quel champ de bataille ! Des fauteuils et des chaises lacérés, des tapis définitivement tachés, des tableaux aux toiles crevées, partout du verre brisé…

– Aucune importance, trancha Hélène, évalue les dégâts, M. Volvani paiera.

Quand elles sortirent, Patricia s'étonna :

– J'étais convaincue que tu chasserais cette faiseuse d'ennuis avec les autres. Pourquoi lui as-tu permis de rester ?

– Pour la même raison que j'ai consenti à lui accorder la suite. Parce que la nouvelle clientèle que peut nous apporter M. Volvani est essentielle pour l'avenir de la Réserve. En attendant, arrangeons-nous cependant pour que sa diablesse de fille ne chasse pas l'ancienne !

Remontant l'escalier quatre à quatre, Luc les rejoignit ; ses yeux brillaient.

– Le ménage est fait, Madame Hélène. Les rats sont en fuite. Vous auriez quand même besoin d'un homme dans votre commerce !

– Mon fils Christian me seconde à merveille. Il était hélas absent aujourd'hui ! Je vous remercie d'être accouru à la rescousse aujourd'hui, mais maintenant, ajouta-t-elle impérieusement, retournez à vos fourneaux. C'est eux qui ont besoin de vous.

Elle abandonna le bras de sa fille et, guidée par Girella, s'en alla d'un pas égal. Elle avait sauvé la situation, sa présence n'était plus indispensable ici.

Dans le couloir illuminé de torchères dorées, une fois de plus, Luc reprocha à Patricia de tergiverser et de ne pas oser révéler à sa mère la véritable nature de leurs relations. Lui rendant ses baisers enflammés, ce qui lui évitait de répondre avec précision, elle l'adjura de patienter.

Nul n'avait remarqué que Tanguy était demeuré dans la chambre de Cornélia.

Au Sporting de Monaco, Dominique s'impatientait. Il était là pour recevoir un oscar de la publicité que lui avaient valu les multiples entreprises lancées par son frère en son nom. Depuis une heure au moins, la scène était monopolisée par des danseuses de french cancan. Apparemment, le spectacle plaisait aux invités, mais la cérémonie prenait du retard et le héros avait hâte de rejoindre sa fille à la Réserve. Un dernier coup d'œil sur les grands écarts coquins et les frous-frous chatoyants des jupes, et Dominique n'y tint plus. Il regagna sa loge et entreprit d'ôter son smoking de circonstance pour réintégrer ses habituels vêtements décontractés. Frédéric le surprit alors qu'il enfilait son blouson de cuir. Incrédule d'abord puis indigné, il plaida en vain. Il avait rameuté la presse, la télé, la radio, et Dominique osait tirer sa révérence ! C'était une désertion.

– M'en fiche, dit Dominique, ma fille m'attend.

Frédéric explosa :

– J'en étais sûr ! Je savais que si tu la faisais venir, tu me laisserais tomber. Je ne voulais pas qu'elle vienne, mais évidemment tu as refusé de m'écouter. Elle te manquait, paraît-il. Te manquer, une gamine ! Et maintenant, tu m'abandonnes, moi, ton frère, ton double !

– J'en ai marre de tes scènes de jalousie, fit Dominique. Inutile de prendre ces airs éperdus. Tu n'as qu'à me remplacer, puisque tu es mon double. Comme toujours, ils n'y verront que du feu. Ah ! cette fichue musique s'arrête enfin. Vas-y, c'est à toi, « Dominique ».

– Je devrais te haïr pour ta lâcheté.

– Moi aussi, pour ta tyrannie.

Frédéric prit subitement une mine de femme soumise.

– À demain quand même ?

Dominique lui donna une bourrade sur l'épaule.

– Bien sûr.

Des coulisses, il observa la foule qui, debout, ovationnait son frère, tandis qu'un présentateur annonçait :

– Mesdames, messieurs, j'ai l'honneur d'accueillir l'oscar de la publicité, le plus grand pilote automobile de tous les temps, M. Dominique Volvani.

Frédéric s'empara du micro. La voix émue, ravi d'être la star, il déclara :

– Je suis très touché de cette récompense et de votre accueil, mais avant tout, je voudrais remercier mon frère Frédéric, mon autre moi-même… Sans lui, je ne serais pas ici aujourd'hui.

Fouillant dans les poches de son blouson en quête des clés de sa voiture, Dominique retint difficilement son fou rire.

6

Relevant la tête, Cornélia remarqua le gamin debout au pied du lit qui la contemplait.

– Qui es-tu, toi ? Pourquoi ils ne t'ont pas obligé à partir avec les autres ?

Par signes, Tanguy essaya de lui faire comprendre qu'il était de la maison. Cornélia écarquilla les yeux, observa la bonne bouille ronde, le sourire charmeur que lui adressait l'enfant. Il était drôle avec son bermuda, son tee-shirt bariolé et sa casquette de rappeur renversée sur son front où s'emmêlaient les épis.

– Serais-tu en train de me faire comprendre que tu es muet ?

Tanguy acquiesça énergiquement de la tête.

– Sans blague ! s'exclama Cornélia. Enfin, puisque à toi, au moins, ils t'ont permis de rester, tu me tiendras compagnie. Je ne sais même plus qui étaient ceux qu'ils ont virés, je les avais rencontrés à l'aéroport. On s'offre d'énormes glaces ? Je suis sûre qu'ils en ont de superbes ici. D'accord ?

L'enfant approuva de la tête de nouveau avec gourmandise. Cornélia décrocha le téléphone.

– Le room-service ? Cornélia Volvani, suite royale. Apportez-moi tout de suite deux glaces. Quel parfum ?

Elle regarda Tanguy.

– Vanille ? Chocolat ? Noisette ?

– Fruits de la passion, émit-il, oubliant d'être muet, la voix rauque de s'être tu si longtemps.

– Fruits de la passion, répéta Cornélia dans le combiné. (Reposant l'appareil, amusée, complice, elle considéra Tanguy :) J'étais sûre que tu me faisais marcher. Raconte, pourquoi tu joues la comédie ? Pour t'amuser ?

Regrettant d'avoir prononcé quelques mots, déjà Tanguy se surprenait à ne plus pouvoir parler. La voix de Cornélia, d'abord intriguée, se fit de plus en plus impérieuse :

– Pourquoi ? Pourquoi ? cria-t-elle presque.

Mâchoires crispées, l'enfant chercha ses mots.

– Parle ! ordonna plus doucement Cornélia. Tu peux tout me dire. Je te jure sur la tête de mon père de ne jamais révéler à qui que ce soit que tu fais seulement semblant d'être muet.

Elle s'approcha lentement de Tanguy, comme d'un petit animal qu'elle aurait voulu apprivoiser. Quand elle fut tout près de lui, elle ouvrit les bras. Tanguy fut incapable de résister à ce mélange d'autorité et de compassion. Il se blottit contre elle. Entre deux sanglots, dcux reniflements, il lui conta son histoire.

– Je n'ai plus eu envie de rien dire depuis que maman est morte à cause de moi. Quand le bateau s'est renversé, c'est elle que Christian voulait sauver. Ils vivaient depuis trois ans ensemble. Mais je me suis cramponné à son dos et maman s'est noyée. En plus, elle attendait mon petit frère, un enfant de lui. Depuis, moi je n'ose plus parler, et Christian refuse de me regarder.

Maternelle, Cornélia moucha l'enfant. On frappait à la porte.

– Heureusement qu'il existe des glaces pour se consoler, dit-elle, et des grandes filles pour en donner aux petits garçons.

Tanguy lui offrit un timide sourire, son premier depuis longtemps. Depuis un certain soir de gros temps dans le golfe de Gênes, très exactement, quand la tempête lui avait pris sa mère.

Dominique eut beau rouler vite, il arriva très en retard. Cornélia était furieuse contre lui. Abasourdie par les histoires tragiques que lui avait confiées le gamin dans l'après-midi, elle s'était rongé les sangs en attendant son père. Non, ce n'était plus la peine d'aller au restaurant. Merci pour le scooter des mers qu'il lui offrait pour son anniversaire, mais elle était trop fatiguée. Des hamburgers dans la chambre lui conviendraient parfaitement. Elle se sentait mal, elle manquait d'air.

Cornélia avait eu une rude journée. Dominique n'avait pas achevé ses frites que déjà sa fille s'était endormie sur la table, la tête entre ses bras. Avec tendresse, il la porta sur le lit, défit son jean pour qu'elle soit plus à l'aise, ôta délicatement ses chaussures. Un instant, il s'allongea à ses côtés tout contre elle et, la berçant contre sa poitrine, lui caressa longuement les joues et les mains.

Quand il se décida enfin à la quitter pour retourner sur l'*Harlequin Boy*, il aperçut sur le sol le vieil ours en peluche qu'il lui avait offert, toute petite, et qu'elle n'avait plus jamais quitté. Ému, il le plaça entre ses bras et effleura son front d'un dernier baiser.

Bien malgré lui, l'alerte vint de Luc. Jusque-là, Hélène avait certes écouté quelques plaintes de clients, mais elle savait qu'il y aurait toujours des grincheux à la Réserve. Heureusement qu'on y recevait aussi des gens charmants. Mais alors que Patricia lui assurait qu'au restaurant elle refusait sans cesse du monde, voilà que Luc l'informait que dix turbots lui étaient restés sur les bras. Fallait-il se résigner à les transformer en terrine avant qu'ils ne soient complètement défraîchis ? Dommage pour du poisson si cher !

Interrogée, Patricia déclara que les clients avaient opté sans doute pour le rouget ou le chateaubriand également au menu ce soir-là. Quand un convive commandait quelque chose à une table, tous les autres suivaient. Les vacanciers étaient de vrais moutons de Panurge. Tout allait bien, sa mère n'avait pas de quoi s'inquiéter. Hélène s'alarma. Suffisamment, en tout cas, pour prendre rendez-vous avec Jean-Philippe. Le bailleur de fonds et fidèle « ami » ne lui masquerait pas la vérité.

Jean-Philippe décala tous ses rendez-vous. Il l'attendait à la porte de son agence.

D'emblée, sitôt assise dans son bureau, elle déclara :

– J'ai l'impression que Patricia me ment. Où en sont vraiment les finances, à la Réserve ?

Jean-Philippe contempla la femme blonde en face de lui, la bouche aux lèvres pleines si goûteuses, perçut sa tension et n'hésita pas.

– Il n'est pas dans la nature de Patricia de mentir. Tout va très bien. Les traites sont payées et le compte approvisionné.

Que c'était insupportable d'être aveugle et de ne pouvoir consulter ni ordinateur, ni registres de comptabilité ! L'intuition d'Hélène lui soufflait que Jean-Philippe, lui aussi, ne voulait pas causer de soucis à l'infirme qu'elle était.

– Ne me cache rien, dit-elle avec autorité. Tôt ou tard, je finirai bien par l'apprendre, que vous le vouliez ou non. Et il sera peut-être trop tard alors pour rétablir la situation.

Jean-Philippe mit dans sa voix toute l'insouciance du monde :

– Hélène, fit-il, ne deviens surtout pas parano ! Pas toi !

Elle eut un rire de gorge.

– Parfois, je me demande…

Mais il allait réussir à la rassurer quand l'arrivée de Régine mit un terme à l'entretien. Elle apportait à son fiancé une épreuve de leur faire-part de mariage.

– Il me faut rentrer, dit Hélène. La Réserve n'attend pas.

– Que voulait-elle ? interrogea Régine, méfiante, après son départ.

– Elle s'inquiétait pour la trésorerie de l'hôtel.

– Et tu lui as avoué ce qu'il en était ?

– Non.

– Plus dure sera la chute… grinça Régine.

Soudain, se demandant s'il avait bien agi envers celle qui lui était toujours trop chère, Jean-Philippe ressentit quelque chose qui ressemblait très fort à de la culpabilité.

Dans sa juvénile inconscience, Cornélia avait décidé d'intervenir. Tanguy était trop malheureux. Elle ne pouvait pas l'abandonner à son sort. Un matin, elle alla carrément frapper à la porte de la chambre de Christian. Cédant aux prières d'Arnaud et de Geneviève, il avait consenti à la partager avec Tanguy. Certes, le fort était vaste et les pièces nombreuses, mais ses grands-parents avaient craint que, laissé seul la nuit, l'enfant ne retombe dans ses cauchemars. Avec Christian, il se sentirait en sécurité.

– Interdit aux clients. C'est privé, ici, aboya le jeune homme à travers la porte.

– Je cherchais Tanguy, dit-elle.

– Il dort encore. Allez-vous-en.

Elle revint à la charge, retourna à la chambre. La porte n'était pas fermée de l'intérieur. Elle entra. Tanguy n'était pas là. Elle remarqua les bouteilles vides entassées près du lit, une photo de femme déchirée puis recollée sur la table de chevet. Christian faillit la gifler quand, sortant de la douche, une serviette autour des reins, il la découvrit, n'essayant même pas de cacher la photo d'Isa…

– Quelle glu ! Fous le camp ! hurla-t-il.

Cornélia n'était pas du genre à reculer. Elle se débattit quand il lui prit le bras pour l'entraîner vers la porte.

– Je ne suis pas Tanguy. À moi, vous ne faites pas peur. Et si vous me touchez, je crie au viol.

La main de Christian partit durement. Cornélia retint un cri de douleur. Folle de rage et d'humiliation, elle partit en courant. Si ce type se figurait qu'il s'en tirerait comme ça !…

La vie était injuste. D'un côté, elle était intriguée par un homme qu'elle ne pouvait s'empêcher de trouver séduisant malgré son indifférence, de l'autre, un enfant fragile et désorienté exigeait toute son attention : deux êtres blessés, chacun à sa manière. Mais était-il encore temps d'agir et de ramener l'aîné à la raison ? Cornélia découvrit, glissée sous la porte de la suite royale, une feuille de papier quadrillé arrachée à quelque cahier. Dessus, une main malhabile avait tracé : « Je vais me suissider. Dis au revoir à Christian pour moi. Adieu. »

DEUXIÈME PARTIE

LA RENCONTRE

1

Cornélia donna l'alarme. Aussitôt, ce fut l'affolement. Alertés par Patricia, Luc et ses marmitons ne prirent pas le temps d'ôter leur tenue blanche pour s'en aller fouiller les jardins. Arnaud et Geneviève erraient, affolés, inutiles, éperdus, ne sachant trop à qui s'en prendre. Christian présentait un visage atterré. Hélène convoqua les gendarmes pour qu'ils organisent une vaste battue.

– Cet enfant avait-il des problèmes ? Des raisons de fuguer ? demanda à la cantonade un capitaine affable, de carrure rassurante.

Il considéra les Charrière, rassemblés devant lui sur la terrasse du fort. Qui aurait eu envie de fuir un endroit aussi magnifique ? Quoique… Même dans les plus magiques des domaines, les enfants peuvent avoir partout des raisons d'être malheureux.

– Christian, interrogea Hélène, la voix frémissante, Tanguy avait-il des problèmes ?

Il releva la tête, les yeux perdus, et il remarqua, adossée à la balustrade qui la dissimulait à demi, Cornélia qui les observait de son regard noisette. Était-ce de l'ironie ou du mépris qu'il décela dans les prunelles sombres de la jeune fille, avant qu'elle ne prenne la fuite dès qu'elle fut découverte ? Il hésita, cherchant ses mots :

– Je ne sais pas. Tanguy était devenu incapable de s'exprimer. S'il avait pu parler, peut-être que… En tout cas, je ne crois pas qu'il se soit suicidé. S'il était mort, je le sentirais. Là, je suis inquiet, mais…

– Tout est ma faute ! s'écria Geneviève, se tordant les mains. J'aurais dû savoir le consoler. Nous ne l'avons pas assez cajolé. Vous, Hélène, par exemple, je ne vous ai jamais vue l'embrasser.

Une fois de plus, quand sa mère se dressa, si altière, Patricia se surprit à se demander comment elle s'y prenait pour assortir si bien ses vêtements, draper aussi élégamment un châle sur son épaule. En même temps que son sens de l'odorat, elle avait dû aiguiser celui de son toucher. La jeune femme se reprocha de se laisser aller à de telles pensées en un pareil moment, mais comment éprouver autre chose que de l'admiration pour celle qui répondait calmement aux reproches de Geneviève ?

– Les effusions, ça n'a jamais été dans mon caractère. Pas de démonstrations de larmes ou de joie. Jamais d'attendrissement. Tu te souviens, Arnaud ? Ce sont les principes que nous a inculqués notre père.

– C'était un beau salaud, dit son frère. Ce n'est pas parce qu'il était un monstre à sa façon que nous devons l'imiter.

Blotti, jambes en lotus, sur un fauteuil de la suite royale, Tanguy feuilletait des illustrés. Cornélia entra en courant.

– Ça marche comme sur des roulettes. Tout baigne. Ils en sont tous à se jeter des reproches à la tête les uns les autres. Le suicide, ça fait toujours flipper la famille. Quand je me suis « suicidée » après la mort de ma mère, ça a mis mon père dans tous ses états. Depuis, j'en fais ce que je veux… Laissons-les mijoter encore un peu.

– Je vais quand même pas rester caché ici jusqu'à ce que je sois mort pour de bon, protesta Tanguy en enfonçant rageusement sur sa tête la casquette de basketteur qu'il ne quittait jamais, se contentant parfois, pour changer, de la tourner à la façon d'un rappeur.

– Encore une petite heure, ça suffira, conseilla Cornélia. Le temps que Christian craque complètement. Tu verrais, il est paniqué…

– Déjà que maman est partie, s'il n'a plus moi, il ne lui restera plus personne. Je comprends qu'il ait la trouille.

– C'est bien ça qu'on a voulu lui enfoncer dans le crâne, dit Cornélia.

Se perchant aux côtés de Tanguy, elle proposa :

– Une partie de huit américain pour patienter ? Le temps que tu la perdes à plates coutures et tu pourras ressusciter.

La dernière carte lancée sur la table basse en marqueterie, main dans la main, ils montèrent vers le fort.

L'idée d'ouvrir un compte dans la banque même des actuels propriétaires de l'île de la Réserve venait de Frédéric. Jean-Philippe Vernier était conseiller financier des Charrière depuis toujours. Il connaissait forcément nombre de leurs secrets. L'homme serait sans doute flatté que les richissimes Volvani s'adressent à son petit établissement. À l'occasion, il pourrait leur être utile.

Le banquier se montra d'abord surpris quand Dominique affirma avoir été attiré par son excellente réputation, puis il réagit comme prévu.

– Merci de votre confiance, dit-il.

Intérieurement, pourtant, Jean-Philippe s'interrogeait sur leurs véritables motivations. Quel dépôt important ! Les frères Volvani chercheraient-ils à l'acheter, et dans quel but ? Quand il apprendrait que c'était pour lui proposer de jouer les intermédiaires dans le rachat de l'île de la Réserve, il réagirait avec dégoût.

Revenu dans la soirée dans le calme rassurant de sa maison, Régine sut mettre un terme à ses préoccupations.

– Les Volvani placent leur argent dans la région, et ce n'est qu'une partie du magot parce qu'ils veulent jouer un rôle politique dans le PACA. Ils ne sont pas les premiers milliardaires à avoir soif de pouvoir. Tant mieux si tu peux les y aider. Tu n'as rien à y perdre et tout à y gagner.

– Mais pourquoi m'avoir choisi, moi ?

– Parce qu'ils sont bien renseignés. Ils se sont informés sur tes compétences.

– Tu crois ? hésita-t-il encore.

Se rapprochant, sa future femme se colla contre lui.

– Je t'aime. Laisse-moi aussi t'admirer, tu veux bien ?

Pas de larmes, pas d'effusions, pas d'attendrissements. Hélène résista à la tentation de s'élancer vers la voix enfantine qui murmurait un timide « pardon ».

– Je suis désolé, répéta encore Tanguy, niché dans les bras de ses grands-parents.

– Mais !... Tu as retrouvé la parole ! s'exclama Christian. Merci pour la plaisanterie.

Ne sachant s'il devait se mêler à l'émotion générale ou se fâcher tout net, il s'enfuit. La fuite était sa seule réaction depuis le drame. Sa mère avait raison. Pas de larmes. Pas d'effusions.

Sur le sentier, Cornélia rattrapa Tanguy qui avait cherché aussitôt à rejoindre Christian. Prenant le gamin aux épaules, elle s'exclama :

– Quel crétin ! Il a vraiment la tête dure, celui-là !

– Il m'en veut encore pour la mort de maman. Rien à faire. Il m'en voudra toujours.

– Pas du tout. Il n'a pas voulu le reconnaître, mais lui aussi a eu une sacrée frousse. Ne t'angoisse pas, s'il continue à t'embêter comme ça, je me chargerai de lui faire payer la facture.

Elle plaqua sur les joues de Tanguy les deux gros baisers que celui qu'il tenait pour son père ne lui avait pas donnés.

– Beaucoup de bruit pour rien, déclarait Arnaud, en haut sur la terrasse. Viens, ma Geneviève, on a assez tremblé comme ça. Maintenant, amusons-nous. À l'opéra !

Ils ne furent pas les seuls à se rendre en ville. Christian aussi éprouva l'envie de s'éloigner de la Réserve. Quant à Cornélia, elle avait eu envie de rejoindre son père subitement.

Du pont supérieur, sur l'*Harlequin Boy*, Frédéric observait à la jumelle Dominique et sa fille qui, après une partie de ski nautique, s'abattaient ensemble sur les coussins du hors-bord du yacht.

– Masse-moi doucement le dos, maintenant, comme quand j'étais petite, suppliait Cornélia après que son père lui eut énergiquement frictionné le dos avec une serviette-éponge.

– Mais tu n'es plus petite. Tu as dix-huit ans maintenant.

– Papa, s'il te plaît, implora-t-elle si gentiment que Dominique ne put lui résister.

Avec amour, il massa les formes sveltes mais déjà féminines de sa fille qui, rieuse, l'interrogeait :

– Et où en es-tu avec les femmes ? La blonde ridée qui avait besoin d'un lifting ?

– Virée.

– Et la rousse qui cherchait à se faire épouser ?

– Larguée.

– Et l'Anglaise tellement chic avec son château dans le Dorset ?

– Perdue de vue.

À son tour, Cornélia entreprenait de masser son père. À califourchon sur le torse ferme, elle sentit des muscles durs jouer entre ses doigts.

– Que penses-tu d'Hélène ? demanda-t-elle.

Il y eut un silence.

– Quelle Hélène ? fit-il enfin.

– La dame de la Réserve, s'agaça Cornélia.

– Oh ! celle-là ! Pas mal pour une aveugle, mais elle n'est pas mon genre, même si elle y voyait.

Sa fille eut une moue dubitative, le ton de son père ne pouvait la tromper.

– Tu m'as toujours dit que maman n'était pas du tout ton genre. Pourtant, tu l'as épousée !

Il fit rouler sa fille sur le matelas.

– J'ai tout vu ! s'exclama un Frédéric furibond, entraînant son frère à l'écart, quand Dominique et Cornélia rentrèrent dans le salon. J'ai tout vu. C'est indécent, cette façon que vous avez de vous tripoter tout le temps, tous les deux. Il paraît que les rapports père-fille ont toujours quelque chose d'incestueux mais vous deux, vraiment, vous dépassez les bornes.

Dominique haussa les épaules.

– Mon pauvre Frédéric, non seulement tu ne dis que des âneries, en plus tu as l'esprit mal tourné.

– J'en étais gêné, se plaignit l'autre. Et devant les marins, par-dessus le marché. Quelle exhibition ! Tu ferais mieux de t'occuper de nos affaires. Séduis donc la belle aveugle de la Réserve. Ça nous rendrait davantage service.

– C'est ça. Pour que tu me fasses encore une scène de jalousie, comme d'habitude !

– Jamais quand il s'agit de nos affaires. Apprivoise-la et apprends-en davantage sur le passé de l'île.

Les deux frères se considérèrent et se sourirent. Depuis toujours, ils étaient complices, eux si semblables et pourtant si différents. Par jeu, échangeant leurs vêtements, ils pouvaient à leur gré passer l'un pour l'autre ; l'un était l'autre. À de rares exceptions près, et Cornélia était du nombre, nul ne s'apercevait de rien. Seule une oreille exercée était capable de discerner des accents plus graves dans la voix de Dominique, plus masculine, alors que celle de Frédéric s'étirait vers les aigus.

Maugréant, Frédéric détourna délibérément les yeux, cette fois, quand, pressé contre sa fille sur les coussins du hors-bord, un bras passé autour de ses épaules, Dominique partit raccompagner Cornélia à la Réserve.

À l'opéra de Toulon, charmant ensemble à l'italienne, Arnaud avait définitivement pris en charge la mise en scène de *Tosca*. Sergio Borelli, le directeur, était ravi de s'être attaché un spécialiste à la réputation internationale. Geneviève était également enchantée qu'Arnaud se détache de la Réserve pour reprendre goût à ses anciennes activités artistiques, son vrai métier. Elle se réjouissait qu'Hélène ait repris les rênes, Arnaud pouvait enfin redevenir l'homme qu'elle avait aimé.

Descendant du plateau, il vint s'asseoir auprès d'eux pour mieux observer les interprètes d'un œil critique en prenant du recul.

– Ah ! J'ai l'impression de renaître. Plus large, ton mouvement, Térésa ! lança-t-il avec autorité. N'oublie pas que la Tosca est une actrice. Et toi, Stefano, ne reste pas là à bayer aux corneilles ! Tu es amoureux fou de la Tosca ! Attends, je vais te montrer.

Il n'avait pas fait deux pas que déjà, s'immobilisant dans l'allée, il porta la main à son front.

– Qu'est-ce qu'il t'arrive ? interrogea Geneviève, inquiète. Tu ne te sens pas bien ?

– Oh, juste un petit éblouissement. La fatigue, sans doute. J'ai éprouvé la même sensation hier. Et avec les farces de Tanguy en plus, il y a de quoi se trouver mal.

Rassurée, elle se rasseyait, quand soudain il s'étonna :

– Mais au fait, pourquoi es-tu ici, Geneviève ? Je croyais que tu t'occupais de la Réserve.

Geneviève et Sergio échangeaient déjà un regard anxieux lorsque, grimpant d'un bond sur la scène, le maestro Arnaud entreprit de donner de nouvelles et très précises instructions à sa troupe.

– Parfois, il n'est pas drôle du tout, remarqua-t-elle.

– Je me demande chaque fois si c'est un dérapage, une mauvaise plaisanterie, soupira le directeur. Ces grands metteurs en scène, quand même…

Parmi toutes les filles, jeunes ou vieilles, maigres ou grosses, qui patientaient aux portes des hôtels de passe, dans la rue chaude de la ville, Christian choisit une rousse d'une quarantaine d'années, à la physionomie avenante et à la chevelure luxuriante.

– Comment t'appelles-tu ? demanda-t-il.

– Comment veux-tu que je m'appelle ?

Le garçon en jean et tricot de marin eut une mimique indifférente. Ce n'était pas si souvent que d'aussi beaux gosses rôdaient par ici, songea la tapineuse.

– Bella, ça te va ?

– C'est ton vrai nom ?

– Pourquoi pas ? Viens, mon chou.

Sitôt dans la chambre où un grand lit recouvert de cretonne tenait toute la place, en vraie professionnelle elle réclama son « petit cadeau ». Christian tira un billet de sa poche. La fille sourit en fourrant l'argent dans son sac. Tout en dégrafant sa robe, elle constata :

– C'est le grand jeu que tu veux, alors.

Sans mot dire, il l'entraîna vers le lit.

Une demi-heure s'écoula. Bella eut beau s'adonner au « grand jeu », user de toutes les ressources du métier d'amour, Christian finit par se rasseoir sur la courtepointe et la fille par se lever.

Elle renfila la robe de Lycra qui la moulait si bien, rectifia son maquillage dans la glace de son poudrier et s'adressa à l'homme demeuré prostré sur le lit :

– Ça arrive tout le temps, ce genre de panne ! Même aux plus machos des machos... Crois-en l'expérience de cette brave Bella et n'en fais pas un drame.

Christian ne fut pas réconforté pour autant.

– Mais qu'est-ce qu'il m'arrive ? répéta-t-il, abattu.

Bella, qui était déjà sur le pas de la porte, revint vers lui.

– Tu veux en parler ? Tu as besoin d'en parler ? Tu as de la chance, tu as devant toi une vraie professionnelle. Mais pour avoir droit à la séance du bon Dr Bella, il faut d'abord repasser à la caisse. Alors ?

Se penchant, Christian tira un nouveau billet de son jean. Il resta sur le lit, mi-assis, mi-couché, tandis qu'elle s'installait dans l'unique fauteuil de la pièce.

– Le matin, commença-t-elle doctement, quand tu te réveilles, tu es... en pleine forme ?

– Évidemment, dit Christian.

– Alors, c'est que ton problème n'est pas physique. Tout se passe dans ta tête, mon chou. Peut-être que je ne suis pas ton genre, après tout !

Il eut des gestes de dénégation, suivis d'un long silence. Patiemment, la fille attendit que le beau gosse se décide à parler. Il marmonna enfin :

– Depuis que ma femme est morte, j'ai été incapable d'en regarder une autre. Pourtant, un homme, un homme normal, ça a des besoins. Mais est-ce que je suis encore un homme normal ?

– Elle est morte comment, ta femme ? interrogea Bella.

– Noyée.

– Elle ne savait pas nager ? Allons, au bon Dr Bella, tu peux tout raconter. C'est toi qui l'as poussée à l'eau ? demanda-t-elle.

Un « non » sonore jaillit des lèvres de son client prostré. Puis, se reprenant, il ajouta comme s'il ne voulait rien laisser dans l'ombre :

– Non, non, non… Et pourtant, d'une certaine façon, je suis quand même un assassin, un assassin !

– Tu l'as pas tuée ? Non ! Tout ça, c'est dans ta tête. Un jour, ta femme, tu accepteras sa mort et tu continueras ta vie. Tu redeviendras comme avant, avec moi ou avec une autre. Qu'importe la femme. T'en fais pas, mon joli.

Il y eut de la compassion dans la façon dont, se retournant vers son client, la fille lui effleura les lèvres.

Christian pensa qu'elle était sympa mais qu'elle se trompait, il ne serait jamais plus comme avant. Il venait de découvrir qu'en mourant Isa avait définitivement emporté une partie de lui-même. La plus vivante, la plus virile… Vite, il lui fallait un verre pour accepter cette révélation.

Près des hôtels de passe, il y a toujours des bars accueillants où des hommes s'abîment, le regard vide, accoudés à des comptoirs de bois. Demain, Christian se reprendrait, il redeviendrait un homme, mais ce soir il lui fallait boire jusqu'à l'oubli.

Patricia sursauta quand son frère pénétra dans le bureau de l'hôtel où elle travaillait, sa mère à ses côtés. Qu'était-il advenu du vagabond des mers, du sombre naufragé ?

Elle avait devant elle un grand garçon séduisant, aux cheveux sombres blondis de sel soigneusement lissés, aux joues sans la moindre ombre de barbe, en pantalon et veste de lin bien repassés. Même sa mine était enjouée.

S'inclinant par-dessus le plateau où s'entassaient des factures, des factures et encore des factures, il saisit la main d'Hélène.

– Mes hommages, madame, dit-il en la baisant.

– Tu fleures bon Eau sauvage, tu dois t'être rasé de frais, constata sa mère.

– Et il s'est mis sur son trente et un. Il ressemble à un top model dans un magazine, compléta Patricia.

Christian s'assit face aux deux femmes.

– À présent que j'ai décidé de travailler à la Réserve, il me faut bien être présentable. Patricia a besoin de toute l'aide possible, et moi je ne peux pas continuer à vivre comme ça, en parasite.

Hélène se chargea de distribuer les tâches.

– Très bien. Dorénavant, ce sera toi, Christian, qui t'occuperas d'accueillir la clientèle. Cela te contraindra à conserver cet aspect délicieusement civilisé qui enchante ta sœur. Quant à Patricia, elle s'est maintenant familiarisée avec le travail de bureau et je sais d'expérience que la comptabilité à la Réserve, c'est un emploi à plein temps.

– Et voilà comment on finit toujours par obéir aux quatre volontés de maman, conclut Christian en l'embrassant.

N'empêche, quand Patricia s'éclipsa, prétextant un problème en cuisine pour goûter quelques instants de détente en compagnie de Luc, Christian s'approcha de l'ordinateur. Maintenant qu'il s'était décidé à œuvrer à la Réserve, autant savoir où en était l'hôtel. Il observa, soucieux, les chiffres qui s'inscrivaient sur l'écran. Hélène perçut sa tension et l'interrogea, alarmée :

– Alors, Christian ? Il y a des traites, un gros découvert ? Qu'est-ce qui ne va pas ?

Pas plus que sa sœur ou Jean-Philippe, Christian n'eut le courage d'avouer ce que révélaient les chiffres.

– Recettes correctes et bonnes réservations pour le mois prochain. Pas de problèmes, dit-il.

Mais son ton avait été moins convaincant que celui des deux autres. Hélène se sentit bouillir d'impatience. Elle était lasse que tous la traitent en misérable handicapée à ménager. Il était temps qu'elle sache par elle-même ce qu'il se passait dans son propre établissement. Cette cécité lui devenait insupportable. Aucun châtiment ne pouvait autoriser que la Réserve s'en aille à vau-l'eau. Pour la première fois, elle se réjouit d'être passible de guérison. À l'hôpital d'Hyères, il y avait des ophtalmologues capables de réussir une greffe. Tout à l'heure, dans la solitude de sa chambre, elle téléphonerait pour prendre rendez-vous.

Sur la plage où des dalles de pierre épargnaient à la clientèle les aspérités des rochers, Tanguy était assis en bermuda et tee-shirt bariolés aux côtés de Cornélia qui, allongée sur une serviette de bain, seins nus et yeux clos, jouissait du soleil. L'adolescente était magnifique ainsi offerte au soleil, mais ce genre de superbe spectacle le laisserait de marbre encore longtemps.

– Cornélia, ronchonna-t-il. Cornélia, j' m'ennuie !

La jeune fille ne répondit pas et il persévéra :

– J' m'embête. Comment tu peux rester comme ça à rien faire ?

– C'est ça, les vacances, mon petit bonhomme.

Se rendant compte que son amie pourrait rester ainsi amollie tout le reste de l'après-midi, Tanguy décida de frapper un grand coup :

– Comment qu'elle est morte, ta mère ?

– En perdant la vie, dit simplement Cornélia, sans rouvrir les yeux.

– Et comment qu'elle a perdu la vie ?

La jeune fille comprit qu'elle ne se débarrasserait pas facilement de l'entêté gamin. Roulant sur le dos, elle se redressa, ébrouant ses longs cheveux cannelle.

– Quand tu étais muet, j'étais quand même plus tranquille ! Ma mère, elle se droguait. Un jour, elle a avalé trop de ses saletés. Elle ne s'est pas réveillée. Tant pis pour elle.

Et derechef elle referma les yeux. Elle regretta plus tard son erreur. La scène qui se passa alors, Cornélia aurait bien aimé l'observer. Elle entendit certes Tanguy se lever et partir en courant, mais elle ne sut pas que c'était pour rejoindre Christian qui apparaissait au bas des marches et lui tendait les bras.

Christian avait décidé de faire la paix avec lui-même. Pour qu'elle soit totale, il ne suffisait pas de reprendre sa place à la Réserve, il lui fallait se réconcilier avec Tanguy. Ce fut facile. L'enfant n'attendait qu'un geste et le guettait depuis longtemps. Dans ces bras qui s'ouvraient pour lui, il se précipita.

– Je t'emmène déjeuner dans la crique, annonça Christian. On se fera griller des saucisses.

Plus tard, le nez dans la fumée d'un barbecue improvisé entre deux pierres, Tanguy osa demander :

– Alors, tu ne m'en veux plus ?

– De quoi ?

– D'être vivant.

Christian boxa gentiment l'épaule de l'enfant qui le dévisageait avec tant d'anxiété. Tanguy ne songeait pas une seconde à lui reprocher sa dureté. Il lui demandait seulement de l'aimer. Trop longtemps, il l'avait appelé vainement au secours. Désormais, il serait à ses côtés.

– Tu sais que t'es un petit con, parfois ! s'exclama-t-il.

D'une bourrade, il l'entraîna dans un simulacre de bagarre. Tanguy rit aux éclats.

Venu rendre visite à sa fille, Dominique accosta au ponton. Apercevant Hélène qui, en tailleur-pantalon, se rendant manifestement en ville, attendait la navette, il modifia instantanément ses plans.

S'approchant d'elle, il la salua.

– Bonjour, madame Charrière, je m'en allais justement. Pourquoi ne pas profiter de mon bateau ?

À présent qu'elle avait pris sa décision, elle avait hâte de parvenir au plus vite à l'hôpital. Elle accepta volontiers.

– Merci, monsieur Volvani.

Dans le hors-bord, elle renversa la tête sur les coussins, goûtant l'air marin et la vitesse.

Ils eurent vite fait de parvenir au port.

– Il y a un taxi à la station ? interrogea Hélène, sa canne blanche serrée dans sa main, Girella au bout de sa laisse.

Deux 405 poireautaient, mais Dominique avait envie de prolonger la rencontre. D'autorité, il prit le bras de la reine de l'île.

– Non, mais quelle importance ! mentit-il effrontément. J'ai laissé ma Ferrari au parking.

Rien ne me presse. Je peux vous conduire où vous voudrez, ce sera un plaisir pour moi que de vous rendre service, madame Charrière.

– D'accord, si vous m'appelez Hélène.

– Et moi Frédéric.

Elle n'avait rencontré Frédéric Volvani qu'une fois, lors d'un repas que les deux frères avaient pris en commun avec Cornélia à la Réserve, pourtant Hélène n'en crut pas ses oreilles. Elle se figea, surprise.

– J'étais convaincue que vous étiez Dominique.

– Déçue ? demanda-t-il avec un petit rire.

– Pas du tout, affirma-t-elle.

– Dominique et moi avons l'habitude que les gens nous confondent souvent l'un avec l'autre, dit Dominique en lui ouvrant sa portière.

Il monta à son tour dans la voiture et démarra. Longeant la Corniche, il se plaignit d'avoir toujours vécu dans l'ombre d'un frère célèbre et trop gâté par la vie. Toutes les femmes du monde se l'arrachaient.

– Et vous, Dominique vous plaît aussi ?

– Il vous a chargé de me poser la question ? demanda-t-elle sèchement.

– Et vous venez d'y répondre, répliqua-t-il.

La Ferrari roulait au bord d'une mer azur scintillant en contrebas. Après un long silence, il l'interrogea comme s'il voulait simplement entamer une conversation moins dangereuse :

– Vous comptez passer toute votre vie sur votre île ?

– Bien sûr. J'y suis très heureuse. De surcroît, elle appartient à ma famille depuis des générations. Là est ma place, et celle des miens.

Elle ne put voir évidemment le sourire presque dangereux qui étira soudain les lèvres de son conducteur.

– Et que feriez-vous si vous étiez obligée de la quitter ?

– Je me tuerais, dit-elle avec simplicité.

Le silence ne fut plus rompu jusqu'à l'hôpital.

Pendant deux heures, les examens succédèrent aux examens avant que le responsable du service, le Pr Garrigue, ne pénètre dans le bureau où Hélène, s'efforçant de calmer les battements de son cœur, attendait les résultats.

Elle l'entendit feuilleter le dossier qui contenait le verdict.

En grand médecin sûr de lui, il annonça d'une voix posée qu'une intervention était possible.

– Quand ? demanda-t-elle aussitôt.

Hélas ! Rares étaient les donneurs d'organes, car les familles consentaient de moins en moins souvent à ce qu'on prélève les cornées d'êtres chers qui venaient tout juste de leur être arrachés. Mme Charrière devrait patienter. Il lui confierait un bip qu'il lui conseilla de porter sur elle jour et nuit. Dès qu'il sonnerait, elle devrait foncer à l'hôpital où tout serait déjà prêt pour son intervention.

– Cela se passera sûrement un week end, soupira-t-il. C'est en fin de semaine qu'il y a toujours le plus d'accidents et donc de donneurs potentiels.

Dehors, Hélène trouva Dominique qui l'attendait.

– Je voulais éviter que vous vous trouviez de nouveau en manque de taxi. Je suis un bon chauffeur, non ? Même par procuration...

Toute à sa joie, elle lui avoua qu'elle n'était pas venue là pour réconforter une amie mais bel et bien pour consulter un spécialiste.

– Et alors ? demanda Dominique.

– Alors, Dominique...

– Frédéric, coupa-t-il.

– Non, Dominique. Au moins, la cécité m'aura appris à différencier les voix. Si je ne mens plus, soyez franc aussi. Je vais retrouver la vue. Cela devenait indispensable, sinon pour moi, du moins pour la bonne marche des affaires de la Réserve. Et vous l'avez prouvé tout à l'heure, tout le monde profite de ma non-voyance pour me mentir. Vous, vous avez voulu vous en servir pour savoir quels étaient mes sentiments à votre égard. Est-ce que je me trompe ?

Il imagina, sous les lunettes noires, le regard qui le fusillait. Elle avait raison. Honteux, il reconnut :

– Je suis impardonnable, excusez-moi. Pourtant...

– Ne cherchez pas vos mots. Je ne pourrai plus jamais vous croire, dit-elle en s'éloignant. Et je n'ai pas besoin de bénévole pour me conduire. L'hôpital a appelé un taxi pour moi. Il ne devrait pas tarder à arriver.

En effet, un chauffeur se garait déjà et descendait de son véhicule. Regardant à la ronde, il reconnut rapidement l'aveugle qu'on lui avait demandé de transporter.

– Tout à votre service, madame, dit-il.

– Au revoir et merci, monsieur Dominique Volvani, articula Hélène, insistant ironiquement sur le prénom.

2

Pour leur mariage, Régine et Jean-Philippe donnèrent un bal masqué. Hélène choisit de s'y rendre en Arsène Lupin, gentleman-cambrioleur, Patricia en Colombine et Tanguy en Pierrot. Pour leur part, Arnaud se voulut le fou de Francois Ier et Geneviève la Dame aux camélias.

Arnaud, son fin collier de barbe soigneusement lissé, faisait joyeusement tinter son sceptre de clochettes quand, dans leur chambre, Geneviève le pria de l'aider à accrocher à son cou un long flot de brillants.

Il sursauta, outré :

– Qu'est-ce que c'est que cette horreur en toc ?

– Mes bijoux de la Bégum, dit-elle en riant.

– Mais les femmes convenables ne portent pas de telles pacotilles ! s'exclama-t-il, horrifié. Que va-t-on penser de nous et de notre famille ?

– On pensera que j'ai déguisé du strass en rivière de diamants ! rétorqua-t-elle avec insouciance.

– Moi vivant, jamais tu ne porteras du faux. Jamais ! Tu mérites mieux que ça. Attends !

Ouvrant la commode, il trouva derrière une pile de chemises l'écrin qu'il cherchait. Il en sortit plusieurs rangs de perles qu'il enroula autour du cou de son aimée.

– Les trésors du lagon, voilà ce que tu mérites, ma Geneviève, dit-il de sa belle voix grave. Ces perles appartenaient à ma mère et t'attendaient depuis des années. Elles sont à toi.

– Mais ce bijou doit valoir une fortune.

– En effet, reconnut-il. Une fortune qui, désormais, est toute à toi.

Il la serrait dans ses bras si tendrement qu'elle se laissait emporter. Hélas, en guise de mots doux, il lui déclara :

– Maman, quand je serai grand, je me marierai avec toi.

Se reculant, elle le dévisagea. Béat, Arnaud souriait aux anges.

– Arnaud ! cria Geneviève, affolée.

D'un coup, il sembla retomber sur terre.

– Dépêchons-nous, nous sommes déjà en retard.

– Et si nous n'allions pas à ce bal ? Tu sembles si… fatigué !

– C'est vous qui devriez avoir l'air lasse, madame la phtisique ! En avant ! Tout le monde doit déjà nous attendre au ponton.

Geneviève ne pouvait répondre. Elle additionnait les symptômes : les éblouissements, les bégaiements à l'opéra, cette méprise, maintenant… Cette fois, malgré le superbe cadeau et toutes les plaisanteries de son compagnon, Geneviève eut plus de mal à chasser son inquiétude. Qu'il le veuille ou non, elle obligerait

Arnaud à consulter au plus vite un neurologue renommé. Si elle avait su qu'il s'en était déjà soucié, elle aurait considéré d'un tout autre regard le trésor qui pendait désormais à son cou, de même que l'accoutrement de bouffon que, volontairement, pour cette soirée, le metteur en scène s'était choisi…

Régine estimait qu'il n'y avait rien de louche dans les propositions des frères Volvani et que son mari ferait mieux de s'informer avant de s'offusquer. Jean-Philippe céda à ses arguments et accepta une réunion sur l'*Harlequin Boy*. Après tout, il était vrai que la Réserve était au bord de la faillite. Jusque-là, il était toujours parvenu à maintenir le découvert depuis si longtemps consenti, mais le gouffre était désormais si profond qu'il suffirait de deux ou trois créanciers particulièrement pressants pour que l'hôtel soit bradé à l'encan. Sa femme était de bon conseil. Il en allait de l'intérêt de tous que Jean-Philippe écoute au moins ce que les Volvani avaient à offrir.

Sur l'*Harlequin Boy*, au large de l'île de la Réserve, en attendant l'arrivée du banquier, Frédéric et Dominique poursuivaient une partie d'échecs entamée depuis longtemps. Se détournant du damier pour fixer l'île se profilant derrière le hublot, Dominique observa :

– J'ai honte à l'idée de dépouiller une aveugle. Si nous renoncions ? Pourquoi poursuivre cette vendetta ? Hélène n'est en rien responsable de ce qui a pu se passer autrefois, et la couler ne ressuscitera pas notre père.

– Tu oublies la dernière volonté de papa.

– Il doit être possible de l'inhumer dans l'île sans pour autant…

D'un geste rageur, Frédéric renversa les pièces sur l'échiquier.

– Ne redeviens surtout pas sentimental, Dominique. Je n'accepterai plus jamais qu'une femme se mette entre nous. Rappelle-toi ce qui s'est passé la dernière fois. À moi, tu ne peux pas me mentir.

– Cesse cette rengaine. Je n'ai pas tué ma femme, et tu le sais parfaitement.

Simultanément, un valet annonçant l'arrivée du banquier et la sonnerie du téléphone interrompirent la querelle.

Au bout du fil, Cornélia était très excitée :

– Hélène part pour l'hôpital. Ils ont trouvé un donneur !

– Qu'il entre, dit Frédéric au valet.

Par-dessus son épaule, il lança :

– Plus jamais, tu m'entends, plus jamais je ne tolérerai de femme dans notre couple.

Mais quand il accueillit Jean-Philippe, Frédéric constata qu'il s'était agité dans le vide. Son frère n'était plus là.

Luc s'indignait. Patricia n'avait pas encore osé avouer à sa mère qu'elle était enceinte. Même la hautaine Madame Hélène ne pourrait, pensait-il, que partager leur joie. Cet enfant avait été conçu avec beaucoup d'amour, mais aussi pour contraindre cette pimbêche à accepter leur liaison. Des semaines, ils avaient attendu d'en être sûrs. Enfin le gynécologue l'avait confirmé, le bébé était bien là. Et à présent, voilà que Patricia reculait. Luc s'emporta :

– Même si elle est aveugle, elle finira bien par s'en apercevoir rien qu'en t'effleurant. Ce sera encore plus difficile de lui parler alors.

– Tu as raison, reconnut Patricia. J'y vais.

Dans le parc où flânaient quelques clients, lui dans sa tenue blanche de cuisinier, elle dans son tailleur-pantalon de bonne coupe, Luc ne pouvait pas prendre son aimée dans ses bras pour lui donner courage. Comme souvent dans ces cas-là, il lui fit l'amour des yeux. C'est ainsi qu'entre eux ils appelaient ces échanges de regards passionnés sous lesquels, parfois, Patricia rougissait tant ils la brûlaient.

Elle marchait d'un pas décidé vers le bureau quand de derrière la porte jaillirent de sonores « bip-bip ». L'instrument tintait dans la poche de la veste d'Hélène. Sa fille se précipita. Les instructions du Pr Garrigue étaient formelles. Hélène devait gagner au plus vite l'hôpital. Plus question de révélations qui pourraient la blesser en un moment où sa mère aurait besoin de toutes ses forces. Patricia ameuta le reste de la famille. Dans le hors-bord, Hélène se tourmenta. Grâce à cette intervention, c'était toute sa vie qui allait reprendre son cours. Ces trois ans dans le noir, les estimant mérités, elle les avait volontiers subis. Mais à présent que sa décision était prise, que l'heure approchait, elle s'efforçait de ne pas trop espérer. Tant de greffes s'étaient achevées par des rejets ! Le Pr Garrigue l'avait assurée pourtant… Oh ! Comme Hélène avait hâte d'y voir clair, de redevenir la femme indépendante et autonome d'autrefois ! Le grondement du moteur du hors-bord la libéra.

Patricia entoura de son bras les épaules frémissantes de sa mère tandis que Christian fonçait, à la fois heureux et inquiet, rasant les flots.

Dans le salon de l'*Harlequin Boy*, tout en examinant avec curiosité les portraits à la gloire du champion automobile, Jean-Philippe réfléchissait. Le banquier ancré en lui ne pouvait rester insensible aux offres de l'homme d'affaires. Neuf pour cent, dix pour cent du montant de la vente pour lui, s'il consentait à jouer les intermédiaires, les enchères grimpaient en même temps que les prix envisagés.

L'ami d'Hélène qu'il serait toujours se persuadait qu'avec des propositions si élevées, quasi inespérées, la femme qui l'avait séduit, avec tant d'autres hommes, pourrait vivre toute une existence dans le luxe plutôt que de sombrer dans l'adversité. Homme d'affaires et perpétuel amoureux d'Hélène enfin réconciliés en son for intérieur, Jean-Philippe conseilla d'une seule voix :

– Le mieux serait encore d'agir par étapes. Il y a tant de dettes à éponger… Une petite participation au capital d'abord, une plus large ensuite, et bientôt l'hôtel sera à vous. Privée de la Réserve pour laquelle elle a tant combattu, Mme Charrière ne tardera pas à se désintéresser du reste de l'île. Il sera alors temps d'aviser.

– Subtile stratégie ! s'exclama Frédéric. Vous valez décidément le montant de vos honoraires.

Sous le ton mordant, Jean-Philippe courba la tête. De nouveau, le dilemme le déchirait. Avait-il vraiment agi au mieux des intérêts d'Hélène ? Ou pour assouvir une ambition que son épouse s'évertuait à lui inculquer ?

Mal dans sa peau, il partit comme un voleur.

Frédéric, confortablement installé dans un fauteuil, considéra avec gourmandise l'île qui serait bientôt leur, à Dominique et à lui.

Soutenue par ses deux enfants, Hélène courut presque dans le dédale de couloirs de l'hôpital. Tout était prêt. Une chambre l'attendait. Elle huma l'odeur de désinfectant de la chemise qu'une infirmière l'aida à enfiler. La femme lui annonça que le Pr Garrigue rendrait bientôt visite à sa patiente. Entre-temps, un médecin anesthésiste effectuerait la prémédication préalable à toute intervention.

Leur présence ayant été déclarée intempestive, Christian et Patricia partirent à regret. Tous deux étaient surexcités à l'idée de retrouver bientôt leur mère entière, telle qu'ils l'avaient connue pendant toute leur enfance. Elle leur était apparue presque comme une étrangère, cette femme blonde qui s'avançait, canne blanche au bout du bras, assistée de son chien. L'heure était cruciale et on leur demandait de s'en aller ! Ils exigèrent qu'on les informe de tout le détail de l'opération, du moindre changement dans l'humeur ou l'état de la patiente.

S'efforçant de faire taire le tumulte en elle, Hélène, adossée à ses oreillers, attendit l'arrivée de l'anesthésiste.

Une violente discussion, des cris dans le couloir attirèrent son attention.

– Vous n'aurez pas les yeux de mon fils, hurlait une femme. Pas les yeux. Mon garçon ne sera pas inhumé avec des orbites vides, pour l'éternité. Je ne veux pas, je ne veux pas ! Vous n'êtes que des vautours, des charognards, à vouloir vous repaître des restes des autres ! On voit bien que ce n'est pas vous qui avez perdu un enfant. Je me moque que mon mari ait signé une autorisation de prélèvement d'organes ou pas. Vous ne toucherez pas aux yeux de mon enfant !

Hélène frémit. Était-ce elle qu'une mère endeuillée traitait de vautour ? Alors, et seulement à cet instant, elle comprit qu'elle avait placé inconsciemment tous ses espoirs dans le malheur d'une autre. Elle gémit.

Dans le couloir, l'altercation cessa.

On frappa à sa porte. Le Pr Garrigue entra. De sa voix sereine de praticien, il expliqua que l'intervention devait être différée. Au dernier moment, une famille avait refusé le prélèvement de cornée.

– Désolé, répétait l'ophtalmologiste, de la voix trop calme qu'il employait face aux patients proches de la crise de nerfs, je suis désolé. Je comprends combien vous devez être déçue après avoir éprouvé un tel espoir, mais ce n'est que partie remise. Une autre occasion se présentera, et vite, je peux vous le promettre.

Hélène secoua la tête.

– Si ma vue doit dépendre du malheur des autres, si mon unique obsession doit être de souhaiter que quelqu'un meure pour moi, si je dois espérer de tout mon cœur le décès d'un inconnu, autant renoncer tout de suite.

À tâtons, elle chercha le bip sur la table de chevet et le tendit au médecin. Fermement, elle annonça :

– Je renonce à l'opération. Reprenez votre balise.

– Vous êtes sûre de votre décision ? Vous n'étiez pas responsable du décès de ce garçon, pas plus que vous ne le seriez de celui d'un autre.

– Certes, mais je me sentirais toujours coupable de l'avoir attendu. Dorénavant, ce serait toujours comme si quelque chose en moi l'avait provoqué. J'ai causé suffisamment de malheur dans ma vie. Cela suffit. Pas de greffe. Ma décision est définitive. Irrévocable.

À court d'arguments, le Pr Garrigue s'éclipsa sans rien ajouter. Dehors, il donna des instructions pour que nul ne dérange Mme Charrière. À cette heure cruciale, elle avait avant tout besoin de solitude. Elle ne pouvait partager sa douleur.

Hélène, sanglotant dans l'oreiller, n'entendit pas la porte se rouvrir. Il fallut qu'une main se pose sur ses joues et essuie doucement ses larmes pour qu'elle prenne conscience d'une présence. Une odeur de pin et de verveine, c'était Dominique.

Elle ignorerait toujours quelle allure il avait, ce champion automobile que Patricia lui avait décrit comme si séduisant. Les pleurs qu'Hélène savait inutiles redoublèrent de plus belle. Entre deux sanglots, elle réussit pourtant à expliquer :

– J'étais si heureuse de recouvrer bientôt la vue, mais si pour cela... Maintenant, il faut m'habituer à l'idée que je resterai aveugle toute ma vie. Cela me serait égal si...

La seule présence de cet homme l'apaisait. Il lui faisait du bien.

Ses larmes taries, elle s'interrompit.

Hélène ne se demanda pas pourquoi elle, d'ordinaire si réservée, si hautaine, se confiait soudain à un homme qu'après tout elle ne connaissait qu'à peine. Dominique était là, à ses côtés, et c'était tout ce qui importait. D'instinct, elle en était sûre, à lui, elle pouvait tout dire. Elle avait envie de se livrer sans calcul.

– Si la Réserve n'était pas au bord du gouffre... Tout le monde a beau me mentir, je n'entends pas autour de moi l'animation d'un hôtel plein, les allées et venues, les appels des vacanciers. Je ressens comme une douleur le vide des bars et des restaurants. Je sais qu'il n'y a guère plus d'un ou deux nageurs dans la piscine. Pour qui me prennent-ils donc ? Avec des yeux, j'aurais pu me battre et sauver la Réserve comme chaque fois qu'elle s'est trouvée en danger ! Mais maintenant...

– Maintenant, fit Dominique, la main toujours sur ses joues humides, vous allez vivre. Vous ne serez plus la prisonnière, l'esclave de cet endroit. Même aveugle, maintenant, Hélène, vous allez vivre.

Elle se débattait encore.

– Vous ne pouvez pas comprendre !

– Mais si, je peux comprendre, dit-il sans se départir de sa douceur, je peux comprendre parce que, Hélène, il faut que je vous l'avoue, je vous aime. Je vous aime depuis ce premier instant, quand vous m'êtes apparue à l'hôtel… Je vous ai aimée si belle et si fière tout comme je vous aime à présent, désemparée…

Il se pencha sur elle.

– Vous ne pouvez pas ! Moi, cria-t-elle presque, je ne vous aime pas, je ne peux pas, je ne…

La bâillonnant de sa bouche gourmande, Dominique mit un terme à ses protestations. Elle promena ses mains sur un visage carré, en modela les traits fermes. Il demeura immobile, lui permettant de poursuivre son exploration. Quand elle se souleva, pour l'approcher, il la tint à bout de bras et puis, ensemble, ils s'abattirent sur la couchette étroite. Elle s'agrippa à ses mèches brunes. Il caressa sa joue pâlie et, s'emparant encore de ses lèvres, il l'embrassa avidement, aspirant son souffle et sa vie. Elle s'abandonna tout entière à cette première étreinte et même, quand Dominique s'écarta pour mieux la contempler, ce fut Hélène qui reprit voracement ses lèvres, lui tenant la tête à deux mains pour qu'il ne puisse plus se détacher.

Qu'elle était belle, avec son auréole de cheveux blonds et son visage embrasé sous le bandeau noir ! Se soulevant sur ses coudes,

Dominique observa intensément la femme aimée avant d'enfouir son front dans son cou, là où palpitait une veine. Des mains, il chercha ses seins. Elle respira avec peine. Elle se tendait vers lui maintenant, les bras le long du corps, à l'affût de sensations qu'elle avait crues oubliées et qui à présent la bouleversaient. Dominique lui faisait mal, car il y avait longtemps qu'Hélène n'avait plus connu d'homme. Elle ne cria pourtant pas quand il pénétra sa féminité trop longtemps close. Au contraire, pressant sa main contre sa bouche, elle se mordit la paume et un peu de sang perla. Lui perdait la tête et murmurait des mots incohérents. Sentant monter l'extase, la reconnaissant, Hélène se dit vaguement qu'elle était redevenue femme, femme de par la volonté et la force de Dominique. De ses bras et de ses jambes, elle l'étreignit contre elle. Le garder ainsi !

Frédéric, ses sempiternelles jumelles rivées à ses yeux, épia les évolutions du hors-bord s'approchant du ponton, capta derrière les lunettes noires le visage illuminé de l'intérieur de la femme blonde et le bonheur sur le visage de Dominique. Tandis que, bras dessus bras dessous, le couple montait vers le fort, il étira ses lèvres en un sourire cruel. La machine était en route. Même un Dominique épris d'Hélène Charrière ne pourrait plus l'arrêter. La réunion qui se tenait dans le salon ovale du fort prenait enfin une autre tournure.

À force de chercher à s'en convaincre lui-même, d'entendre Régine lui réitérer que là était la meilleure solution, Jean-Philippe s'en était maintenant tout à fait persuadé : vendre la Réserve délivrerait Hélène d'un lourd fardeau. En accédant aux vœux des Volvani, il œuvrait pour le bien des Charrière.

Autant agir rapidement. Quand Hélène reviendrait d'Hyères, après l'opération, elle n'aurait pas à gérer un établissement en proie à de graves difficultés financières. Au contraire, nantie d'un solide capital, elle pourrait partir se reposer, voyager à son gré de par le monde. Jean-Philippe s'était donc résolu à convoquer en son absence une réunion des actionnaires de la Réserve.

Patricia était tentée. Avec sa part, tous tracas oubliés, elle ouvrirait un restaurant dont elle serait la seule patronne et où Luc pourrait exercer à loisir son talent. Christian, tuteur de Tanguy et donc majoritaire, abonda volontiers dans le sens du banquier. Quelques jours de responsabilités lui avaient suffi à se rendre compte de son peu de goût pour les affaires hôtelières.

– Même dans les pires circonstances, Hélène refusera toujours de vendre la Réserve, souligna Jean-Philippe. Il nous faut donc la placer devant le fait accompli. Tous ces commandements d'huissier s'accumulent. Signez tout de suite la promesse de vente aux Volvani avant d'être contraints de brader l'hôtel à vil prix.

– Une promesse de vente ? s'exclama Hélène, du seuil de la salle du fort.

Sur le pas de la porte de la propriété familiale, elle se dressait, les toisant de toute sa haute taille devant son chevalier servant. Tous sursautèrent, surpris de la voir là, en statue du Commandeur. Comment avait-elle déjà quitté l'hôpital ? Et pourquoi arborait-elle encore ces lunettes noires dont ils l'avaient espérée délivrée à jamais ? Jean-Philippe se reprit le premier.

– Les Volvani sont acheteurs, précisa-t-il.

Instantanément, elle lâcha le bras de Dominique qui avait tenu à la guider.

– Laissez-moi vous expliquer, balbutia-t-il.

Impérieuse, elle lui fit face.

– Partez. Vous m'avez déçue. Vous vous êtes joué de moi. Vous avez profité de ma faiblesse. Comment ai-je pu me laisser aller ainsi ? Faire confiance à un étranger à la famille ? Inutile de chercher encore à me tromper. Pour moi, dorénavant, vous n'existez plus. Tenez-vous loin de moi et de mes biens.

Le repoussant, elle claqua sur lui la porte de la salle.

– Et maintenant, lança-t-elle à ses enfants et à Jean-Philippe, racontez-moi ce que vous maniganciez derrière mon dos, profitant de ce que j'étais à l'hôpital.

– Si nous ne liquidons pas maintenant, tout risque d'être saisi, plaida Patricia.

– Nous n'avons pas le droit de rater cette chance, ajouta Christian.

– Ainsi, aux premiers déboires, vous baissez les bras, vous abandonnez cet établissement pour lequel votre père et moi avons tant lutté.

Je vous ai surestimés. Je croyais nos enfants d'une meilleure étoffe !

– Justement, s'écria Patricia, ulcérée, nous ne sommes plus des enfants, et un enfant, d'ailleurs, c'est à mon tour d'en attendre un. Et il mérite mieux que de venir au monde dans une famille complètement ruinée !

– De qui, cet enfant ? interrompit Hélène, glaciale.

– De Luc, l'homme que j'aime.

– Un cuisinier ! Vous n'aurez donc jamais d'ambition, tous les deux. Comment as-tu pu manquer à ce point de respect envers toi-même ? Je ne veux plus rien entendre.

Dans un coin de la pièce, son chien jappa. La laisse était demeurée à sa place sur la cheminée. Hélène s'en empara.

– Girella, appela-t-elle.

Le chien se précipita vers elle. Hélène allait sortir quand Patricia demanda :

– Maman ! Pourquoi n'as-tu pas attendu que l'on t'opère ?

Elle eut un rire amer.

– Parce que j'ai voulu rester humaine.

3

Le bourdonnement du standard téléphonique tira le veilleur de nuit de sa torpeur. Tout le tableau clignotait. De plusieurs chambres, des clients se plaignaient d'avoir été soudain privés d'électricité. Il remarqua alors que l'unique lampe que lui-même avait gardée allumée s'était également éteinte. Heureusement, il disposait d'une puissante torche sous le comptoir. Il serait à même d'effectuer une réparation si nécessaire. Il rassura les protestataires.

– Il doit s'agir d'une panne de secteur. Ne vous inquiétez pas, je vais immédiatement brancher le groupe électrogène.

En courant, il partit vers le branchement EDF. Il constata que le couloir menant à l'office était empli d'une fumée paraissant provenir des cuisines. Toussant et se frottant les yeux, il poussa la porte et recula vivement. Un barrage de flammes s'élevait devant lui.

– Au feu ! hurla-t-il.

» Au feu ! cria-t-il, tournant autour du bâtiment. Au feu, au feu !

Ce fut le branle-bas dans l'hôtel. Des clients paniqués criaient et tournaient en rond, en pyjama ou en chemise de nuit. D'autres, ayant conservé leur sang-froid, aidaient Christian, Patricia, Luc et des membres du personnel à sortir des meubles, des valises, des objets précieux ; tout ce qu'il était encore possible de mettre à l'écart du brasier qui s'étendait.

Les marins-pompiers arrivèrent très vite et aussitôt, pompant l'eau de la piscine, ils braquèrent leurs lances.

Adossé au roof de l'*Harlequin Boy*, Frédéric, avec ses jumelles, examinait les bâtiments de la Réserve, éclairés de rougeoiements sinistres. À l'œil nu, Dominique avait déjà repéré l'île embrasée, les flammes et l'épaisse fumée noire se dégageant des fenêtres.

Il bondit sur le pont, arracha les jumelles à son frère.

– Tu es content ? cracha-t-il. C'est toi ?

Frédéric prit un air entendu :

– *Chi lo sa ?*

– Tu es un monstre, cria Dominique. Tu ne recules devant rien pour assouvir tes desseins. Tu mériterais que je t'écrase du pied comme une bête malfaisante.

– Décidément, le meurtre t'obsède, remarqua tranquillement Frédéric tandis que son frère se précipitait vers le hors-bord.

Devant la Réserve en flammes, Cornélia, sortie en hâte de sa chambre, comme les autres clients, se jeta en pleurs dans ses bras. Brièvement, Dominique l'étreignit pour la réconforter. Puis il se joignit à ceux qui tentaient de sauver ce qui pouvait encore l'être.

Christian, le visage inondé de sueur, observa l'incendie qui gagnait les toitures.

– Tout va y passer, dit-il à Patricia et à Luc, enlacés, inefficaces, et il y a des flammèches jusque dans les arbres. C'est toute l'île qui va cramer !

– Maman ne s'en remettra jamais, gémit Patricia.

– Où est-elle ? demanda Christian.

– Mais je ne sais pas... paniqua aussitôt sa sœur.

Ils se dévisagèrent, affolés. Leur mère n'était pas parmi la petite foule qui s'agitait devant l'hôtel.

– Peut-être est-elle au fort ?

Dans sa hâte à monter au fort, Christian bouscula sans le remarquer Frédéric venu lui aussi aux nouvelles pour apprécier en bon renard l'ampleur du sinistre.

À vives enjambées, il parcourut toutes les pièces, appelant sa mère. Geneviève sortit de sa chambre en se frottant les yeux.

– Hélène n'est pas là. Elle reste le plus souvent à l'hôtel, le soir.

– Mais à l'hôtel, il y a le feu ! Si elle y avait été, elle aurait senti la fumée, Girella aurait aboyé, elle serait sortie comme les autres !

Arnaud apparut à son tour, veste d'intérieur sur son pantalon de pyjama, la barbe hérissée.

– Qu'est-ce que c'est que ce tintamarre ?

– Il y a un incendie à la Réserve ! cria Geneviève.

– Qu'importe ! dit-il en haussant les épaules. Qu'on ne me dérange surtout pas, je suis en conférence avec Mozart.

Il regagna leur chambre et se rendormit aussitôt. Arnaud déraillerait-il encore, et en un tel moment ? Geneviève le considéra, navrée, puis se vêtit à la hâte pour rejoindre Christian qui dévalait les marches.

– Elle n'est pas au fort, annonça-t-il aux autres.

– Mais alors, où est-elle passée ? s'étonna Luc.

Le veilleur de nuit déclara avoir vu Madame Hélène peu avant la panne. Comme souvent la nuit, elle s'était attardée à bavarder quelques instants avec lui. Ensuite, il ne savait pas.

– Et si elle était allée dans son bureau ? s'écria Patricia d'une voix cassée. Et si elle n'avait pas pu en sortir ensuite ? Peut-être qu'il était trop tard quand elle a pris conscience que…

– Mon Dieu ! hurla Dominique.

L'œil du pilote se braqua sur le brasier, cherchant la brèche. Il se précipita.

Frédéric jaillit sur les talons de son frère. Dans le grand hall noyé de fumée noire, la chaleur était suffocante. Haletant, il parvint à le happer par la manche.

– Dominique ! Tout brûle à l'intérieur. Il est impossible de respirer ici. Si elle est là-bas, c'est trop tard pour elle.

D'une manchette, Dominique se dégagea et avança vers le couloir.

– Dominique !

Au-dessus de la tête de son jumeau, une poutre incandescente cédait, éparpillant mille flammèches. Frédéric attrapa Dominique avant que tout entière elle ne s'effondre sur lui. Son frère se tint un instant le visage puis s'évanouit. En titubant, Frédéric le traîna vers l'extérieur. Cornélia s'agenouilla auprès de son père, lui tenant les mains.

– Papa, j'ai eu si peur ! Heureusement qu'oncle Frédéric t'a tiré de là !

Un pompier accourut, apportant une bouteille d'oxygène. Avant qu'il ajuste le masque sur son visage boursouflé de cloques, Dominique parvint à articuler :

– Si... si Hélène est... morte... il ne faut pas me sauver.

Elle était debout dans la nuit, à l'extrémité de l'île, droite, immobile, presque minérale, la grande femme blonde. Flairant la terre, la truffe au ras des herbes, Girella la rejoignit. Elle flatta le museau humide.

– Pourquoi t'es-tu sauvé ? Tu sais bien que sans toi, quand il n'y a personne, je suis perdue ! Conduis-moi à la Réserve, maintenant.

Fantomatique, son chien à bout de bras, Hélène émergea de la fumée, toussotante, à proximité du brasier. Elle respira les odeurs d'incendie et, coupant court aux exclamations de joie des siens, elle exigea de parler au capitaine des pompiers. Quels étaient exactement les dégâts ?

– Nous avons réussi à les limiter, dit l'homme, d'une voix lasse. Mais ils sont quand même importants. Vous êtes bien assurés, j'espère ?

– Heureusement, dit Hélène.

– Comment cet incendie a-t-il pu se déclarer ? interrogea Patricia.

– D'après les premières constatations, le feu aurait pris dans les cuisines. Vous savez, il suffit parfois de quelques minutes pour que tout…

– Tout… gémit Hélène, humant les parfums brûlés du désastre.

Une seconde, elle se laissa aller contre sa fille mais très vite, elle se reprit.

– Capitaine, quand la Réserve rouvrira après les travaux, vous serez notre invité d'honneur.

– Merci d'avance, madame. Maintenant, je vais rassembler mes hommes.

Il avait à peine tourné le dos qu'Hélène ordonnait :

– Patricia, tu préviendras les assurances à la première heure, demain matin. Leurs primes sont assez chères. Qu'elles paient, et vite !

Patricia réprima un tremblement dans sa voix :

– Bien sûr, maman.

Dans les cuisines, sans se soucier d'un Tanguy très excité virevoltant autour d'eux, Christian et Luc dressaient un triste état des lieux.

– Quand je pense que j'engueulais tout le temps mes gars pour que tout soit nickel, maintenant, c'est Waterloo, se lamenta Luc.

– C'était pas Waterloo, c'était *La Tour infernale* ! Super ! s'exclama Tanguy. Et après, avec les pompiers et leurs lances, arrosant les arbres, on se serait cru dans *Typhon sur New York* ! Vraiment chouette !

– Tais-toi, gamin, ordonna Christian. Tu m'empêches de réfléchir.

Attentivement, il examinait des fils électriques tordus par la chaleur qui pendaient le long d'un mur calciné. Il appela :

– Luc, viens voir un peu.

– Qu'est-ce qu'il y a ?

– Regarde, c'est de là que le feu a dû partir. Il y a certainement eu un court-circuit. En plus, ces fils, je me demande de quand ils datent. Sûrement pas d'hier !

Le jeune cuisinier n'en croyait pas ses yeux.

– Mais c'est impossible ! s'écria-t-il. Toute l'installation a été refaite au début de l'année. Incroyable !

– Alors, j'en connais qui vont le sentir passer. Dès le premier constat, les assurances se retourneront contre l'entreprise d'électricité.

– Tant pis pour eux ! se réjouit Tanguy. On va pas se laisser avoir par des gens malhonnêtes. Hein, Christian ?

À l'aube, Geneviève était retournée au fort et avait longtemps secoué Arnaud avant qu'il ne recouvre tous ses esprits. À présent, il faisait face, aux côtés de Patricia et d'Hélène, aux doléances des clients de l'hôtel. Se coupant la parole les uns les autres, tous se plaignaient en même temps. Leurs vacances fichues, leurs bagages perdus, leurs vêtements endommagés, qui les rembourserait ? L'un menaçait d'appeler sur-le-champ son avocat, un autre exigeait un constat.

C'est dans cette atmosphère houleuse que Jean-Philippe et son épouse firent leur apparition.

– Nous avons appris la nouvelle par la radio. Ils ont parlé de l'incendie dans le premier bulletin d'informations du matin, expliqua Jean-Philippe. Heureusement que je me lève toujours de bonne heure !

Il se chargea de rasséréner les clients. Régine embrassa Hélène et la réconforta à sa façon :

– Ma pauvre Hélène, quelle tragédie ! Ces gens sont vraiment indécents !

– Je suis le banquier de la Réserve, clamait Jean-Philippe à la cantonade. Rassurez-vous, l'hôtel fera face à ses obligations. Nous allons étudier chaque problème au cas par cas et d'abord nous charger de vous reloger.

– N'importe où, c'est ça ! Dans un camping ! Pourquoi pas dans une caravane ! s'écria une dame en robe de chambre.

– Et le personnel ? Qu'est-ce qu'il devient dans tout ça, le personnel ? intervint un maître d'hôtel.

– D'abord les clients, ensuite nous verrons.

Utilisant le téléphone portable qui ne le quittait plus, tandis que les clameurs se répandaient, Jean-Philippe entreprit la recherche de chambres vacantes dans les établissements proches.

– Une véritable meute ! constata Arnaud, écœuré.

– Il faut les comprendre, leurs vacances sont fichues et il est de notre responsabilité de nous charger d'eux, dit Hélène.

– Et les employés au chômage technique… se lamenta Patricia.

– Ma chère Hélène, reprit Régine, la prenant aux épaules comme pour la consoler, votre pauvre Réserve n'avait vraiment pas besoin de cette catastrophe supplémentaire.

L'aveugle se dressa avec hauteur.

– Rassurez-vous, Régine. Je la ferai renaître de ses cendres, et plus grandiose encore !

Devançant Luc et Christian, Tanguy accourait.

– Y a eu un court-circuit ! C'est à cause des fils électriques en mauvais état ! C'est Christian qui l'a découvert.

– Boucle-la et laisse-moi parler, intima le jeune homme.

Quand son regard bleu étincelait ainsi, Tanguy avait appris qu'il valait mieux obéir. Il se tint coi.

Luc, qui les suivait, entraîna Patricia à l'écart, pas assez loin pourtant pour qu'Arnaud ne puisse percevoir leur conversation. Très vite, il frémit.

– L'entreprise d'électricité t'a arnaquée, dit Luc.

– Non, soupira Patricia.

– Comment ça, non ? s'étonna son amant.

Elle s'effondra contre lui.

– Luc, c'est moi la responsable.

Atterré, il l'entendit révéler qu'elle avait reculé devant le coût des travaux. Il sursauta. Ce qu'elle avait fait, c'était de la folie pure !

– Mais je voulais…

Il la secoua.

– Tu voulais, tu voulais… Et maintenant tu te rends compte ? Tu as flanqué tout le monde dans la merde, oui !

Les clients un peu amadoués, Jean-Philippe rejoignit ceux de la Réserve sur la terrasse.

– J'ai relogé dans des hôtels de la côte ceux qui souhaitaient prolonger leurs vacances. Quant aux autres, je leur avancerai l'argent nécessaire pour rentrer chez eux.

– Dois-je te remercier de ton efficacité ? interrogea Hélène, ironique. Toujours aussi habile, ce cher Jean-Philippe !

Le banquier comprit aussitôt ce qui lui valait l'ire d'Hélène. Il se défendit :

– Mais, Hélène, quand les Volvani m'ont dit être intéressés par l'achat de la Réserve, j'ai pensé que pour toi, l'offre était providentielle !

– Et si cet incendie était plus providentiel encore ? Avec les travaux en perspective, le prix baissera, j'imagine. Une ruine se vend moins cher.

– Mais comment peux-tu penser pareille chose ? s'indigna Christian. Dominique s'est jeté dans les flammes pour toi.

– Belle mise en scène destinée à donner le change. Très émouvant, constata Hélène.

Impavide, elle n'était qu'indifférence au sort de ce prédateur.

– Mais il a été blessé, et peut-être grièvement !

– Pathétique !

– Au fait, où étiez-vous pendant l'incendie ? s'intéressa Régine, en professionnelle des enquêtes criminelles.

– À l'autre bout de l'île. À respirer la mer. Girella s'est échappé, peut-être pour traquer quelque lièvre. D'aussi loin, je ne pouvais pas revenir par mes propres moyens. J'ai attendu qu'il daigne revenir. Ce n'est que sur le chemin du retour que j'ai perçu la fumée. Sinon, je ne lui aurais pas permis de gambader si longtemps. Si j'avais su que pendant ce temps…

Les brûlures de Dominique étaient plus sérieuses que Frédéric et Cornélia l'avaient cru au premier abord. Jamais ses cheveux ne repousseraient sur son crâne à demi scalpé par les flammes. Ses mains n'étaient que lambeaux. Sans greffe de peau d'urgence, cicatrices et lésions défigureraient définitivement la virile physionomie. Le médecin appelé par son frère en toute hâte à bord de l'*Harlequin Boy* l'avait expliqué à tous en termes précis. Pourtant, Dominique refusait obstinément toute intervention.

– Penser qu'il a échappé à tant d'accidents sur les circuits et qu'aujourd'hui, en voulant sauver une fichue bonne femme qui n'était même pas en danger, il se retrouve en loques, rageait Frédéric. C'est trop stupide !

– Papa, suppliait Cornélia, tu dois écouter le médecin.

Et comme le visage de son père se crispait de douleur, elle interrogea :

– Tu as mal ?

Dominique chercha à rassurer sa fille anxieusement penchée sur lui :

– Ça va passer, dit-il.

Précautionneuse, évitant les zones de peau dévastées, elle essuya avec amour le front trempé de sueur.

– Je vais lui prescrire des calmants, cela le soulagera un peu et lui permettra au moins de dormir, déclara le praticien. Désirez-vous une infirmière à domicile pour les piqûres ?

– Non, je me charge de tous les soins nécessaires, déclara fermement Frédéric.

Refermant sa trousse, le médecin se tourna une dernière fois vers Dominique :

– Si vous changez d'avis…

– Je vous appellerai.

Quand son frère partit pour raccompagner le médecin avec son hors-bord, Dominique interrogea sa fille :

– Je suis si abîmé que ça ?

Ravalant un sanglot, elle murmura :

– Non, papa, non…

– Tu ne me mens pas ?

Tant bien que mal, il se leva et, s'appuyant aux parois, tituba jusqu'à la salle de bains. Longuement, dans le miroir, il scruta ses blessures. Cornélia se jeta contre son dos et l'étreignit.

– Papa, s'écria-t-elle, beau ou laid, tu seras toujours l'homme de ma vie !

Elle l'aida à se recoucher, le borda, arrangea ses oreillers et se blottit contre lui.

– Jamais je ne me marierai ! Je resterai toujours avec toi ! jura-t-elle en couvrant de baisers ses joues meurtries.

Dominique serra sa fille contre sa poitrine.

À son retour, Frédéric se figea en la découvrant, assise sur le lit. Aussitôt, la jeune fille s'écarta, comme prise en faute.

– Cornélia, déclara Frédéric, la mine sévère, tu dois laisser ton père tranquille. Il a besoin de se reposer maintenant.

Des yeux, elle interrogea son père qui lui fit signe d'obéir.

– De toute façon, j'ai toujours été de trop entre vous deux, fit-elle, hargneuse, en se détachant de lui.

Sans un regard pour son oncle, elle céda et traversa la pièce en trois enjambées. La porte claqua. Impassible, Frédéric prépara une injection.

– Avec ça, tu t'endormiras très vite. Quand je pense que tu as risqué ta peau pour rien, je tordrais volontiers le cou à ton Hélène.

– C'est toi qui as mis le feu ? articula difficilement Dominique.

Ignorant la question, Frédéric lui proposa :

– Tu veux boire quelque chose ?

– Non, merci.

– Un autre oreiller ? Une couverture ? Tu n'as pas froid ?

Dominique éclata :

– Arrête de te prendre pour ma bonne femme !

– J'essaie seulement de t'aider, soupira Frédéric.

Les calmants produisaient leur effet. Ses yeux se fermaient. À grand-peine, Dominique parvint pourtant à articuler :

– M'aider ? Et à quoi ? À émerger ou à m'enfoncer ?

Avec la même douceur que Cornélia tout à l'heure, Frédéric épongea tendrement le front trempé.

– Ne dis donc pas de sottises, fit-il.

Lentement, les paupières douloureuses se rouvrirent.

– Tu veux savoir pourquoi je tiens à rester marqué ?

Retenant la tension qui montait en lui, Frédéric parvint à conserver son calme.

– Oui, pourquoi ?

– Pour ne plus jamais, jamais te ressembler, articula Dominique en cherchant à se redresser.

Puis, retombant lourdement contre ses oreillers, il sombra très vite dans un sommeil artificiel.

Une larme perla aux paupières de Frédéric.

Dans le grand salon du fort, un nouveau conseil de guerre rassemblait les responsables de la Réserve. Désireuse de remonter le moral des uns et des autres, Hélène se montra volontairement enjouée :

– Vous m'avez annoncé une surprise. J'espère qu'elle sera bonne au moins !

– Vas-y, Patricia, marmonna Christian. Maman t'écoute.

À peine filtrée par les larges baies, une lumière miroita sur les verres noirs.

– Maman, commença péniblement Patricia, j'avais commandé des devis pour tous les travaux de rénovation de la Réserve. Nous les avons tous acceptés sauf celui de l'électricité. Il était trop élevé.

– Fort bien, dit Hélène. Mais tu as su discuter et contraindre l'entreprise à revoir ses prix…

– C'est que, continua Patricia, ravalant sa salive, il y a eu au même moment le problème des murs de soutènement quand nous avons rajouté un étage. Puis celui de la piscine et…

Derrière les lunettes sombres, les cils battaient rapidement, créant l'illusion du regard. Quelle sottise sa fille avait-elle commise en son absence ? Hélène se sentit au bord de l'évanouissement. Un lourd silence s'abattit sur la pièce, mais elle refusa de s'affoler trop vite alors que son univers basculait à nouveau.

– Et…

Arnaud se porta au secours de sa nièce puisqu'elle demeurait muette, ne parvenant plus à prononcer les mots d'aveu. Il se lança, téméraire.

– Et Patricia a dû choisir. Soit interrompre les travaux, soit sacrifier un poste.

– L'électricité ? interrogea Hélène, la voix blanche.

– Oui.

– Mais c'était de la folie pure, explosa Hélène. Les services de sécurité avaient exigé une réfection totale avant de nous accorder l'autorisation administrative de réouverture.

Face à ce désastre, elle chercha à se rassurer. Il était impératif qu'elle au moins conserve son sang-froid.

– Bon, soupira-t-elle, ce qui est fait est fait. Avec un peu de chance, les assurances nous couvriront quand même.

– C'est que… essaya d'expliquer Patricia.

– C'est que, poursuivit Arnaud, nous avions tant de choses à payer que j'ai convaincu ta fille de renoncer momentanément à couvrir les polices. J'ignorais tout, pour l'électricité. Ce n'est que cette nuit que j'ai appris que… En tout cas, nous nous serions assurés de nouveau dès que nous en aurions eu les moyens. À l'époque, ces débours supplémentaires m'ont semblé inutiles. On ne pouvait pas prévoir que la Réserve brûlerait…

Dans son fauteuil blanc, Hélène se tordit les mains.

– Mais vous êtes fous ! Vous êtes tous fous ! J'avais confié la Réserve à des inconscients !

Christian essaya d'excuser son oncle et sa sœur :

– Si j'avais été là…

– Mais tu n'étais pas là, le coupa sèchement son oncle.

– Oui, c'est facile de critiquer quand on part trois ans sur un voilier en laissant les autres se débrouiller, s'écria sa mère.

– Autrement dit, je n'ai qu'à la fermer ?

– Pour l'instant, oui.

S'emparant de son blouson en jean qu'il jeta négligemment sur son tee-shirt noir, Christian déplia son grand corps. Il ne voyait aucune raison de s'attarder plus longtemps en ces lieux où sa mère prendrait seule les choses en main et se moquerait de son avis. Il n'éprouvait plus qu'une envie : quitter la Réserve et qu'elle se débrouille avec son hôtel. Lui serait plus heureux, libre, ailleurs. Il l'avait toujours été.

– Il aurait peut-être fallu le retenir, murmura Geneviève.

– Comment ? dit Hélène. C'est un velléitaire, toujours incapable d'assumer l'essentiel. Revenons à l'avenir même de la Réserve. Mon seul souci.

Jean-Philippe remit sur le tapis son projet de vente.

– Aux Volvani, peut-être ! s'exclama-t-elle, stridente.

– Mon mari a raison, intervint Régine, pateline, tous vos problèmes seraient résolus. Vous n'auriez plus aucun souci à vous faire.

Hélène n'était plus en état de supporter les intrusions de Régine.

– Taisez-vous, lui intima-t-elle. Vous n'êtes qu'une étrangère et vous n'avez pas à vous mêler de nos affaires privées.

– En ce cas, veuillez m'excuser, dit la femme du banquier en se levant.

– Hélène, tu oublies que Régine est mon épouse, s'emporta Jean-Philippe. Si elle te dérange dès qu'elle prend la parole, je renonce à m'occuper plus longtemps de vos « affaires privées ».

– Comme tu voudras ! s'exclama Hélène, haussant les épaules.

Après Christian, le couple claqua à son tour la porte. Avec ce second départ, le silence se fit plus lourd dans le grand salon du fort. Hélène eut pourtant un geste désinvolte quand son frère lui reprocha d'avoir poussé le banquier à bout. Sans Jean-Philippe et les découverts qu'il accordait pour l'amour d'Hélène, la famille aurait déjà perdu la Réserve depuis belle lurette.

– Je sais, reconnut-elle. Je me suis servie de cet amour pour la Réserve, et uniquement pour elle. Grâce à cela, tu as pu mener ta vie d'artiste à ta guise et Christian faire le tour du monde tandis que moi, je sacrifiais ma vie pour préserver le patrimoine de tous. Mais rassure-toi, un jour, vous pourrez tout liquider. Agir comme il vous plaira. Mais quand je serai morte ! Seulement quand je serai morte ! cria-t-elle.

Geneviève s'empara d'une carafe et d'un verre sur la table basse.

– Calmez-vous, dit-elle. Tenez, buvez un peu d'eau, cela vous rafraîchira. Vous êtes fatiguée et…

– Oh, vous ! s'exclama Hélène, méprisante. Retournez à votre boutique de papeterie-journaux et…

Elle n'eut pas le temps de poursuivre. La gifle d'Arnaud avait claqué sur sa joue.

– Ma pauvre Hélène, je te plains. Débrouille-toi donc toute seule. Tu n'as que faire de nous. Viens, ma Geneviève, autant baisser le rideau ici et aller relever celui de l'opéra. On a assez ri.

– Mais vous ne pouvez pas vous quitter comme ça, protesta Geneviève.

– Mais si ! dit fermement Arnaud en entraînant sa compagne.

La porte claqua pour la troisième fois. Il ne restait plus qu'Hélène et Patricia dans le salon tout à l'heure bourdonnant de voix.

– Maman, dit la jeune femme, bouleversée, pourquoi les as-tu ainsi tous chassés ?

– Parce qu'ils ne comprennent pas, même toi tu étais prête à vendre la Réserve. Il n'y a que la Réserve qui compte ! Si tu partages leurs opinions, tu peux partir aussi !

Non comme une fille mais comme une mère, Patricia serra Hélène contre elle. Hélène se laissa aller. Elle était si lasse !

– Maman, maman, dit Patricia, moi, jamais je ne t'abandonnerai.

4

Les uns après les autres, dès le lendemain matin, ils partirent. Installée au fort depuis l'incendie de la Réserve, Hélène écouta les portes se refermer, les pas décroître dans les escaliers. Bientôt ne régna plus que le silence dans l'immense propriété soudain vidée de la plupart de ses habitants. N'y restaient plus que deux femmes seules, une mère et sa fille.

Dans la navette où s'entassaient les bagages, Geneviève était à la fois ravie et inquiète de quitter l'île. Elle qui avait si ardemment souhaité le retour d'Hélène, elle avait durement souffert de son dédain. Elle était donc enchantée de la fermeté avec laquelle Arnaud avait pris son parti.

Dans leur chambre, ensuite, tendre et enthousiaste, il lui avait parlé de voyages, d'opéras à monter à travers le monde. Après Toulon, il y aurait New York et, pourquoi pas, Sydney. Enfin la vraie vie, délivrés qu'ils seraient de tous ces mesquins problèmes d'hôtellerie. Hélène voulait être seule à décider des destinées de la Réserve ? Très bien, elle le serait. À eux la liberté !

– Je suis si contente, dit Geneviève en lui prenant la main. C'est parce que tu te sentais mal ici que tu as eu tous ces problèmes de mémoire et ces petites défaillances.

Arnaud la considéra avec étonnement :

– Qu'est-ce que tu racontes ?

– Tu avais trop de soucis, c'est tout, poursuivit-elle vaillamment. Mais avec moins de tracas et peut-être une consultation...

Arnaud se pencha près d'elle au-dessus du bastingage :

– Quand cesseras-tu de me taquiner en voulant me faire croire que je divague !

Christian préparait ses sacs de marin. Dans la chambre qu'ils avaient partagée au fort, Tanguy l'observa entassant ses affaires.

– Tu t'en vas ? demanda timidement l'enfant.

– Oui, confirma sèchement Christian.

– Pour toujours ?

– Pour toujours.

Derrière lui, la tristesse du gamin était presque palpable. L'enfant s'était cru définitivement réconcilié avec le jeune homme qu'il considérait comme son père et voilà que celui-ci lui tournait de nouveau le dos. La mine défaite, Tanguy se demanda comment il supporterait ce nouvel abandon. Il renifla.

Sans se retourner, Christian sourit et demanda :

– Et toi, qu'est-ce que tu attends pour boucler ton baluchon, moussaillon ?

La physionomie de Tanguy passa d'un coup de l'accablement le plus complet à la joie rayonnante.

– Tu m'emmènes ? balbutia-t-il, n'osant y croire.

– Et toi, tu me laisserais partir tout seul ? interrogea Christian.

Avant que Christian ne risque de changer d'avis, sans plier quoi que ce soit, Tanguy s'empressa de vider ses tiroirs et de bourrer son sac à dos.

– Où va-t-on ? demanda-t-il quand même.

– Droit devant nous, fils, dit Christian.

Quand ils parvinrent au ponton, Tanguy courbé sous son sac, ils découvrirent Cornélia qui rôdait alentour. Sa longue crinière bouclée voletait sur un débardeur blanc découvrant ses seins menus. Un corsaire noir gainait ses jambes fines.

– Vous partez ? interrogea-t-elle, une moue boudeuse sur ses lèvres charnues.

– Ouais, jeta joyeusement Tanguy. Christian et moi, on s'en va droit devant nous !

Copiant chaque geste du loup de mer, lui aussi lança négligemment son sac dans le hors-bord.

– Tu viens avec nous ? demanda-t-il généreusement à Cornélia.

– Non, dit-elle. Parce que je dois m'occuper de mon père.

– Mais il a déjà ton oncle, objecta Tanguy.

– Mon oncle, ce n'est pas moi. Une fille est unique pour son père.

Christian mit en marche le bateau à moteur qui remplaçait désormais le voilier des jours heureux. Cornélia, elle, enfourcha le scooter des mers de son anniversaire. Une centaine de mètres, ils voguèrent côte à côte. Puis, sur un signe d'adieu, Christian se dirigea vers le continent et Cornélia vers l'*Harlequin Boy*.

La mince silhouette adolescente s'éloigna vers le yacht. Sans ces deux garçons, le grand et le petit, inexplicablement, la jeune fille se sentait soudain perdue, seule au monde. Elle accéléra vers un père qui demeurait son refuge.

Sous son apparente désinvolture, Christian avait longuement réfléchi avant de quitter l'île en emmenant Tanguy. Entre deux voyages, autrefois, avant qu'il ne rencontre Isa et ne tombe éperdument amoureux d'elle, il avait connu de nombreuses maîtresses. Au fil du temps, l'une d'elles au moins s'était transformée en une fidèle amie. Tandis que lui voguait sur toutes les mers du globe, Sylvia avait épousé un homme déjà âgé, le commandant Favereau, spécialiste de renommée mondiale en matière de recherches archéologiques sous-marines. Plonger, fouiller des navires grecs ou romains coulés depuis des siècles à la recherche de trésors qui iraient enrichir les musées, voilà quelque chose que Christian était capable de faire, un travail de force et sous l'eau qui lui plairait, et l'épuiserait. Cela l'aiderait à oublier.

Rencontrée à maintes occasions à Hyères depuis son retour, Sylvia avait fait comprendre à Christian qu'il ne lui déplairait pas de reprendre avec lui une relation amoureuse. Lui s'en sentait incapable. Ils n'en avaient pas moins bavardé chaque fois presque avec tendresse. Il savait pouvoir compter sur elle pour l'aider dans sa recherche d'un emploi et, pourquoi pas, convaincre son technicien de mari de l'engager. Toujours escorté de Tanguy, il alla sonner à la porte de sa villa.

– Tu m'avais dit de venir quand je voudrais, dit Christian.

Lui sautant au cou, Sylvia l'embrassa sur les deux joues. Se penchant vers l'enfant sautillant à ses côtés, elle s'étonna :

– Tu ne m'avais pas dit que tu avais un fils, fit-elle en embrassant aussi Tanguy.

– Non, c'est pas mon père, s'écria le gamin. Mais c'est vachement mieux comme ça. On s'est choisis tous les deux.

La jeune femme éclata de rire et guida ses visiteurs vers le parc où, dans une piscine, s'ébattaient trois enfants.

– Ils sont à toi ?

Sylvia imita la voix espiègle de Tanguy.

– Non, mais c'est vachement mieux comme ça. Nous les avons adoptés, mon mari et moi. On s'est choisis aussi, quoi ! Tu veux aller te baigner avec eux ?

Se débarrassant vivement de sa casquette de basketteur et de son tee-shirt, Tanguy se précipita. Sylvia indiqua à Christian des fauteuils d'osier blancs, autour d'une table de jardin dont le parasol les protégerait du soleil.

– Quoi de neuf depuis notre dernière rencontre ? interrogea-t-elle en s'asseyant.

– J'ai fichu le camp de la Réserve et maintenant, je suis un peu dans la mouise.

– Un petit coup de rosé bien frais ? proposa-t-elle sans attendre de réponse.

– Volontiers.

D'une glacière portative, elle tira verres et bouteille et le servit. Puis, s'adossant à son fauteuil, l'observant, beauté brune aux longs ongles écarlates, elle suggéra :

– À nos amours d'antan !

Christian trinqua, avala quelques gorgées et se jeta à l'eau :

– Sylvia, il faut absolument que je trouve du travail maintenant.

– À votre service, matelot ! Qu'est-ce que tu sais faire ?

Il soupira en commençant :

– Justement… c'est une bonne question…

Cornélia savait à son gré varier ses apparences. La Réserve l'avait vue débarquer petite peste hippie dépenaillée dans ses oripeaux fleuris. Elle s'était promenée, maternante, aux côtés de Tanguy, jeune fille moderne dans ses jeans déchirés aux genoux et ses débardeurs décolletés. L'élève du strict pensionnat suisse arborait à l'occasion, avec tout autant d'aisance, tailleur de couturier et tenue des plus sages. Tout était question d'humeur et de circonstances. Sa beauté juvénile et l'élégance naturelle de sa silhouette lui permettaient toutes les audaces comme tous les conformismes.

Frédéric, de retour de courses à Hyères, trouva sa nièce en jupe et chemisier convenant à une héritière de bonne famille, assise au piano à queue, jouant de mémoire l'andante du *Concerto 21* de Mozart.

– C'est bien la première fois que quelqu'un profite de cet instrument, remarqua-t-il.

– Tu n'en joues pas ?

– Non. Ton père non plus d'ailleurs.

Le naturel curieux de Cornélia reprit le dessus :

– Alors pourquoi garder un piano ici ?

Son oncle émit un petit rire de tête.

– Je t'accorde que c'est encombrant mais le décorateur nous a affirmé que c'était indispensable dans tout salon de bon goût. Nous n'avons pas osé contredire l'artiste. Il aurait été capable de laisser tous les travaux d'aménagement en plan !

Cornélia caressa le clavier et fit sonner la divine musique ; Frédéric l'écouta en silence. Jamais il ne se serait imaginé cette gamine effrontée capable de s'intéresser à une partition classique et introduisant autant d'émotion dans son interprétation.

– Au fond, toi et moi, nous ne nous connaissons pas du tout, constata-t-il quand elle eut plaqué ses dernières notes.

– C'est parce qu'on ne s'aime pas, fit-elle avec simplicité.

– Pourquoi ? interrogea Frédéric.

Cornélia lissa de la main sa chevelure cannelle maîtrisée en un lourd catogan et, sans agressivité aucune, avec une lucidité tout aussi inattendue que la révélation de ses dons de pianiste, elle expliqua :

– Parce que tu veux papa à toi tout seul. Et moi aussi. La preuve, tu ne t'es jamais marié pour rester avec lui. Tu n'aimes pas les femmes ?

– Ton père les aime pour deux !

Quittant son tabouret, Cornélia fit le tour de la pièce, contemplant une fois de plus les trophées si familiers de son père. Soudain, présentée sur une commode ancienne, une pierre gravée qu'elle n'avait encore jamais remarquée retint son attention. Un certain Rocco Volvani y réclamait d'être enterré chez lui, en son île de la Réserve.

– Rocco Volvani ? C'était mon grand-père, n'est-ce pas ? Celui que je n'ai pas connu parce qu'il refusait obstinément de quitter son village de la montagne.

– C'est lui, approuva Frédéric qui prenait un air compassé.

– Et pourquoi voulait-il être inhumé dans l'île ? Elle lui appartenait ?

Son oncle retrouva toute la hargne qui l'habitait dès qu'il s'agissait de l'île.

– Elle lui appartenait, mais une femme l'a dépouillé.

– Hélène ?

– Non, ses parents.

– Elle le sait ?

– Oui ou non, ça m'est parfaitement égal ! s'exclama Frédéric. Ton père et moi, nous nous sommes juré de récupérer le domaine pour que Rocco Volvani puisse enfin reposer en paix. Et ce jour-là, Hélène n'aura plus qu'à déguerpir, et vite !

– Ça n'arrivera pas, dit doucement Cornélia. Papa ne l'acceptera jamais.

– Et pourquoi reviendrait-il sur une décision que nous avons prise en commun ? demanda-t-il durement.

Considérant son oncle avec une inconsciente mais cruelle pitié, Cornélia précisa :

– Parce que maintenant, papa aime Hélène.

Se rasseyant au piano, elle se mit à jouer une sonatine qu'elle fredonna en même temps. Frédéric demeura quelques minutes songeur puis, abandonnant sa nièce, il se dirigea d'un pas décidé vers les quartiers de son frère. Dans la salle de bains, il prépara une seringue.

– Est-ce vraiment nécessaire ? murmura Dominique, encore engourdi.

– Je ne veux pas que tu souffres, le réconforta Frédéric.

Sans cesser de sourire, il frotta le bras endolori d'un morceau de coton imbibé d'alcool, enfonça l'aiguille, procéda à l'injection. Dominique ne parvint pas à lutter contre la nouvelle vague de sommeil qui l'envahissait. Il tenta d'y résister pourtant, se concentrant sur les notes de musique que sa fille lui envoyait du salon.

Distraitement, Cornélia pianotait toujours. Oui, pensait-elle, tant pis pour Frédéric et pour moi, tant pis pour nous. Maintenant, papa aime Hélène.

Dans la cuisine calcinée, Luc examinait pour la vingtième fois les fils électriques qui n'avaient cessé de l'intriguer depuis la découverte de Christian. Lentement, une certitude se faisait jour dans son esprit : le sabotage était évident. Les gendarmes ne soupçonneraient certainement pas la personne qui l'avait perpétré, mais lui, à force d'y réfléchir, il commençait à avoir son intime conviction.

Patricia savait que, depuis l'incendie, Luc, malheureux et suspicieux, rôdait sans cesse dans son ancien domaine. Elle le rejoignit dans les débris. L'odeur âcre la prit à la gorge.

Elle espérait cet instant magique et se jeta dans ses bras. Comme à chacune de leurs retrouvailles, même s'ils ne s'étaient pas quittés plus de quelques heures, c'était toujours la première fois ; ils échangèrent d'abord des baisers passionnés.

Patricia se perdait d'autant plus voluptueusement dans les bras de son amant qu'elle redoutait sa question…

– Alors, tu as pris ta décision, on se tire ? demanda Luc.

Patricia se cacha dans le creux de son épaule et murmura :

– Je ne peux pas laisser maman toute seule. C'est ma faute, ce qui est arrivé. Je n'ai pas le droit de m'en aller. Je dois assumer mon inconséquence.

– C'est ce que tu crois ! s'agaça Luc.

Hélène aussi avait eu l'intention d'inspecter la cuisine. Elle savait arriver à pas silencieux. Sa voix retentit derrière eux :

– Ma fille, tu as tous les droits. Je t'avais nommée gérante, non pas pour te retenir prisonnière à la Réserve, mais pour te donner confiance en toi.

Patricia soupira :

– Je sais, maman. Et voilà le résultat ! La merveille est un tas de décombres noircis.

Hélène s'approcha d'elle à la toucher.

– Je ne t'en veux pas, ma chérie. Malheureusement…

Cette femme n'eût pas été infirme que Luc l'eût volontiers molestée. Il bouillait d'impatience.

– Cessez donc de culpabiliser votre propre fille !

Usant de toute son autorité de châtelaine, Hélène se tourna à peine vers le cuisinier. Sa voix ne fut plus que mépris :

– Jeune homme, votre intervention importune m'oblige à mettre les points sur les « i ». On m'a donné des renseignements sur vous. Vous avez fait de la prison, n'est-ce pas ?

– Ce n'est pas vrai ! cria Patricia qui se rapprocha de son amant.

– Si, reconnut Luc. Pour une bagnole volée. J'étais mineur. Je me suis rangé depuis.

– C'est ce que prétendent toujours les repris de justice. Séduire ma fille uniquement par intérêt, vous appelez ça vous ranger ?

– Arrête, maman ! supplia Patricia.

Implacable, Hélène poursuivait :

– Tu dois savoir. Il te faut connaître la vérité sur ce repris de justice.

Le mot était injuste, méprisant, et elle regretta de l'avoir prononcé.

– Ah oui ! s'exclama Luc, hors de lui. À propos de justice, moi je vais dire la vérité sur ta sainte mère. C'est elle la criminelle. Elle a foutu le feu à la baraque. J'étais à peine sorti de la cuisine après avoir vérifié que tout était en ordre pour les petits déjeuners quand je l'ai vue s'y glisser. « Madame » est chez elle, après tout. Sur le coup, je ne me suis pas demandé ce qu'elle fourrageait par ici. Seulement voilà, un peu plus tard, tout cramait ! Je ne suis peut-être qu'un petit voleur de caisses, mais j'ai remué tout ça dans ma tête et j'ai vite pigé qui avait intérêt à ce que tout flambe pour récupérer le fric des assurances.

Trop sûre d'elle, Hélène demeura impavide. Elle continuait à sous-estimer le garçon.

– Il y a bien eu un court-circuit ? rappela-t-elle avec commisération. Expliquez-moi comment, étant aveugle, j'aurais pu le provoquer ?

Patricia était perplexe. Elle n'osait regarder sa mère. Une sorte de vertige l'empêchait d'oser réfléchir. Combien de fois depuis le retour de sa mère à la Réserve n'avait-elle pas admiré la dextérité, la sûreté du moindre de ses gestes ! Oui, même aveugle, elle était capable de manier des fils électriques. En revanche, pour se venger des assertions d'Hélène, Luc ne l'accusait-il pas à tout hasard ? Face aux hésitations de celle qu'il aimait, déchaîné par l'injustice, Luc chercha à pousser son avantage.

– Ne me faites pas le coup du mépris ! J'ai la preuve, dit-il. Votre bague est si lourde qu'elle a dû vous gêner pour trafiquer les fils. Alors, vous l'avez retirée et vous l'avez oubliée ! N'importe quel flic vous coincera. Je l'ai facilement retrouvée dans les gravats. Elle brillait.

Instinctivement, Hélène porta la main à son annulaire. Effarée, Patricia la vit tâter son doigt. La bague était à sa place. Le stratagème de Luc avait réussi.

– Maman… se désola-t-elle. Maman… Comment as-tu pu…

Hélène releva fièrement la tête. Elle préférerait toujours l'attaque à la défense.

– C'était la meilleure solution. Mon plan était simple. Un incendie, les assurances payaient et la Réserve était sauvée. Comment aurais-je pu m'imaginer qu'Arnaud et toi aviez été assez stupides pour économiser sur les primes !

Patricia était bouleversée.

– Mais c'est quand même toi qui as commis un acte criminel ! Luc a raison.

– Rien n'est criminel quand il s'agit de préserver la Réserve, proclama-t-elle avec hauteur. Si tu ne le comprends toujours pas, fais comme les autres, fiche le camp avec ton gâte-sauce et surtout ne remets jamais plus les pieds ici !

Patricia demeurait interdite ; Luc en profita pour l'entraîner.

– Tant mieux, elle sera enfin libre. On sera heureux tous les deux tandis que vous, vous crèverez toute seule ici !

Entendant les pas de sa fille qui s'éloignaient, en cet instant, Hélène prit soudain conscience de sa solitude. Son frère, son fils, Tanguy, ils étaient déjà tous partis. Patricia avait déjà franchi le couloir quand sa mère, soudain suppliante, lui intima :

– Patricia ! Si tu t'en vas, tu n'existeras plus pour moi.

Dans l'île déserte, il n'y avait désormais plus que le silence pour lui répondre. Sa canne blanche à bout de bras, Hélène gagna la terrasse. Se redressant de toute sa taille sur fond de décombres, humant à pleins poumons l'air frais de la pinède, elle se jura qu'elle relèverait ces ruines. La Réserve, elle la reconstruirait. Et un jour, ses enfants lui en sauraient gré. Ils reviendraient, reconnaissants. Elle avait eu un simple moment d'égarement.

La « tsarine » vacillait sur son trône ? Mais le vrai pouvoir lui appartenait encore.

Personne n'était à sa hauteur. Sa vision de l'avenir fut si forte qu'un instant le noir qui l'enveloppait se déchira : née de son imaginaire tout-puissant, la splendeur de la nouvelle Réserve emplit son champ de vision.

Sa volonté dominait son infirmité.

L'aveugle malmenée était redevenue Hélène Charrière.

TROISIÈME PARTIE

LA RÉVOLTE

1

Dans la salle à l'italienne de l'opéra de Toulon, assise aux côtés du directeur Sergio Borelli, Geneviève tricotait paisiblement un pull pour Tanguy tout en écoutant Arnaud qui, sur la scène, encourageait du geste et de la voix ses interprètes de *Tosca*.

– Plus de sensualité ! Davantage de déhanchements ! lança-t-il à Térésa, la cantatrice. N'oublie pas que Carmen est une fille du peuple, une cigarière, habile à exciter les hommes.

Sergio agrippa le bras de Geneviève.

– Que se passe-t-il avec Arnaud ? Ça ne va vraiment plus ! s'exclama-t-il. S'il se met à se tromper d'opéra en plein milieu d'une répétition, maintenant…

Elle perdit une maille.

– Vous ne commettez jamais d'erreurs, vous ? réussit-elle pourtant à articuler avec sérénité.

Sur la scène, la troupe interloquée s'était immobilisée.

– Du nerf ! De la fougue ! cria Arnaud. Encore un effort et, Térésa, tu feras une Carmen sublime.

De la salle, la douce voix de Geneviève lui rappela :

– Arnaud, c'est *Tosca* que tu mets en scène, pas *Carmen*.

Plein d'aplomb, il se rebiffa :

– Tu ne te figures quand même pas que j'ignore ce que je suis en train de diriger ? Après toutes les discussions que nous avons eues avant de mettre *Tosca* au programme du festival…

Geneviève coupa court :

– Tu es un peu fatigué, esquiva-t-elle, tirant une Thermos de son sac. Descends, c'est l'heure de ton lait au miel. Tu vas l'avaler avec tes vitamines.

Tel un gamin pris en faute, Arnaud sauta de la scène et obtempéra. Dans la travée, se penchant vers sa compagne, tout en s'emparant de la timbale et des cachets qu'elle lui tendait, il lui murmura à l'oreille :

– J'ai encore déconné ?

– Oh ! Juste un petit peu, le réconforta-t-elle.

– Très bien. Tu m'as effrayé, à me faire croire que je ne savais plus où j'en étais. Mon travail, je le prends toujours au sérieux.

Et ayant bu, il rendit sa timbale à Geneviève et retourna vers la diva et le chœur :

– Combien de fois faudra-t-il te le répéter, Térésa ? Du charnel, de la vivacité ! *Carmen*, ce n'est pas *La Dame aux camélias*.

Complètement déconcertés, les interprètes se turent. Sergio et Geneviève échangèrent un regard empreint d'une même inquiétude. Ce n'était plus un incident. Cela devenait un accident.

Sur la plage, la sangria coulait à flots pour l'anniversaire du commandant Favereau. Des moutons embrochés rôtissaient sur de grands feux de bois. Découpés par la lueur des flammes, des gitans grattaient sur leurs guitares des airs effrénés. Enfiévrées par la musique, des femmes en robes à volants scandaient le rythme dans le sable. Pieds nus, Sylvia tourbillonnait, superbe et provocante, parmi ses invités. Son mari observa qu'elle virevoltait surtout autour de Christian. Quelques jours plus tôt, la jeune femme avait retenu ce garçon à dîner pour le lui présenter. Quand il était parti avec l'enfant dont il s'était chargé, elle avait trop longuement parlé de lui.

Christian aussi dansait, emporté par la musique. Ravi de le voir enfin joyeux, Tanguy battit des mains et esquissa quelques pas à son tour.

Quand il distingua Luc et Patricia parmi les lumières vacillantes de la grève, l'enfant se précipita vers eux.

– Je vais chercher Christian, dit-il.

Attrapant son père d'adoption par la manche de sa chemise bleue, l'arrachant à la danse, il lui annonça l'arrivée de sa sœur.

Christian embrassa affectueusement Patricia et fit l'effort de serrer la main de Luc. Cette nuit, c'était la fête. Il les conduisit ensuite vers le buffet improvisé sur des planches et des tréteaux.

– Fini l'esclavage de la Réserve ! Buvons à notre liberté ! dit-il.

Il n'y avait plus rien de l'homme douloureux et renfrogné qui s'était abruti dans l'alcool dans ce grand garçon rieur que Patricia venait de voir danser, heureux, sous les étoiles. Elle se réjouit de constater que, loin de la Réserve et des exigences maternelles, ne dépendant plus que de lui-même, son frère était parvenu sinon à dominer son chagrin, du moins à le maîtriser. Le temps l'avait aidé à se résigner à l'absence définitive d'Isa, la présence constante de Tanguy aussi. Hâlé, les traits sereins, Christian était métamorphosé.

– Suivez-moi ! dit-il. Je vais vous présenter à nos hôtes, le commandant Favereau et son épouse Sylvia.

Les présentations effectuées, Luc et Patricia se joignirent aux danseurs. Un peu essoufflé, Christian découpa une part de méchoui et alla s'installer à l'écart pour la déguster. Tanguy le suivit, posa sa tête sur ses genoux et ne tarda pas à s'endormir. Contemplant le gamin, à la bonne humeur et à l'entrain constants depuis qu'il était assuré de vivre auprès de lui, Christian se demanda s'il avait réellement bien agi en abandonnant la Réserve à la reine mère. Il se moquait de sa propre part d'héritage. Que lui importait si sa mère, obsédée par son hôtel, le gaspillait. En revanche, peut-être aurait-il dû mieux veiller aux intérêts de Tanguy ? Mais contraindre sa mère à vendre, ç'aurait été la tuer, et Tanguy était satisfait du moment que Christian le gardait auprès de lui. Bah ! Leurs besoins à tous deux étaient modestes et le jeune homme parviendrait à y subvenir sans avoir recours à leurs actions de la Réserve. Ce serait plus difficile en ce qui concernait Patricia et Luc : une importante rentrée d'argent, finançant un nouveau départ dans la vie, leur aurait été providentielle. Somme toute, Patricia avait accompli un bien plus grand sacrifice que lui en laissant le champ libre à leur mère.

Il était plongé dans ses réflexions quand le commandant Favereau s'assit près de lui.

– Félicitations ! Votre anniversaire est une réussite, commandant ! s'exclama Christian.

– C'est Sylvia qu'il faudrait féliciter. Elle a le don de créer du bonheur autour d'elle.

Tous deux cherchèrent du regard la jeune femme qui circulait un verre à la main entre les groupes d'invités, rieuse, toutes jupes bruissantes.

Le commandant releva sur son front tanné par des années de mer ses fines lunettes cerclées d'acier.

– Quand je l'ai connue, dit-il d'une voix émue, j'étais en train de perdre le goût de vivre. La vieillesse approchait, la solitude était là... Mais il ne faut jamais désespérer de l'existence ; alors que j'étais sur le point de me désintéresser de tout, Sylvia est apparue comme une fête.

Il se tut et tous deux fixèrent Sylvia qui dansait, brune et aguicheuse, moderne Carmen dans ses atours de gitane. Le commandant reprit :

– Je la laisse très libre, vous savez. On ne saurait garder en cage un si brillant oiseau. J'aurais honte qu'à cause de moi elle renonce aux plaisirs de l'existence. Et il y a un tel écart d'âge entre nous… Elle m'a tout raconté à votre propos. Vous formeriez encore un joli couple !

L'obscurité masqua la physionomie gênée de Christian.

– Tout ça remonte à si loin, dit-il.

– Pour vous peut-être, mais pas pour elle, nota son hôte. Je sais que ma femme vous a déjà offert de vous héberger avec votre fils dans une des maisons réservées à nos équipages. Sylvia m'a dit aussi que vous cherchiez du travail et m'a vanté vos talents de plongeur. Logé, nourri, une mensualité honnête… Ça vous irait ?

Tanguy et lui seraient assurés de leur subsistance… Le soulagement et la joie de Christian percèrent dans son ton faussement désinvolte :

– Ça ira.

– Alors, topons là, dit le commandant.

Passant une main sur la tête endormie de Tanguy, il ajouta :

– Il a de la chance, celui-là ! Il va passer des vacances épatantes avec nous.

Se levant, le commandant épousseta de la main un peu de sable resté collé à son pantalon de toile beige.

– Voilà une affaire réglée. Je vais me coucher. Même organisées en mon honneur, ces soirées débridées ne sont plus de mon âge. À demain matin, six heures tapantes !

Christian se dressa pour lui serrer la main.

– Commandant, fit-il, ému, je ne sais comment vous dire…

– Alors, ne dites rien ! s'exclama l'autre.

Plus gravement, il regarda le jeune homme dans les yeux.

– Je vous fais confiance pour ne pas jouer avec les sentiments de Sylvia. J'accepte tout, sauf qu'on la fasse souffrir. Bonne nuit !

Christian réveilla Tanguy, l'installa sur ses épaules et rejoignit Luc et Patricia, enlacés devant le buffet.

– Je vais bosser dans l'équipe du commandant, annonça-t-il, triomphant.

– Moi, je cherche encore de l'embauche dans un restau, dit Luc. En attendant, on a loué une piaule au-dessus de l'Hollywood Bar. Ce n'est plus la vie de palace mais on peut enfin dormir ensemble sans se cacher !

– Bonne chance ! Moi, je dois coucher celui-là, déclara Christian, montrant Tanguy qui se rendormait mais eut la présence d'esprit de dire :

– Et te reposer aussi si tu veux être en forme pour plonger. Tu n'es plus tout jeune !

Il chercha Sylvia afin qu'elle le guide vers leur nouvelle demeure. Avec l'enfant, il serait mieux dans une maison qu'à bivouaquer sur son inconfortable hors-bord.

– Tu es content ? demanda-t-elle, tandis qu'ils se dirigeaient vers les bungalows dans la pinède où logeaient les plongeurs de la mission Favereau.

– Ton mari est un sacré bonhomme, remarqua Christian.

Se serrant contre le jeune homme au point qu'il sentit contre son bras la fermeté de ses seins, elle rit.

– C'est bien pour ça que je l'ai épousé.

En bonne maîtresse de maison, Sylvia avait déjà fait porter les sacs de Christian et de Tanguy dans un des studios réservés aux célibataires. Dans la pièce aux murs blanchis à la chaux, il y avait un lit pour une personne et un canapé qu'elle tira pour que son ami puisse y déposer l'enfant. Tanguy ouvrit un œil.

– Où on est ? demanda-t-il en bâillant.

– Chez nous, mon vieux ! s'écria Christian, radieux.

Rassuré, Tanguy se rendormit aussitôt.

Sylvia désigna le lit étroit et se lova de nouveau contre le jeune homme.

– Si tu le trouves trop petit, à la villa, le mien est très grand, susurra-t-elle en approchant ses lèvres des siennes.

– J'ai connu pires bannettes sur les bateaux, dit-il en se dégageant. De toute façon, je ne laisserai jamais Tanguy tout seul la nuit.

Elle s'accrochait encore à lui, il s'emporta presque. Sans doute parce qu'il n'était pas sûr de lui.

– Et puis, j'ai sommeil, je suis vanné. Merci pour tout, mais bonne nuit.

Le joli minois apparut si désolé quand il repoussa Sylvia vers la porte que Christian se radoucit. Après tout, elle avait fait de son mieux pour lui venir en aide. En échange, elle ne s'était pas attendue à pareille dérobade de sa part. Christian n'était certes pas homme à tromper Favereau sous son propre toit, même avec son autorisation, mais de toute façon, il n'était pas prêt à l'épreuve de l'amour. Le souvenir de son échec avec Bella, la perspicace prostituée de Toulon, était encore cuisant.

– Christian, qu'est-ce qu'il t'arrive ? murmura Sylvia, inquiète et déçue.

– Ne m'en veux pas, soupira-t-il, dénouant les bras qui l'entouraient. Si je le pouvais, c'est avec toi que je ferais l'amour.

Si je le pouvais, se répéta-t-il intérieurement, si seulement je le pouvais...

Après avoir déposé un tendre baiser sur ses deux joues, il referma doucement la porte sur la femme froufroutante.

La mer était si calme qu'à peine sentait-on le balancement du bateau. Dans la cabine aux boiseries d'acajou d'ordinaire réservée aux invités de marque, Cornélia était déjà couchée mais l'esprit en éveil. Elle supplia Frédéric venu lui souhaiter une bonne nuit :

– Parle-moi encore de maman !

Même sur le bateau, Frédéric portait un de ses habituels costumes de ville trois-pièces. Nulle part il ne se départait de son uniforme d'homme d'affaires. Pour lui, le fil-à-fil était plus solide qu'une armure. Longuement, il contempla par le hublot le miroitement de la lune sur la mer avant de se retourner vers sa nièce. Sa demande l'avait surpris. Quelle réponse lui apporter ? Il choisit la sobriété.

– Ingrid était une femme très belle. Elle formait avec ton père un couple superbe. Elle aimait les mondanités. À cause de son métier, Dominique voyageait beaucoup. Elle le suivait partout.

– Et toi, que faisais-tu ? demanda Cornélia.

Son oncle tordit ses lèvres en un curieux sourire.

– Moi, je les suivais tous les deux, comme un toutou toiletté de frais.

– Tu n'étais pas jaloux ?

Frédéric leva les bras en signe d'impuissance.

– Du moment que Dominique était heureux…

– Mais ils se disputaient souvent, protesta Cornélia. Je me souviens très bien d'un soir où tu étais là et où maman hurlait qu'elle voulait divorcer et que ça coûterait une fortune à papa s'il voulait me garder. C'est toi qui les as séparés quand papa a voulu l'étrangler.

Frédéric consulta sa montre.

– C'est une vision d'enfant trop imaginative. Tu avais sept ou huit ans. Il est tard, dit-il. Nous avons tous les deux besoin de dormir.

Se penchant, il embrassa sa nièce sur le front.

Cornélia était rarement intimidée mais là, se pressant contre son oncle, ce fut dans un souffle qu'elle osa avouer :

– Tu sais, je crois que je commence à bien t'aimer.

S'étonnant d'être touché par cette déclaration, Frédéric murmura :

– Moi aussi, Cornélia.

– Alors, papa, toi, moi, on sera heureux tous les trois. Rien que tous les trois… Même sur votre île, si tu y tiens tant !

Avec un soupir ravi, elle s'enfonça sous les draps. Frédéric sortit en éteignant la lumière et pénétra à côté, dans la chambre de son frère.

À la lueur de la lampe de chevet, il observa longtemps les brûlures sur les joues. Pourquoi Dominique avait-il arraché ses bandages ? Il s'empressa d'en préparer d'autres, mais quand il voulut les poser sur les lésions, une main vigoureuse encercla son poignet.

– Non ! dit fermement Dominique.

– Mais ce n'est que de la chlorophylle, protesta Frédéric. Si tu persistes à ôter tes pansements au fur et à mesure que je te les place, tu ne cicatriseras jamais parfaitement. Il ne faut pas que tu fasses peur aux femmes quand tu seras guéri !

– Du moment qu'elle ne peut pas me voir…

– Qui donc ? demanda, la voix rauque, Frédéric qui connaissait déjà la réponse.

– Hélène… Je l'aime. Elle m'aime aussi, même si elle refuse de se l'avouer. Ensemble, nous avons connu une nuit merveilleuse. Elle ne peut pas avoir oublié comme nos corps sont faits l'un pour l'autre. Elle me reviendra et je n'ai pas besoin d'être beau pour vivre avec elle. De moi, elle ne connaîtra jamais que le parfum et le timbre de la voix qui la caresse. Je ne voudrais pas pourtant qu'une union entre elle et moi te rende malheureux…

Dominique ne décela pas le mensonge dans la voix de son frère qui assurait :

– J'ai mis du temps à m'y résoudre, mais maintenant, je l'ai admis une fois pour toutes : nous sommes jumeaux, d'accord, mais pas siamois ! Si tu es heureux, je le serai aussi.

Son frère posa sa main sur la sienne. Frédéric se dégagea.

– Tant pis pour le pansement. Accepte au moins une piqûre pour dormir !

Il sourit d'autosatisfaction en injectant le contenu de l'ampoule dans le bras de Dominique. Il était parvenu à lui donner le change. Si Dominique se figurait que son jumeau permettrait à une étrangère de s'introduire dans leur vie, quelle erreur il commettait !

Si en revenant de la fête des Favereau, Luc avait insisté pour que Patricia accepte un dernier verre dans la salle de l'Hollywood Bar avant de gagner leur chambre trop exiguë, la jeune femme renâclait à pénétrer dans cette pièce enfumée qui était visiblement un des hauts lieux nocturnes de Luc. Elle ne voulait pas se mêler à ce passé qu'elle redoutait. Le bar était envahi d'adolescents qui secouaient des flippers ou bien, agglutinés autour du juke-box, s'agitaient au rythme des tubes de l'été. Elle recula encore quand des exclamations fusèrent derrière un nuage de fumée.

– Tiens, un revenant !

– Où étais-tu passé, faux frère ?

Luc s'approcha.

– Salut ! Patricia, je te présente Bobby, Elvis et Marco, mes copains. Les copains, je vous présente ma femme.

Patricia s'obligea à sourire à des garçons un peu trop élégants qui se ressemblaient tous les trois, avec leurs mêmes costumes blancs et leurs chemises identiquement échancrées sur des poitrines velues qui laissaient apparaître des chaînes en or aussi épaisses que les gourmettes à leurs poignets.

– On n'espérait plus te voir, depuis le temps, Luc, espèce de lâcheur ! dit le nommé Bobby. Qu'est-ce que vous buvez ?

– La même chose que vous ! indiqua Luc.

– Jacky, brailla Bobby, whisky-cognac pour tout le monde.

– Pas pour moi, merci, déclina Patricia.

– Il ferait beau voir que la femme de Luc refuse de trinquer avec ses potes !

Les yeux brillants, Patricia se contraignit à trinquer avec les autres, mais contrairement à Luc qui avala le sien cul sec, elle ne toucha pas à son verre, ni à ceux qui suivirent quand ils y allèrent chacun de leur tournée.

La nuit avançant, la jeune femme constata que l'Hollywood Bar se vidait peu à peu de sa clientèle. L'établissement ne retentissait plus des cliquètements des flippers. La bruyante musique du juke-box s'était tue, les derniers adolescents partis. À l'approche de l'aube, il ne resta plus dans la salle que Luc et ses mauvais anges plongés dans un poker et Patricia, assise derrière Luc, contemplant, atterrée, son amant et les canettes vides et les Pascal amoncelés au centre de la table.

La fille d'Hélène se leva. Que Luc la suive ou non, elle ne resterait pas dans ce bouge plus longtemps.

– Tu l'as mal dressée, ta copine, remarqua Bobby en distribuant une nouvelle donne.

Mais Luc renversait sa chaise pour rattraper la jeune femme.

– Attendez-moi, je reviens.

Quand il voulut l'embrasser, Patricia le repoussa. Le moment n'était pas aux câlins. Elle avait passé la nuit à le regarder s'abrutir en jouant aux cartes avec des types aux allures de gigolos.

Luc prit la défense de ses soi-disant copains :

– Ils sont sympas. Ils t'ont acceptée tout de suite. Alors, un bisou ?

Elle se recula.

– En plus, tu pues l'alcool et la nicotine. Tu es dégoûtant.

Luc se regimba. D'accord, il était un peu éméché mais ce n'était pas une raison pour que cette fille de riches se remette à jouer les princesses.

– Je n'ai pas été élevé dans la soie, moi, cria-t-il. J'étais à la DDASS et je me suis retrouvé à la rue à quinze ans. J'ai dû me démerder tout seul et heureusement qu'il y avait des copains. Tu ne connais rien à la vie !

– Si tu veux sauver notre couple, Luc, alors il faudra que tu choisisses entre moi et ces fameux copains. Je ne veux pas avoir à rougir de toi, riposta Patricia, dressée devant lui avec l'accent de la morgue maternelle.

Soudain, Patricia lui rappela sa mère, « Madame » Hélène. Elle avait déjà honte de lui !

– Si tu le prends comme ça, dit-il, glacial, alors retourne chez ta maman coucouche panier. Moi qui croyais t'en avoir libérée, tu es incapable de penser ou de réagir autrement que comme elle. Ah, j'ai honte pour toi !

La plantant là, il rentra dans le bar.

– Tu l'as corrigée, ta snobinarde ? demanda Bobby.

– Mieux que ça, je l'ai virée, dit Luc.

– Tant mieux. Jacky, une dernière tournée pour les célibataires.

Avec les autres, mais sans rien boire, Luc s'accouda au bar, dégrisé. Il regrettait déjà de s'être emporté. Et si, au lieu de monter dans leur chambre, Patricia l'avait pris au mot ?

Il ne pouvait plus imaginer la vie sans elle. Mais le peu de sang qu'elle tenait de sa mère lui rendait la vie mouvementée. Pourtant il n'osait plaquer ses potes.

2

Arnaud et Geneviève partis, Hélène s'était installée en reine absolue dans le fort. Elle en connaissait parfaitement les pièces, s'y dirigeait à sa guise. Cette nuit-là, lasse de ne pouvoir s'endormir, elle se rendit dans la salle de bains, trouva dans l'armoire à pharmacie le tube qu'elle cherchait, avala un cachet qu'elle identifia au toucher et se recoucha.

Derrière sa fenêtre, le mistral s'était levé, agitant la cime des arbres, faisant bruisser des palmes. Le vent ne courba pas pourtant la silhouette féminine qui montait vers la propriété. Parvenue sur le seuil, à l'aide d'un passe-partout, elle ouvrit la porte. Sachant l'unique occupante des lieux aveugle, sans hésiter, l'inconnue alluma l'électricité dans le hall. Un miroir refléta l'image d'une grande femme rousse, au visage étrangement déformé par le bas nylon qui l'aiderait aussi à masquer sa voix. La femme s'avança, cherchant, ouvrant et refermant au fur et à mesure toutes les portes sur son chemin.

Dans la chambre d'Hélène, Girella grogna.

– Couché ! dit Hélène qui commençait à s'assoupir.

Loin de se calmer, le chien jappa de plus belle, museau pointé en direction du couloir. Y aurait-il quelqu'un dans la maison ? Un voleur ? Un intrus ? À tout hasard, Hélène fouilla sous le traversin, en sortit un revolver qu'elle glissa dans la poche de sa chemise de nuit.

Girella aboyait nerveusement à présent. Il y avait une présence derrière la porte. Qui donc ? Sa fille, prise de remords, qui serait revenue ?

– C'est toi, Patricia ? interrogea Hélène.

Par-dessus les grondements du chien, elle perçut un « oui » timide.

Le cœur d'Hélène bondit dans sa poitrine. Elle se leva et marcha vers la porte, les bras tendus.

– Ma chérie ?

Pas de parfum ambré. Une odeur qu'elle ne reconnaissait pas…

– Qui êtes-vous ? demanda-t-elle. Christian ! appela-t-elle.

– C'est pas la peine de faire semblant d'appeler ton fils, tonna au-dessus de sa tête une voix féminine aux accents rauques. Il n'est pas là, ta fille non plus. Tu es toute seule et à ma merci.

L'inconnue devait la dominer d'une bonne tête, elle pourtant déjà si grande… La femme eut un rire sadique qui effraya Hélène.

– Si vous voulez de l'argent, je n'en ai pas ici, tenta-t-elle. Mais il y a de nombreux objets de valeur dans le salon, des tableaux, des ivoires, de l'argenterie...

La visiteuse repoussa ses propositions, avec les mêmes étranges tonalités voilées. Tout semblait faux. Sous l'inconnue suintait la haine.

– Tu aurais sûrement préféré un cambrioleur mais je me fiche de tes bimbeloteries. Je suis venue te parler de Dominique... Dominique Volvani.

– Je ne veux rien entendre sur lui. Cet homme ne m'intéresse pas ! s'exclama Hélène, retrouvant toute sa confiance.

– Tu parles, tu en crèves pour lui, ricana l'autre. Et tu t'imagines que tu le tiens. Pauvre imbécile ! Dominique adore séduire les femmes mais pour mieux les détruire après.

L'inconnue éclata d'un rire dément.

– Et il me quitterait pour ça ! Pour une traînée qui allume tous les mecs ! Une aveugle ! Une infirme ! Et ne me parle pas sur ce ton, avec tes grands airs, sinon je t'éventre.

Hélène perçut un « clic » et sentit contre son cou la pointe du couteau à cran d'arrêt que la femme avait tiré d'une poche de son long manteau de soie. Elle se figea, impuissante. La folle était sur elle.

– Je vais te faire crever et tu iras rejoindre feu son épouse, gronda l'inconnue. Tu sais comment elle est morte, la pauvre Ingrid Volvani ? Ton Dominique l'a tuée pour s'en débarrasser, comme moi je vais me débarrasser de toi !

La pression de la lame se fit plus forte contre la carotide.

– Attaque, Girella ! Attaque ! cria Hélène, farouche.

La lame quitta le cou d'Hélène quand le chien bondit. Il y eut un juron et à la place du couteau, ce fut des mains qu'elle sentit, enserrant sa gorge. Comment relâcher cet étau ? Ployant sous le poids de son assaillante, Hélène se pencha, parvint à s'emparer d'un vase sur la table basse et, d'un coup, l'abattit sur la tête de son ennemie. Comme l'autre reculait, elle parvint à sortir son Beretta. Appuyant sur la détente, elle tira toutes ses balles dans la direction de la créature.

Aux bruits de porcelaine brisée succédèrent des pas s'échappant dans le couloir. La tueuse était partie. Au bord de l'évanouissement, Hélène parvint à se traîner jusqu'à la porte, à la boucler à double tour.

Tout en dévalant le sentier vers le ponton, l'athlétique inconnue ôta son masque de nylon trempé de sueur, se délivra de la pesante perruque rousse. La lune éclaira les traits de Frédéric Volvani. Même pour agresser une aveugle, il avait préféré se travestir. Vêtu en femme, il devenait autre. En étant femme, il se sentait aussi proche, tellement plus proche de Dominique !

Là-haut, tâtonnant sur la moquette, Hélène découvrit Girella qui gisait, inanimé, dans une flaque de sang. Elle s'effondra contre lui. Peu à peu, le cachet absorbé tout à l'heure produisit son effet.

Hélène était à demi assoupie quand les cris de Patricia la ramenèrent à la réalité. Elle ne comprenait pas pourquoi la porte était fermée.

– Maman, maman !

Cette fois, c'était bien sa fille. Mais si la créature s'en servait comme appât ? Elle hésita avant d'ouvrir le battant.

– Maman, que se passe-t-il ? Pourquoi t'es-tu enfermée ainsi ? demanda Patricia, prise d'effroi quand elle découvrit sa mère, hagarde.

– Elle va revenir, bégaya Hélène.

– Qui ? Parle, maman !

– La femme qui veut me tuer, sanglota-t-elle. J'ai pris le revolver pour me défendre. Elle a cherché à m'assassiner et elle a égorgé Girella. Et elle a dit que Dominique... Dominique... Tu crois que Dominique est un meurtrier ? J'ai tiré, j'ai tiré sur cette femme, Patricia. Regarde partout, si je l'ai tuée, il faut retrouver son cadavre, le cacher avant qu'on puisse m'accuser et m'arrêter. Quoi qu'il soit arrivé, cette fois, ce n'était pas ma faute. Ils n'auraient pas le droit de me punir. J'étais en état de légitime défense.

Puisque Hélène insistait, Patricia alla explorer les alentours du fort. Elle eut beau chercher, elle ne découvrit rien de suspect. Aucune trace de victime, pas la moindre goutte de sang dans le couloir, sur la terrasse ou sur le sentier. Choquée par l'incendie de la Réserve, traumatisée par la trahison de Dominique et la fuite de tous les siens, sa mère aurait-elle fait un mauvais rêve ? Dans son cauchemar aurait-elle tiré sur son chien ?

Patricia remonta en courant.

– Il n'y a personne. Tu as sans doute tout imaginé maman. Calme-toi. Je suis là, à présent. Repose-toi.

Elle tint la main de sa mère jusqu'à ce qu'elle s'endorme. Elle ne vit pas, serrée dans la paume d'Hélène, la boucle d'oreille en diamants qu'elle avait ramassée sur l'épais tapis lorsqu'elle s'était blottie contre son chien. Sa fille aurait beau lui répéter plus tard que l'abominable femme n'était qu'une création de son esprit, ce bijou, lui, demeurerait une preuve tangible de l'agression. Hélène n'avait pas rêvé. La voix bizarre résonnait encore dans ses oreilles. Avant de s'en prendre à elle, une horrible femme connaissant trop bien Dominique lui avait révélé qu'il n'était qu'un meurtrier.

Comment avait-elle pu oser s'abandonner à ce monstre ?

Et comment se protéger contre une nouvelle agression ?

Hélène n'avait plus assez d'orgueil pour dissimuler sa peur.

La démente reviendrait quand elle le voudrait. Hélène ne régnerait plus, elle vivrait sous la menace.

Ne le trouvant pas, Geneviève, venue rejoindre Arnaud à l'opéra pour sa première répétition en costumes, s'affola. Sans un mot, depuis deux heures déjà, précisa Sergio, son compagnon s'en était allé, fuyant presque. Avait-il eu un malaise ? Où était-il ? En quel état errait-il à présent dans les rues de la ville ? Elle qui vivait constamment à ses côtés le savait : la maladie d'Arnaud empirait chaque jour. Ses pertes de conscience étaient de plus en plus nombreuses. Cachée dans le cerveau condamné, une tumeur tendait ses rets, sa toile. Qui gagnerait la première, la folie ou la mort ?

Un canard à roulettes, qu'il avait longtemps traîné derrière lui, sur ses genoux, Arnaud se la posait, cette question, au même instant. Après avoir quitté le théâtre, il s'était promené sous les arcades commerçantes. Nombreux avaient été les passants à se retourner sur ce monsieur aux cheveux blancs si digne, un attaché-case à la main, de l'autre tirant son palmipède, un sourire béat aux lèvres et faisant « coin-coin » avec conviction.

Cet Arnaud de cinq ans avait aperçu un jardin rafraîchi par une pièce d'eau en son milieu. Des enfants y faisaient voguer des petits navires. Lui avait sorti de sa mallette des pages d'une partition et, agenouillé sur le bord, les avait pliées en forme de bateau. Enchanté, il avait applaudi en les expédiant dans l'eau. Ensuite, il avait sauté de case en case sur une marelle, sans se soucier des regards étonnés des fillettes qui jouaient là. Des mères murmurèrent, méfiantes. L'une d'elles alerta le gardien du square. C'était lui qui, en demandant ses papiers à Arnaud, l'avait tiré de sa rêverie.

Sans aucune difficulté, il s'était alors souvenu de l'endroit où il avait garé sa voiture, près de l'opéra où il ne retournerait plus. D'un pas lourd, il avait rejoint son véhicule. À présent, installé derrière le volant, il contemplait l'enveloppe dans laquelle il avait glissé une vidéocassette. L'homme malade avait inscrit en lettres capitales : « À REGARDER APRÈS MA MORT. » D'abord chercher une boîte aux lettres pour l'expédier. Ensuite, foncer pour accélérer le final. Arnaud se refusait, et à connaître l'ultime déchéance, et à l'imposer à Geneviève. Sa dernière sortie de scène, il saurait la réussir. Il déposa la lettre à la grande poste puis s'enferma de l'intérieur dans sa voiture et engagea la cassette de *Tosca* dans son lecteur.

La route sinueuse dominait une mer trop calme sous le soleil aveuglant. Pied au plancher, il entra dans un virage en épingle à cheveux, lâcha le volant… et ferma les yeux pour mieux écouter la plainte de la femme que le destin condamnait au désespoir.

La voix familière d'Arnaud, grave et virile, s'éleva dans la pièce. Après la levée du corps, Geneviève avait réuni toute la famille au fort pour visionner l'envoi d'outre-tombe. Si Hélène ne pourrait pas voir les dernières images de son frère, envoyées depuis la scène de l'opéra de Toulon où il s'était enregistré, elle entendrait du moins ses dernières volontés. Comme les autres, elle s'assit face au téléviseur. Christian mit en marche le magnétoscope. L'image s'inscrivit, d'une netteté insupportable.

Arnaud demandait d'abord à Geneviève de lui pardonner, de n'avoir pas trop de peine. Sa maladie cérébrale était incurable. Elle l'aurait réduit bientôt à l'état de légume. Merci à son aimée d'avoir été le dernier bonheur de sa vie ! Qu'elle n'oublie pas surtout qu'il ne la laissait pas seule, qu'il lui restait Tanguy et qu'elle lui parle de son grand-père de temps en temps. Sans tristesse, avec une sorte de gaieté qui tenait du soulagement, il évoquait ses manies, ses étourderies et son sale caractère. Il faisait son premier et dernier autoportrait pour leur dire qu'il les aimait.

Sa surprise, en bon metteur en scène, Arnaud l'avait réservée pour la fin. Il avait légué son corps à la science, mais ses yeux, il les avait destinés à Hélène, et à Hélène seulement. Elle avait tellement besoin d'y voir clair, sa petite sœur ! Qu'elle accepte sans faire de caprice ! Et maintenant, rideau !

Sur l'écran du téléviseur, il n'y eut plus qu'un scintillement. L'unique représentation finissait en paillettes. Après un long moment de silence, Geneviève se leva, rembobina la cassette et la remit dans son enveloppe comme une lettre d'amour. Il n'y avait pas de larmes, seulement un immense chagrin sur son visage sans maquillage.

– Je comprends qu'il ait voulu en finir, dit-elle d'une voix sereine. J'aurais agi comme lui. Je suis fière de lui.

– Mais ses yeux, ses yeux… s'écria Hélène, déstabilisée, vulnérable.

– Il vous les a transmis. Vous ne pouvez pas les refuser. Il a vu le monde sous de si jolies couleurs…

– Vous voudriez que je profite de la mort de mon frère pour…

Agitée, elle arpenta la salle à grands pas.

– Pour y voir clair, poursuivit Geneviève, du même ton apaisant au-delà de la souffrance, c'est ce qu'il vous demande. C'est la première fois qu'il vous demande quelque chose.

Rejoignant la femme blonde dont les pleurs amers s'écoulaient de ses yeux morts, elle posa une main affectueuse sur son épaule.

– Quand je pense que nous étions fâchés, Arnaud et moi, quand il est parti… souffla-t-elle.

Geneviève, qui avait toutes les élégances, la soutint.

– Je ne supporterais pas que vous repoussiez les dernières volontés d'Arnaud. Je n'ai même pas imaginé une seconde que vous l'oseriez. Aussitôt la cassette reçue, j'ai pris rendez-vous avec l'hôpital, annonça-t-elle. Les greffes de cornée, ça ne laisse pas le temps de tergiverser. Tout est prêt pour l'intervention.

Tandis que Christian entraînait sa mère vers le ponton, Patricia jeta en toute hâte sa trousse de toilette et quelques affaires dans un sac.

– Dans un quart d'heure à votre bureau, dit Frédéric à Jean-Philippe, lorsque ce dernier lui téléphona pour lui communiquer les nouvelles.

– Venez plutôt déjeuner à la maison, proposa le banquier.

Arnaud décédé, Hélène recouvrant la vue, toutes les données avaient changé sur l'île de la Réserve. Frédéric se frotta pensivement le menton en boutonnant sa veste de tweed. Plus question d'user de sa cécité pour des manœuvres d'intimidation dans le noir. Aveugle, la femme blonde était déjà une ennemie redoutable. La lutte allait devenir encore plus serrée, et pour l'île, et pour Dominique.

Cornélia voulut accompagner son oncle lorsque, après lui avoir précisé les raisons de son rendez-vous urgent, il sauta dans son hors-bord.

– Pourquoi as-tu besoin de te rendre à terre ? demanda-t-il.

– Pour consoler Tanguy, expliqua-t-elle. Il est sûrement très triste de la mort de son grand-père et tout le monde doit être à l'hôpital, à entourer Hélène.

– Pas question que tu partes d'ici, répliqua fermement son oncle en sautant derrière le volant. Il est impossible de laisser ton père seul. Il a besoin qu'on lui donne ses cachets toutes les heures, n'oublie pas.

Cornélia s'accouda au bastingage, observant le Riva qui s'éloignait, fendant les flots dans un sillage d'écume. Quand il ne fut plus qu'une petite tache noire à l'horizon, elle descendit dans la chambre de son père.

Dominique somnolait. Une casquette de toile noire dissimulait les plaques roses de son crâne, là où les cheveux ne repousseraient plus. Ses mains meurtries étaient recouvertes de gants très fins. Cornélia se pencha vers lui.

– Papa, dit-elle d'abord à voix basse, puis de plus en plus fort. Papa, papa, il ne faut pas que tu dormes tout le temps. Réveille-toi, papa, je veux que tu te réveilles.

Jour après jour, Cornélia avait vu Frédéric maintenir son père dans cet état végétatif. Peut-être qu'il lui plaisait, à lui, que son jumeau ne soit plus qu'un homme amoindri, dépendant, accroché à ses drogues. Mais la fille de Dominique ne le supporterait pas plus longtemps.

Dans la salle de bains, elle s'empara sur les tablettes des boîtes de médicaments, d'ampoules à injecter, des seringues et, ouvrant le hublot, jeta le tout à la mer d'un geste décidé. En guise de neuroleptiques, ce fut un café très fort qu'elle apporta à son père. Elle l'obligea à boire.

– Enfin, tu émerges ! s'exclama-t-elle quand il parvint à ouvrir grands les yeux. Tu as encore mal ?

– Non, dit-il.

– Alors très bien, ça veut dire que tu n'as plus besoin de piqûres.

Tout à fait réveillé à présent, Dominique exigea :

– Cornélia, apporte-moi un miroir.

Sans poser de questions ni émettre d'objections, elle obtempéra. Elle comprenait que son père veuille se voir tel qu'il était désormais.

– Tu ressembles au plus beau père du monde, dit-elle.

Quand il s'en empara, examinant son visage sous tous les angles, Cornélia se glissa sous les draps et se blottit contre lui.

– Tu es le plus adorable père du monde, répéta-t-elle en lui caressant les joues. Seulement, ce qui t'enlaidit, c'est cette affreuse barbe de huit jours. Elle pique tant que je ne peux plus t'embrasser. Inutile de protester, je vais te raser.

En revenant de la salle de bains, nantie d'un rasoir électrique, elle annonça :

– Je me suis débarrassée de tout ton bric-à-brac de camé. Si tu avais fait la même chose pour maman, elle ne serait pas morte de surdose.

– Mais ta mère ne s'est jamais droguée ! protesta vivement Dominique.

Branchant le rasoir à une prise près du lit, Cornélia haussa les épaules.

– Vous êtes tous pareils, les parents ! Vous voudriez que vos enfants se bouchent les oreilles et qu'ils n'entendent pas les conversations autour d'eux. Qu'ils soient sourds et aveugles…

Mue par une intuition soudaine, elle s'interrompit avant de lancer :

– À propos d'aveugle, Hélène est à l'hôpital. Elle va recouvrer la vue.

Dominique sursauta si fort que le rasoir s'écrasa sur l'oreiller. C'était pour elle qu'il ne s'était pas soucié de son apparence, qu'il lui avait été égal de présenter au reste du monde une physionomie ravagée. Maintenant, il s'interrogeait. Avait-il eu raison de repousser les propositions du médecin ? Il se sentait incapable de supporter tant le dégoût que la compassion d'Hélène. D'elle, il ne voulait que de l'amour. Et du désir. Et comment pourrait-il la reconquérir à présent ?

3

Derrière l'orgueilleux hôtel particulier à frontons et pilastres, Jean-Philippe et Régine disposaient d'un vaste jardin où il faisait bon prendre le soleil et manger en plein air. Le maître de maison y avait installé un barbecue sur lequel il aimait préparer des grillades pour ses hôtes. Une odeur de viande parfumée aux herbes de Provence flottant dans la fumée guida Frédéric qui s'approchait.

– Vous êtes un vrai professionnel, et je m'y connais, remarqua-t-il. J'ai travaillé dans une pizzeria pour payer mes études.

– Et votre frère ? demanda le banquier en retournant des côtelettes d'agneau sur les braises.

– Il était mécanicien dans un garage quand il a gagné sa première course de kart. Il y a eu la F3, le Volant Shell, le prix Renault-Elf et puis il a intégré une grande écurie de F1. Il était doué. La suite s'inscrit dans l'histoire du sport automobile.

– Quel parcours !

– Oui ! Pas mal pour deux fils d'immigré pauvre, acquiesça Frédéric, faussement modeste, en lui tendant des assiettes.

– Nous n'attendrons pas mon épouse pour commencer, dit Jean-Philippe. Régine ignorait à quelle heure elle en aurait fini avec ses auditions, au Palais.

Ensemble, les deux hommes s'assirent face à face à la table de jardin. Jean-Philippe remua la salade et entama son plat avec conviction. Frédéric attendit qu'il ait avalé plusieurs bouchées pour interroger :

– Alors ? C'est le petit Tanguy qui hérite ?

– Oui, la mort de son grand-père simplifie la situation. Encore quelques parts supplémentaires pour l'enfant qui était déjà majoritaire. Christian est son tuteur et il déteste cordialement la Réserve. D'ailleurs, comme sa sœur, il était d'accord pour vendre quand je les avais réunis pour leur transmettre votre offre.

Il avala son verre de rosé, en servit à son hôte puis ajouta :

– Je n'ai jamais compris pourquoi Christian est parti en se désintéressant complètement du sort de l'hôtel. Maintenant que son fils d'adoption est pratiquement propriétaire à lui seul, il n'aura plus d'autre choix que de s'en préoccuper. Et donc de vendre.

– C'est ce que tout le monde souhaite, non ? déclara Régine, apparaissant derrière le parasol, dans une stricte robe marron gansée de beige, son uniforme de juge d'instruction. Jean-Philippe, tu me verses un peu de vin ?

– Tu n'en bois jamais à midi ! s'étonna son mari.

– Une fois n'est pas coutume. Ne faut-il pas fêter la guérison attendue d'Hélène ?

– C'est que, Régine, fit son mari, embarrassé, Frédéric et moi, nous étions en train de parler affaires...

– Eh bien, à votre collaboration ! approuva-t-elle en levant son verre.

Se tournant vers Frédéric, suave, elle interrogea :

– À propos d'affaires, monsieur Volvani, un certain Rocco Volvani était-il de vos parents ?

– C'était mon père, reconnut Frédéric, feignant l'indifférence.

– Voyez-vous, je suis un peu femme d'affaires, moi aussi, du moins de dossiers. Comme vous vous intéressez tous tant à la Réserve, j'ai cherché dans les archives s'il n'y avait pas quelque chose de ce côté-là.

– Régine, je t'en prie ! s'exclama son époux, de plus en plus mal à l'aise.

Frédéric continua à se préoccuper davantage de sa côtelette que des propos du magistrat.

– Vous ne voulez pas savoir ce que j'ai découvert ? demanda-t-elle d'un ton exquis aux deux autres convives. Jean-Philippe, tes grillades sont fondantes et ta salade est merveilleusement assaisonnée. Tu deviens un vrai cordon-bleu.

– C'est ce que me disait justement Frédéric, remarqua Jean-Philippe, heureux de cette occasion de détourner la conversation. Et il s'y connaît, il...

– Je constate que vous êtes dévorés de curiosité, interrompit Régine, implacable. Je ne vous ferai donc pas languir avec des considérations culinaires. Rocco Volvani, donc, a été condamné à quatre ans de prison pour avoir proprement assommé le père d'Hélène. Ce dernier lui avait acheté l'île de la Réserve. Enfin, il s'imaginait la lui avoir achetée. En fait, c'était Mme Volvani qui, criblée de dettes, avait imité la signature de son mari au bas de l'acte de vente.

– Régine, cette histoire n'intéresse personne, coupa vivement son mari.

– Au contraire, dit Frédéric, sans manifester la moindre émotion, je la trouve palpitante. Racontez-moi, madame, il y avait bien un intermédiaire, un homme d'affaires dans tout cela. Il était donc complice ?

Régine fixa ironiquement son mari.

– Pas vraiment complice. Il a simplement fermé les yeux, précisa-t-elle. Non-assistance à personne en danger.

– Cela arrive parfois, constata Frédéric, imperturbable et très urbain. L'homme est un loup, ou un rat.

Quand il fut parti, Jean-Philippe la questionna. Il ne comprenait pas pourquoi sa femme avait ressorti cette vieille histoire qui ne pouvait que nuire à la mémoire de son père et salir toute la famille par ricochet.

Régine lui sourit avec la gentillesse qu'on manifeste envers un enfant qui s'obstine à ne pas comprendre. Elle articula :

– Par cette « vieille histoire », vous avez partie liée, les Volvani et toi. Ni eux ni toi ne tenez à ce qu'elle soit portée à la connaissance du public. Cela vous fait un secret en commun. De quoi mieux vous souder les uns les autres… C'est parfois utile entre partenaires en affaires… ça peut éviter une trahison.

Considérant sa femme sous ce nouveau jour, Jean-Philippe, soudain, ne savait plus quoi en penser. Lui qui l'avait crue uniquement soucieuse de l'avenir de leur couple, il la découvrait tout à coup retorse, rusée, infiniment dangereuse. La midinette laborieuse devenait une intrigante. Elle menait le bal.

Solitaire dans la crique qui s'arrondissait, au bas de la pinède où étaient logés les plongeurs, assis sur un rocher, les yeux fixés sur une ligne et une mer qu'il ne voyait pas, Tanguy pêchait. Son baladeur sur les oreilles, il n'entendit pas Christian s'approcher et lui demander amicalement :

– Ça mord, Robinson Crusoé ?

Le jeune homme lui retourna sa casquette pour qu'il s'aperçoive de sa présence. L'enfant ôta alors ses écouteurs.

– Grand-père avait raison. C'est super, *Tosca* !

– Ce n'était pas du rock que tu écoutais ? s'étonna Christian.

– Non. J'avais demandé à grand-père quel opéra il montait à Toulon et il m'avait offert la cassette pour que je comprenne son travail. Mais je l'avais laissée dormir dans son coin.

Aujourd'hui, j'ai voulu l'entendre. Tu comprends, c'est la dernière musique que grand-père a entendue. Je suis content qu'elle ait été si belle.

L'enfant avait parlé d'un ton serein. Christian ne l'en attira pas moins contre lui pour lui ébouriffer les cheveux.

– Il était formidable, grand-père, continua Tanguy, le nez contre le pull marin. À Hélène aussi, il a fait un beau cadeau.

Il se détourna soudain. Sa ligne avait frémi.

– Eh, j'ai une touche ! s'exclama-t-il.

Tirant habilement de l'eau un poisson de belle taille, il se réjouit :

– On le fera griller. On va se régaler, tous les deux.

Christian observa le rouget grondin qui s'agitait au bout de la ligne.

– Tu sais ce qu'il faisait, Arnaud, des poissons qu'il pêchait ?

Tanguy éclata de rire.

– Grand-père, il allait pêcher parce qu'il disait que ça l'aidait à réfléchir, mais ce n'était pas vraiment un truc pour lui. Il ne rapportait jamais rien parce qu'il n'attrapait jamais rien.

– Faux ! dit Christian, tandis que le garçon récupérait l'hameçon afin de jeter le poisson dans une nasse qui trempait dans l'eau. Il en attrapait mais il relâchait toujours ses prises.

– Pourquoi ? Il n'aimait pas le poisson ? interrogea Tanguy.

– Il disait qu'il aimait trop la liberté pour en priver un être vivant, quel qu'il soit.

L'enfant considéra le rouget grondin qui frétillait entre ses mains. Il l'observa longuement puis, sautant de rocher en rocher, tenant son butin dans ses mains tel un trésor fragile et précieux, précautionneusement, il alla le remettre dans la mer.

– Il avait raison, grand-père, dit-il en remontant vers Christian. Je veux être libre.

De retour sur leur yacht, Frédéric voulut faire partager à son frère les découvertes de Régine sur la Réserve. Mais Dominique n'avait pas envie d'entendre parler de l'île. Il prétexta tomber de sommeil. Tous ces médicaments l'abrutissaient et il avait bien besoin d'une sieste.

Avant qu'il ne quitte le salon, Frédéric vit son frère s'arrêter devant le miroir et scruter de nouveau ses cicatrices.

– Dominique, interrogea-t-il d'une voix frémissante, pourquoi t'obstiner à rester dans cet état ?

– Je te l'ai déjà dit, gronda son jumeau.

Le rattrapant, Frédéric le contraignit à lui faire face.

– Tu as vraiment honte de notre ressemblance ?

– Et toi, pourquoi y tiens-tu tellement ? lui jeta Dominique au visage.

Le lâchant, Frédéric courba les épaules.

– Pour être sûr que j'existe.

Une fois de plus, il était parvenu à susciter l'émotion de son frère.

– Imbécile, dit Dominique, désarmé. Tu devrais être rassuré au contraire que je refuse une intervention. Quand Hélène aura recouvré la vue, elle s'enfuira en courant devant ma face de monstre.

– Et alors ?

Comment démêler la part d'affection et de tristesse dans le rire de Dominique ?

– Alors, mon frère, tu n'auras plus de soucis à te faire !

Pour mieux veiller Hélène et ne pas la laisser seule en ces moments cruciaux, Geneviève avait obtenu qu'on lui laisse partager sa chambre d'hôpital. Elle sonna une infirmière. Sur le lit immaculé, les yeux recouverts d'un bandeau noir, l'opérée s'agitait. Geneviève comprenait qu'Hélène soit anxieuse dans l'attente du résultat de l'intervention mais elle avait besoin de repos. Elle réclama une injection de somnifère. L'infirmière regarda la feuille de la patiente. Rien ne s'y opposait. Silencieuse, efficace, elle ajouta un produit à la perfusion.

La jeune femme repartit en souhaitant bonne nuit, Geneviève borda soigneusement Hélène, éteignit la lumière et s'allongea à son tour. Sur son lit, la patiente geignait toujours. Geneviève écouta, bouleversée, les phrases entrecoupées :

– Arnaud… Arnaud… pardonne-moi… Je t'ai traité de fou à cause de l'assurance… Mais sans moi, rien ne serait arrivé… Oui, j'ai mis le feu à la Réserve… Je croyais la sauver et après, au lieu d'avouer… je t'ai… accusé… Arnaud… Pardon…

Arnaud n'entendrait jamais plus les explications de sa sœur. Il était trop tard pour prononcer des excuses et réclamer un pardon. La blessure était trop récente. Geneviève ne s'était pas encore habituée à l'absence de son compagnon, à son silence définitif. Elle aussi avait encore tant de choses à lui dire. Sans Arnaud, elle se sentait si seule, si désorientée… Elle n'avait pas l'esprit à s'appesantir sur les événements de la Réserve. Que lui importait qu'Hélène soit responsable ou non de l'incendie de son hôtel ? Geneviève était toute à son si brutal veuvage. Une seule pensée l'habitait. Quel cours donner à son existence après un tel désastre ?

Sur le lit, sur le point de sombrer dans le sommeil, Hélène geignait, écorchant des mots que Geneviève ne comprit pas :

– Dominique… Il a tué sa femme… C'est un assassin…

Tanguy nageait sous l'eau. Sur la plage de gravier, au large de laquelle était ancré le *Circea* du commandant Favereau qui servait de base à ses plongeurs, Cornélia l'attendait en maillot de bain roulé sur ses hanches, les seins nus brillant au soleil, les yeux rivés à sa montre-bracelet.

– Et alors ? demanda-t-il quand il émergea.

– Une minute quinze, annonça-t-elle.

L'enfant était encore trop jeune pour être troublé par la vision du corps svelte de son amie, par le spectacle ravissant qu'elle présentait ainsi dénudée, offrant, insouciante, sa peau veloutée au soleil. Il soupira :

– Si j'avais pu nager comme ça avant, je n'aurais pas eu besoin de m'accrocher à Christian et maman aurait été sauvée, dit-il en s'essuyant le visage avec une serviette-éponge. Maintenant, je m'exerce tout le temps. Plus tard, je serai plongeur, comme Christian.

Il fixa les silhouettes en combinaison noire qui remontaient sur le bateau, là-bas.

– Passe plutôt un bon diplôme, conseilla Cornélia.

– Est-ce que tu t'en occupes, toi, de tes diplômes ? rétorqua le gamin. Tu prépares Polytechnique ?

Cornélia secoua sa longue chevelure bouclée.

– Moi, j'en ai pas besoin. Je me marierai avec un type plein aux as et fou de moi ! Un mec normal, quoi !

Tanguy eut beau réfléchir, l'idée de son amie n'était pas si mauvaise. Ne trouvant pas de riposte appropriée, il changea de conversation.

– Tu dînes avec nous chez les Favereau ?

– Très flattée, dit Cornélia, mais je ne suis pas invitée.

– La maison est pleine de monde, une de plus, on ne compte pas... Et puis, si tu viens avec moi, Sylvia ne dira rien, elle aurait trop peur de fâcher Christian.

Cornélia leva la tête, intéressée.

– Elle lui court après ? demanda-t-elle.

– En tout cas, elle le suit partout. Elle finira par le rattraper ! Comment tu le trouves, toi, Christian ?

– Vieux !

Tanguy ne suppporta pas qu'on accole un tel adjectif à Christian. Pour lui, il n'existait pas de plus bel homme au monde.

– Vieux ? Moins que ton père, jeta-t-il à Cornélia.

Elle réagit avec la même intensité que le garçon.

– Tu veux une gifle ?

– Bon, fit Tanguy, conciliant, de toute façon, c'est l'heure d'y aller. On fait la course jusque chez les Favereau ?

Cornélia passa une chemise et ensemble, ils détalèrent.

À table, deux des bambins étaient juchés sur les genoux du commandant, le troisième avait grimpé sur les genoux de Sylvia.

– Tu t'assois à côté de moi, exigea d'autorité Tanguy quand Christian arriva, après avoir échangé sa tenue de plongeur contre un tee-shirt et un jean.

Spontanément, le jeune homme s'était d'abord dirigé vers Cornélia, assise, fin visage hâlé et moelleuse silhouette adolescente, auprès du commandant. Le regard vert de Cornélia se planta dans le regard bleu. Christian resta un instant interdit. Trop vite, il se reprit :

– D'accord, bonhomme ! À vos ordres ! Ah ! La vie de famille… soupira-t-il en se servant une platée de pâtes. Il a fallu que j'arrive à la trentaine pour connaître ce réconfort ! Enfant, je moisissais en pension toute l'année et aux vacances, la Réserve était trop envahie par les clients pour que mes parents puissent s'occuper de moi.

– Moi, au moins, l'été, j'ai un peu papa, remarqua Cornélia en se levant. D'ailleurs, il faut que je rentre, sinon il va s'inquiéter.

– Reviens quand tu veux, dit Sylvia en l'embrassant. Tu peux même dormir ici à l'occasion si ça t'arrange.

Deux chevelures se mêlèrent, l'une brune, l'autre rousse. Dans la lumière tamisée, Christian considéra la femme dans toute sa plénitude, la jeune fille au corps si prometteur, et s'émerveilla de leur beauté. Curieusement, et il s'en étonna, ce fut sur Cornélia que son regard s'attarda.

La nuit était aussi tombée sur l'*Harlequin Boy*. Frédéric pénétra en trombe dans la chambre de Dominique.

– Où sont passés tes cachets, tes ampoules de calmant ? demanda-t-il, anxieux.

– Je n'en avais plus besoin, j'ai tout balancé, affirma Dominique.

– Mais c'étaient les ordres du médecin ! s'emporta son frère.

– Et alors ? Je n'ai jamais aimé obéir.

Se voulant rassurant, Dominique prit la main de son jumeau et le poussa à s'asseoir à son chevet.

– Ça vaut mieux comme ça, dit-il. Rappelle-toi ce qui est arrivé à ma femme après son accident de voiture… Elle en a tant pris, de ces calmants qui lui avaient été prescrits, qu'à force elle en est morte.

– À moins qu'on l'ait aidée à mourir, susurra Frédéric.

– La police a conclu à une surdose, s'emporta Dominique, mais toi, tu persistes depuis toujours à insinuer que je me suis conduit en meurtrier. Ça te fait plaisir ! Regarde-moi droit dans les yeux et traite-moi d'assassin !

Frédéric se tourna vers son frère, le regarda droit dans les yeux et déclara :

– À quoi bon remuer le passé ? Ta femme est morte, ça, tu ne peux pas le nier.

– Je n'aurais jamais pu lui faire de mal, insista Dominique. Juste avant l'accident, je lui avais offert une paire de boucles d'oreilles en diamants. J'aurais aimé les conserver en souvenir, les offrir à Cornélia plus tard, mais je ne les ai plus jamais retrouvées.

– Oublie tout ça, le consola Frédéric. Pensons plutôt à venger papa.

– Tu viens d'admettre qu'il vaut mieux ne pas remuer le passé, rétorqua Dominique, se soulevant sur son lit.

– Et laisser Hélène à la Réserve ? demanda durement Frédéric.

Son frère se laissa tomber sur son oreiller.

– Oh, ça suffit, dit-il. Je suis épuisé. Laisse-moi dormir.

Frédéric referma soigneusement la porte derrière lui. Une fois dans sa propre chambre, il sortit de derrière une pile de livres une petite boîte rouge et or. L'ouvrant, il contempla longuement l'unique boucle d'oreille en diamants qui reposait là, scintillante, dans son écrin de velours noir. Il savait quelle nuit il avait égaré l'autre mais il ignorait où et à quel moment. Il regrettait sa parure, mais de sa perte, il ne s'inquiétait pas. Même si quelqu'un avait trouvé la boucle, il ou elle ignorerait toujours à quelle paire elle appartenait.

Il rangea le coffret dérobé à cette morte que son frère avait eu le tort d'aimer.

Cornélia l'avait promis à Tanguy et à Sylvia, elle ne tarda pas à revenir au camp Favereau. Mais ce fut Christian qu'elle chercha. Il la découvrit un soir, transie, assise sur les marches de son studio. Il contempla avec stupéfaction les vêtements trempés, la chevelure dégoulinante.

– Si tu comptais entraîner Tanguy dans un de tes bains de minuit, pas de chance, il est resté dormir à la villa avec les enfants de Sylvia. De toute façon, je lui aurais interdit de te suivre. Il n'y a qu'à voir l'état dans lequel tu t'es mise ! Tu vas attraper une bonne crève, oui !

Constatant qu'elle claquait trop des dents pour riposter avec son toupet habituel et qu'elle restait inerte, grelottant sur l'escalier, Christian souleva la jeune fille et la porta à l'intérieur. Quelles qu'aient été les intentions de cette fichue gamine, elle avait besoin d'une bonne friction pour se réchauffer.

Il la déposa sur le canapé et lui intima l'ordre de se déshabiller. Elle commença par refuser tout net puis comme Christian entreprenait de lui arracher de force son tee-shirt, elle exigea :

– Tourne-toi d'abord.

Un éclat de rire découvrit les dents blanches du garçon.

– Qu'est-ce qu'il te prend tout à coup ? Tu te balades tout le temps à moitié à poil sur la plage. Si tu te figures que parce que tu es dans ma chambre, je vais me transformer en violeur de minettes...

– Je ne suis plus une petite fille. Tourne-toi, je te dis, s'entêta Cornélia.

Il haussa les épaules, lui tendit une vaste serviette-éponge et fixa le mur :

– Si j'étais ton père, je te filerais une de ces raclées ! Qu'est-ce qui t'a pris de te baigner tout habillée en pleine nuit ? Et en plus, tu voulais entraîner un enfant !

S'ébrouant, toujours soigneusement emmitouflée dans la serviette, Cornélia annonça :

– Ça y est, tu peux te retourner.

Christian entreprit de lui frotter énergiquement le dos. Sous ses grandes mains qui la réchauffaient, elle tint à préciser, détachant ses mots :

– Tu n'es pas mon père et je ne cherchais pas du tout Tanguy.

– Alors, qu'est-ce que tu fichais ?

– Elle te lance tout le temps de ces œillades... Je voulais savoir si tu couchais avec Sylvia, l'informa-t-elle sans le moindre embarras.

Christian cessa net de frictionner le corps parfait dont, à cet instant, tout à sa mission, il ne remarquait pas les formes pleines. Amusé et agacé, il observa :

– Qu'est-ce que ça peut te faire si je couche ou non avec Sylvia ? Ça ne te concerne pas.

Cornélia tapa du pied.

– Vous êtes tous pareils, les hommes ! s'exclama-t-elle rageusement. Tous des salauds ! Toi tu couches avec une femme mariée mais quand même plutôt jeune. Mon père, lui, il court après des vieilles et avec des cheveux jaunes, en plus.

Christian commençait à trouver la gamine divertissante.

– Des cheveux jaunes ? Qu'est-ce que c'est que cette histoire ?

Cornélia s'enveloppa plus étroitement encore.

– Papa ne m'aime plus. Il me préfère ta mère. Tous, tous des salauds !

– Tu n'es vraiment qu'une gosse ! s'exclama Christian. Tiens, je vais te préparer un chocolat, la même recette que pour Tanguy quand il se pèle de froid.

De l'étroite cuisine où, sur une plaque électrique, il mélangeait dans une casserole lait et cacao, il lança :

– Ma mère n'est pas vieille et ses cheveux ne sont pas jaunes mais d'un joli blond. Elle et ton père sont parfaitement libres de faire ce qui leur plaît. Quant à Sylvia…

– Vous me répugnez tous, tous, pleurnicha Cornélia.

Évidemment, si elle se figurait que son père se détournait d'elle… Cette petite peste se mêlait peut-être de ce qui ne la regardait pas, mais son chagrin était touchant. Christian abandonna sa casserole et retourna dans la chambre pour la consoler.

La moutarde lui remonta au nez quand il découvrit Cornélia blottie dans son propre lit, la couverture tirée jusqu'au cou.

– Un peu de sans-gêne, c'est déjà à la limite du supportable. Mais là, tu exagères vraiment. Tu n'es pas chez toi. Allez, debout et rhabille-toi, je te ramène à ton bateau.

– J'avais froid, s'excusa-t-elle, sans bouger.

– Debout ! ordonna-t-il plus fermement. Ma patience a des limites. La coupe déborde.

– C'est ta casserole qui déborde, ronchonna-t-elle. Je n'aurai même plus droit à un chocolat pour me réchauffer avant de partir.

Christian bondit. Cette enquiquineuse disait vrai. Du lait coulait déjà sur l'aluminium. Il éteignit le réchaud, chercha un bol, le remplit et l'apporta à Cornélia.

– Il n'est pas assez sucré, se plaignit-elle à la première gorgée.

– Non, mais…

Hors de lui, il ramassa les vêtements épars. La jeune fille ne pourrait pas les remettre sur-le-champ, ils étaient encore trempés. Pour qu'ils sèchent plus vite, Christian alluma un radiateur électrique.

Tandis qu'il s'affairait, une toute petite voix étouffée avoua, en provenance de la couette :

– Je ne peux pas rentrer. J'ai dit à papa que je dormais ici avec Tanguy. On ne m'attend pas sur le bateau.

– Ah oui ? éclata-t-il. Et moi, où est-ce que je vais coucher pendant que mademoiselle prend toutes ses aises ? Dehors, peut-être ?

– Puisque Tanguy n'est pas là, tu peux prendre son canapé, raisonna Cornélia.

Il ne viendrait jamais à bout de cette gamine têtue. Vaincu, Christian ramassa le bol de chocolat que Cornélia avait refusé. Il s'assit sur le canapé effectivement libre et commença à boire à petites gorgées.

– Bonne nuit, reprit la petite voix, du fond de son lit. Tu sais quoi, Christian ?

– Quoi encore ? demanda-t-il, lassé.

– J'aurais bien aimé avoir un grand frère comme toi, gentil, beau, avec des yeux bleus comme les tiens.

Cette gosse aux allures de femme avait beau l'exaspérer, elle finissait toujours par l'attendrir. Il se contraignit à la sévérité.

– Tais-toi et dors, dit-il.

Il rapporta le bol dans la cuisine, éteignit les lumières et s'allongea sur le canapé. La présence de Cornélia n'empêcha pas le jeune homme de sombrer très vite dans un sommeil sans rêves. Sur son lit, en revanche, elle s'agitait comme si elle espérait une autre issue. Elle n'était pas venue pour dormir seule. Mais elle avait obtenu de rester.

4

Dans sa chambre d'hôpital, Hélène s'impatientait. Encore deux jours à porter ce maudit bandeau noir ! Le Pr Garrigue avait eu beau lui assurer que tous les examens étaient positifs, qu'elle n'avait aucune raison de s'inquiéter, elle avait hâte de vérifier par elle-même.

– Qu'est-ce que deux petites journées après trois ans de cécité ? la calmait Geneviève. Jusqu'à la dernière minute, vous avez hésité à vous faire opérer et maintenant…

– Maintenant que je sais que je vais pouvoir revoir, c'est vrai, je swingue sur ce lit.

Elle allait se gaver d'images perdues. Elle allait se gaver de couleurs. Elle évoqua dans sa mémoire le fort magnifique, au plus haut de l'île, la nature exubérante qui l'entourait, ses terrasses fleuries s'étageant sur la pente jusqu'à une plage bordée d'une mer bleue, si bleue. Et partout le vert des palmiers, le jaune des mimosas, le rouge des bougainvillées…

Bien sûr, il lui faudrait contempler aussi les ruines de la Réserve mais ce ne serait que pour mieux songer à les reconstruire. Oui, elle avait hâte de tout voir et jusqu'aux désastreux livres de comptes. Sur les décombres, elle rebâtirait l'empire des Charrière.

La chambre était envahie de fleurs dont les parfums exacerbaient encore le désir d'Hélène de retrouver ses luxuriants jardins. Deux nouveaux bouquets étaient arrivés. En les installant dans des vases improvisés, Geneviève, pour la distraire, commenta les envois et les cartons qui les accompagnaient.

– « Affectueusement, Jean-Philippe et Régine. » Ils ne se sont pas foulés, ceux-là ! Un bégonia tout maigrichon !

– C'est l'intention qui compte, dit Hélène. C'est une fleur qui remonte. Pour peu aussi qu'ils l'aient commandée par téléphone… Qui m'adresse l'autre ?

Geneviève éclata de rire :

– Le frère de Régine. Pour un moine, de modestes fleurs des champs, c'est normal. Ce qui l'est moins, c'est qu'il vous envoie un bouquet par jour.

– Je ne l'ai rencontré qu'à deux reprises, mais chaque fois, je me suis confiée à lui, expliqua Hélène qui se sentait prise en faute. Il y a en lui quelque chose qui incite à la confession, une gravité, une capacité d'écoute… Je comprends qu'un homme d'Église tienne à me rappeler que dehors, il y a au moins une créature qui prie intensément pour moi.

– Le bon Dieu a bon dos, fit Geneviève, amusée. « J'ai cueilli ces fleurs des champs ce matin en pensant à vous… » Drôle de prière pour un moine ! Remarquez, le frère Vincent, s'il avait aussi belle allure qu'au mariage de Régine et de Jean-Philippe avant de se vouer à la robe de bure, il devait faire des ravages. Il pouvait effeuiller la marguerite. Bon, il n'y a plus aucun vase de libre. Je vais en chercher d'autres. Les infirmières ont suffisamment à s'occuper avec les soins, autant que j'y aille moi-même plutôt que de les ameuter.

Avant de sortir, elle insista :

– Je n'en ai que pour deux minutes. N'en profitez pas pour faire des bêtises.

Hélène porta la main à son bandeau.

– Je n'y toucherai pas. Promis. Juré.

Cet instant où l'opérée serait seule dans sa chambre, à l'affût dans le couloir, Dominique Volvani le guettait depuis plus d'une heure déjà. Quand il avait voulu frapper à la porte d'Hélène, il avait entendu la voix de Geneviève. Or ce qu'il avait à dire, il le réservait à celle qu'il aimait.

– Geneviève, vous avez oublié quelque chose ? demanda Hélène en entendant la porte se rouvrir.

Face au silence, elle s'inquiéta :

– Qui est là ?

– Moi, Dominique Volvani.

Instinctivement, elle recula, heurtant le mur.

– Vous avez peur de moi ? interrogea doucement Dominique. Pourtant, c'est dans une chambre pareille à celle-ci que nous avons connu nos premiers moments de joie ensemble. Votre visage était si serein quand vous gisiez, abandonnée, entre mes bras. Alors, pour nous deux, tout paraissait possible. Tout l'est encore. Hélène, je vous en prie, ne reculez pas devant le bonheur. Écoutez-moi !

– Non, cria-t-elle.

À tâtons, elle chercha près de la table de chevet le bouton d'appel des infirmières. Délibérément, Dominique l'écarta du lit.

– Que redoutez-vous d'un homme qui ne souhaite que vous tenir encore entre ses bras ?

L'horrible créature qui l'avait assaillie dans la nuit… Ses confidences…

La voix blanche, Hélène défia l'homme penché vers elle :

– Vous n'êtes qu'un assassin. Vous avez tué votre femme. Pour vous emparer de la Réserve, vous êtes capable de tout. Même de me mentir, de chercher à me tromper sur vos véritables sentiments. Mais je suis sur mes gardes à présent, vous ne m'abuserez plus.

Il n'y avait qu'un être au monde qui pût avoir parlé à Hélène de la mort de son épouse. Dominique blêmit.

– De qui tenez-vous pareilles saloperies ?

– D'une amie à vous. Très proche puisqu'elle savait tout de votre passé !

Hélène se dégagea comme au contact d'un serpent quand il chercha à lui prendre la main ; sa répulsion était trop spectaculaire mais elle indiquait la violence de son conflit intérieur. Elle ne pouvait pas se résoudre à le chasser. Et l'écouter, c'était risquer de le comprendre…

– Une amie ? Quelle espèce d'amie répandrait sur moi de telles calomnies ?… En ce qui concerne mon épouse, je suis innocent, je vous le jure. Pour la Réserve, j'avoue…

– Ah ! Vous avouez ! s'écria-t-elle, hors d'elle.

– Oui, j'avoue ceci : mon frère et moi tenions à la racheter mais nos motifs étaient justes. Notre père tenait à être inhumé dans l'île. Écoutez-moi, je vous en supplie ! Jamais il n'a voulu vendre l'île au vôtre. Jusqu'à sa mort, il a espéré la récupérer et, de toute sa vie, il n'a consenti à s'en éloigner. Ma mère avait imité sa signature sur l'acte de vente afin de couvrir des dettes qui lui étaient propres.

– Alors, c'est à votre mère qu'il faut en vouloir, pas à moi, dit Hélène, méprisante.

– Mais comment pouvez-vous considérer comme vous appartenant cette île qui nous a été dérobée par tromperie, à nous, les Volvani ! Nous pourrions au moins discuter !

– Il n'y a rien à discuter. La Réserve est maintenant aux Charrière et moi vivante, jamais je ne permettrai qu'elle passe en des mains étrangères. Jamais. Et maintenant, monsieur, partez !

Lui qui était venu porteur de si tendres intentions, avec son ton de mépris, elle avait réussi, même gisante, à le mettre hors de lui. Ce duel entre deux tempéraments d'exception ferait deux victimes ! Il n'y avait plus aucune tendresse en l'homme qui gronda :

– Si vous n'étiez pas aveugle, je…

D'un geste, Hélène arracha le bandeau qui lui couvrait les yeux. Elle avait osé, pour tenter d'avoir le dernier mot à n'importe quel prix ! Elle étouffa un cri. Face à elle s'agitait l'image floue d'un visage d'homme coiffé d'une casquette de toile noire. Elle aperçut une main gantée s'avançant sur le drap telle une bête malfaisante…

– Eh bien, dit-elle, farouche, maintenant, aveugle, je ne le suis plus. Pas de pitié, monsieur l'assassin. Allez-vous me tuer comme vous avez massacré votre femme ?

Comment Dominique pourrait-il un jour venir à bout de tant de rage ? Une étreinte dérobée en un instant de faiblesse et il avait espéré… C'était pourtant bien la passion qui avait flambé entre eux. Il avait suffisamment d'expérience pour la reconnaître quand il la rencontrait. Mais chez cette femme si dure envers elle-même et les autres, l'amour pour son île prévaudrait toujours sur le désir d'un homme. Il recula devant ce mur hostile qu'elle avait érigé entre eux. Frédéric lui avait menti en l'assurant qu'il ne s'opposerait pas à son bonheur, il avait intoxiqué Hélène. Encore un compte que Dominique devrait régler avec ce jumeau devant lequel il baissait trop souvent la garde. Mais même si son frère n'était pas intervenu avec ses propos venimeux sur la mort d'Ingrid, Hélène ne lui aurait pas pardonné d'avoir ne serait-ce que songé à s'approprier la Réserve. Il abandonna la partie, pour la première fois de sa vie.

Quand il se retrouva dehors, devant l'hôpital, Dominique se demanda ce que la récente opérée avait discerné au juste de son visage meurtri. Courant vers sa voiture, il s'installa et se cacha dans ses mains. Dominique Volvani était désespéré. La trahison de son frère, l'orgueil blessé d'Hélène le renvoyaient sans rémission à son miroir. Il perdait la femme pour laquelle il s'était défiguré. Elle s'était déjà vengée d'un crime imaginaire…

Luc était paumé. Tous les copains du monde ne remplaceraient jamais Patricia. Étaient-ils d'ailleurs de si bons amis que ça, Bobby, Elvis et les autres ? Ils n'avaient pas hésité à lui prendre au jeu jusqu'à la montre que la jeune femme lui avait offerte. Pis, ils machinaient un mauvais coup sur les antiquités du commandant Favereau, ils avaient repéré Christian parmi les plongeurs et suggéré à Luc de profiter de la présence de son « beauf » sur les lieux pour en tirer des renseignements.

Luc refusait de retourner à cette existence d'expédients. Tous finiraient par se retrouver tôt ou tard en prison avec de tels projets. Patricia lui manquait de plus en plus cruellement. Il finit par ne plus pouvoir supporter leur séparation. Prenant son courage à deux mains, il emprunta la navette de la Réserve.

Avec émotion, Luc retrouva l'île et sa végétation quasi tropicale. Patricia devait être au fort. Retardant l'instant où il devrait l'affronter et la convaincre de lui revenir, se mettre à genoux s'il le fallait, il décida, nostalgique, de retourner sur les lieux où ils avaient été heureux. Il erra dans l'hôtel désormais en ruine où, dans sa petite chambre, ils s'étaient livrés à leur passion… La superbe cuisine maintenant noircie où, plein d'espoir, il avait créé des saveurs, inventé des associations.

La première chose que Patricia remarqua quand Luc apparut devant elle, alors qu'une fois de plus elle inspectait les bâtiments ravagés de la Réserve, ce fut l'absence de la montre à son poignet.

Malheureusement pour lui, elle fixa le poignet nu qui avait conservé la marque du bronzage, tandis que devant elle, toute expression espiègle disparue, le jeune homme plaidait sa cause :

– C'est pas ma faute si tout a été gâché. C'est ta mère qui a mis le feu, pas moi. Reviens, ensemble…

– Quelle heure est-il ? demanda Patricia.

– Qu'est-ce que ça peut faire ? interrogea-t-il sans comprendre.

– Ta montre ! continua Patricia, implacable. Dur de passer tout son temps au poker avec des voyous ! Tu l'as perdue ? Tu l'as vendue pour payer tes dettes de jeu ?

– Oui, avoua-t-il. Mais rien de tout ça ne serait arrivé si tu ne m'avais pas plaqué comme ça… Je t'aime, mais ne prends pas les mêmes grands airs que ta mère, supplia-t-il.

– Ma mère a tout de suite deviné tes manigances, dit-elle, glaciale.

– Patricia, ne m'oblige pas à m'aplatir !

Comme elle se bouchait les oreilles pour ne plus l'entendre, il s'approcha et la prit d'autorité dans ses bras. Leurs corps, eux, s'étaient toujours accordés. D'instinct, le jeune homme fit confiance à sa poitrine tiède, à ses lèvres chaudes pour, par-delà les mots, lui ramener l'indifférente.

Patricia resta d'abord stoïque puis, peu à peu, ce fut comme si chaque baiser ranimait les braises de leur passion. Elle trembla de la tête aux pieds et, à son tour, étreignit le garçon.

Elle était habillée mais face à la bouche et aux mains exigeantes, sa peau était aussi affolée que si elle eût été nue. Il en profita sans scrupule et voulut l'allonger dans l'herbe. Le repoussant sans conviction, d'une voix sourde, vaincue, elle murmura :

– Pas ici. Dans ma chambre. Au fort. Viens !

Main dans la main, dans le soleil, ils montèrent vers la demeure.

Pour Hélène, le retour à la Réserve avait été une fête. Geneviève avait organisé sur la terrasse un repas de gala. De ses yeux neufs, sans se fatiguer, Hélène contemplait la mer bleue. Que les couleurs des arbres, des plantes et des fleurs étaient belles ! Et qu'elle était blanche, la nappe damassée sur la table autour de laquelle ils étaient réunis, elle, Geneviève, Patricia, Christian et Tanguy.

Les mettant en garde, l'enfant les fit tous rire :

– Quand elle était aveugle, forcément, Hélène n'y voyait rien. Mais maintenant, va falloir faire gaffe si j'ai envie de faire des bêtises !

– Tu n'en commettras pas, dit Hélène en l'embrassant. Mes associés ne font pas de sottises et tu es mon associé, maintenant. Tu es devenu propriétaire de la plus grande partie de l'île.

Tanguy tourna et retourna sa casquette, parut réfléchir profondément :

– Tu veux pas m'en racheter un morceau ? demanda-t-il. Comme ça, je pourrais offrir une belle maison à Mamie Geneviève.

– Mais elle n'en a pas besoin, se récria Hélène. Je ne connais pas plus superbe propriété sur cette côte. Geneviève continuera à y être chez elle. Elle habitera ici avec nous deux.

– Pas question ! annonça calmement Geneviève. Le souvenir d'Arnaud imprègne tout, son ombre est partout au fort. Maintenant qu'il n'est plus là, je rentre. Chez moi, c'est dans mon appartement d'Hyères. Je m'y sentirai mieux, plus apaisée.

– Et moi, je reste avec Christian ! Hein, Christian ? s'exclama Tanguy.

– Mais, Geneviève… commençait Hélène quand une stridente sonnerie de téléphone l'interrompit.

Patricia se leva de table pour courir répondre dans le salon, mais Hélène s'était déjà élancée. Maintenant qu'elle y voyait parfaitement, plus question de laisser les autres se démener à sa place.

Elle était songeuse quand elle revint à table. Un notaire, un certain Me Lescot-Dumay, déclarait avoir en sa possession le testament d'Arnaud Charrière. Il n'avait appris le décès de son client que par un faire-part dans le journal local et s'empressait d'aviser la famille de ce document.

– Comment ça se fait que tu sois toute seule au fort ? s'étonna Luc en allumant une cigarette.

Le nez contre la peau de son amant, Patricia poussa un soupir d'aise, avant d'expliquer que les autres s'étaient rendus dans une étude pour entendre lecture du testament de son oncle. Pour sa part, elle n'avait pas été convoquée. Il n'y avait sans doute pas de clause la concernant.

– Tant mieux ! dit Luc en la serrant plus étroitement contre lui.

Sans la lâcher, il posa une main sur le ventre de la jeune femme.

– Quand je pense que tu as voulu me lâcher avec notre petit gars là-dedans ! fit-il en le caressant. Ensemble, on sera des parents formidables, ceux qu'on n'a pas eus… Il sera comme un coq en pâte. Il fera des études. Il sera toubib, ministre, président…

– Tu parles en cuisinier ! Et si c'est une fille ?

– Je l'aimerai pareil. Elle sera mignonne comme sa mère et…

D'un baiser, elle coupa court à ses projets. Déjà, entre eux, la magie renaissait. Luc s'empressa d'écraser sa cigarette dans un cendrier. Ensemble, ils roulèrent entre les draps.

Le testament d'Arnaud se réduisait à un simple feuillet. Arnaud avait laissé à Geneviève l'usufruit de sa partie de l'île dont la nue-propriété allait à son petit-fils Tanguy. À Hélène, qui avait déjà ses yeux, il léguait un secrétaire

Empire qui, précisait-il, lui apporterait des surprises inattendues.

Hélène se demanda quelle mise en scène lui avait encore réservée son frère par-delà sa mort. En attendant, elle était choquée : la haute main pour Geneviève, une étrangère ou presque, rien pour Christian et Patricia, son neveu et sa nièce, et pour elle qu'il savait si attachée à la Réserve, pas d'actions, juste un misérable meuble qu'elle avait toujours détesté. La disproportion était flagrante. Elle avait volontiers admis qu'en l'absence de testament tout revienne à Tanguy, le petit-fils. Maintenant qu'elle apprenait qu'Arnaud avait organisé sa succession, ses dernières volontés la pétrifiaient de colère.

– J'ai besoin d'un whisky bien tassé, dit Hélène en sortant de l'étude. Les décisions d'Arnaud sont hallucinantes.

Elle ne pouvait s'empêcher de penser qu'il n'avait plus sa tête quand il avait testé.

– Hélène, il vous a fait le plus beau des cadeaux : son regard, répliqua gentiment Geneviève dans le café le plus proche où elle l'entraîna, avec Christian.

Après avoir commandé une orange pressée, car depuis qu'il était plongeur il ne s'autorisait même plus une bière, Christian abonda dans son sens : il était normal qu'Arnaud se soucie au premier chef de l'avenir de Geneviève, sa compagne, et de Tanguy, son petit-fils.

– Quand même… bougonna Hélène. Lui confier la responsabilité de la Réserve…

Mal à l'aise, Geneviève avala de travers une gorgée de son thé. Prise d'une quinte de toux, elle avoua qu'elle n'avait pas voulu de ce poids sur ses épaules, qu'elle l'avait pressé d'y renoncer quand il lui avait fait part de ses dispositions testamentaires, que d'ailleurs, jusqu'au coup de téléphone de ce notaire, elle avait été convaincue d'en avoir persuadé son mari.

– Votre quoi ! s'étrangla à son tour Hélène.

Geneviève rougit.

– Mon mari, répéta-t-elle plus fort. Arnaud et moi, nous nous étions mariés à la sauvette. Sans ramdam ni chichis. Rien que pour nous deux. À notre âge, c'eût été ridicule de…

– Dommage, regretta Christian. Ça m'aurait fait plaisir de vous féliciter.

Hélène était parvenue à se reprendre. Affichant un sourire plus mondain que charmant, elle déclara :

– Vous avez donné à mon frère les plus belles années de sa vie. Je vous considérais déjà comme appartenant à la famille, vous l'êtes doublement à présent.

– Vous savez, dit timidement Geneviève, je ne me sens pas à la hauteur. Pour la Réserve, je vous laisserai les mains libres. D'ailleurs, le fort, vous l'occuperez à votre guise. Sans Arnaud, je ne pourrai pas y vivre. Dès aujourd'hui, je me réinstalle chez moi. J'y ai déjà fait porter mes affaires. Ensuite, je rouvrirai ma boutique. Une papeterie-journaux, c'est un commerce plus à ma mesure qu'un grand hôtel, où je serais dépassée.

Hélène attendit qu'elles se soient séparées en s'embrassant comme deux sœurs pour s'autoriser enfin à grincer des dents. Avec ses airs de sainte-nitouche, Geneviève s'y était bien prise pour tromper son monde !... La garce, l'arriviste qui avait embobiné Arnaud... Mais qu'elle tente seulement de lui mettre des bâtons dans les roues à la Réserve et elle la tuerait. En cet instant, elle s'en sentait capable.

Dans le lit, détendu, allongé sur le dos, Patricia contre lui le câlinant encore, Luc fixa les volutes de fumée de sa Gitane s'envolant vers le plafond.

– Il est splendide, ce fort, et immense avec ça. Il y a plein de pièces. On pourrait les transformer en une vingtaine de chambres. Et avec les terrasses et les jardins, ça ferait un chouette hôtel. Pas la peine de claquer une fortune pour reconstruire la Réserve alors que la famille est déjà à sec, autant tout arranger ici. En se débrouillant avec le mobilier qui n'a pas brûlé, ça ne coûterait pas lourd.

S'enthousiasmant de plus en plus pour son idée au fur et à mesure qu'il en parlait, il en aborda les côtés pratiques :

– Le fort, il est à Tanguy, maintenant ? Et le tuteur du gamin, c'est Christian ?

– Oui, et alors ?

– Alors, Christian comprendra où est l'intérêt du petit.

Patricia se tendit. Se redressant sur un coude, posant son visage dans sa main, elle demanda :

– Et maman, dans tout ça ? Quel rôle jouet-elle dans ton plan ?

– Aucun, dit Luc, triomphant. Légalement, ici, elle n'a même pas son mot à dire. On en est débarrassés.

D'un bond, Patricia sortit du lit. Arrachant un drap, elle s'en entoura vivement le corps. Ses yeux noirs lancèrent des éclairs, fusillant le garçon contre lequel, quelques minutes plus tôt à peine, elle s'était si câlinement blottie.

– C'est pour ça que tu es venu ? demanda-t-elle. Pour me dresser contre ma mère ? C'est pour ça que tu m'as sautée ? Pour que je te donne une nouvelle chance de jouer les grands chefs ?

– Ça ne m'était même pas venu à l'esprit quand j'ai pris la navette, protesta-t-il. C'est en montant dans ta chambre au fort que j'en ai eu l'idée... Jamais je ne m'étais rendu compte que la maison était si spacieuse. Un palace !

– Et aussitôt tu as calculé comment me convaincre et chasser ma mère pour qu'elle ne contrecarre pas tes plans ?

Il la considéra, déconcerté.

– Mais, mais... Je t'aime. Tout ce que je veux, c'est notre bonheur à tous les deux !

Patricia lui jeta ses vêtements à la figure.

– Maman avait raison. Tu n'es qu'un gigolo. Je ne t'intéresse que par ce que je peux te rapporter.

– Et toi tu n'es qu'une imbécile manipulée par ta chère maman.

– Fiche le camp ! hurla-t-elle.

Boutonnant sa chemise, il la toisa, méprisant.

– Mais oui. Tout de suite. À vos ordres, « Mademoiselle » Patricia.

Bien après que la porte du perron eut claqué, Patricia resta longtemps pensive, prostrée sur le lit, le drap blanc marquant déjà une légère protubérance sur son ventre. Plusieurs fois, elle tendit la main vers le téléphone, sur la table de chevet, renonça, puis se décida enfin à décrocher le combiné d'un geste qui parut lui coûter beaucoup.

– Je suis bien chez le Dr Defour ? Je voudrais un rendez-vous. Le plus tôt possible, s'il vous plaît.

Cet enfant d'un coureur de dot, elle n'en voulait plus. Plus rien ne la relierait à un homme qu'elle rougissait d'avoir aimé. Elle avait hâte de l'annoncer à sa mère. Elle se jetterait dans ses bras. Elle lui demanderait de lui pardonner d'avoir seulement songé à la quitter. Elle lui jurerait de l'aider de toutes ses forces dans son combat pour que revive la Réserve.

5

Arpentant le salon de l'*Harlequin Boy*, Frédéric tentait vainement d'intéresser Dominique à la progression de leurs affaires.

À chaque proposition, une ligne de vêtements au Japon, un achat d'obligations en Suisse, son frère, désormais toujours coiffé d'une casquette de toile, hochait la tête.

– C'est toi qui décides, disait-il. En plus, ce n'est pas ma gueule que tu pourrais maintenant montrer à la presse dans une de tes manifestations de promotion ! S'il y a un bon côté dans mes cicatrices, c'est bien celui-là. Finies les exhibitions !

Dominique quitta son fauteuil pour marcher de long en large à travers le salon, coupant fermement la trajectoire de son frère.

– Et puis, nous avons gagné assez de fric comme ça. Je suis fatigué ! Sans cet argent, jamais nous n'aurions cherché à racheter l'île et tu ne serais pas parvenu à me séparer de la femme que j'aime.

Un coup de fil interrompit sa déambulation. Cornélia annonçait qu'elle restait un soir de plus au camp Favereau. Son père éclata :

– Qu'as-tu à prendre pension ? Tu joues les bigorneaux ? Tu rentres tout de suite ! Immédiatement !

– Désolée, papa chéri, je ne peux pas, répondit la voix ferme de Cornélia. La cuisinière est malade. Il faut faire à manger pour une vingtaine de personnes au moins. Avec ses enfants, Sylvia est débordée. Je lui donne un coup de main. Elle a besoin de moi !

– Moi aussi, j'ai besoin de toi ! tonna Dominique.

– Papa, papa, se moqua tendrement Cornélia. Je t'adore mais ce n'est pas du tout le moment de me faire une scène de ménage. Passe tes nerfs sur oncle Frédéric !

Après avoir raccroché, elle expliqua à Sylvia et à Tanguy qui avaient perçu les éclats de voix à l'autre bout du fil :

– Papa est furieux parce qu'en ce moment je me plais mieux ici que sur le bateau.

– C'est vrai qu'ici il y a Christian, la taquina l'enfant.

La jeune fille secoua ses cheveux, haussa les épaules.

– Ce que tu peux être débile, toi, par moments !

Sur le yacht, Frédéric s'efforçait de calmer son frère :

– Elle est comme ça, Cornélia ! Elle aime bien te faire tourner en bourrique, c'est tout !

– Eh bien, ça va changer ! jura son frère.

Pour se livrer à son activité maniaque, scruter l'île de la Réserve, Frédéric s'empara de ses jumelles sur la commode. Il les tendit aussitôt à Dominique.

– Pour Cornélia, bien sûr que ça va changer, et vite. Bientôt, c'est la fin des vacances, et elle retournera en pension. Nous nous retrouverons enfin seuls tous les deux. En attendant, je te propose une distraction de choix : la trop belle Hélène vient de faire son apparition sur le ponton. Elle rentre au château.

Dominique se précipita vers le hublot.

Avant même de quitter l'étude du notaire, Hélène avait résolu d'en finir une fois pour toutes avec les plaisanteries d'Arnaud. Sitôt rentrée chez elle, elle avait tiré le fameux secrétaire Empire de son coin, ouvert les uns après les autres tous les tiroirs. Ils étaient vides. Elle eut beau fouiner partout, elle ne découvrit aucun compartiment secret. Le dos du meuble, non plus, ne recelait aucun mystère. Elle ne comprenait pas ce qu'Arnaud avait bien pu avoir à l'esprit en lui léguant cette horreur. Il devenait évident qu'il n'avait déjà plus toute sa tête à lui quand il avait rédigé ce maudit testament. La meilleure preuve : fallait-il qu'il soit déjà diminué pour avoir épousé quelqu'un d'aussi minable que Geneviève !

Le meuble présentait quand même un avantage : il fermait à clé. Elle tira de son sac à main la boucle d'oreille en diamants qui l'assurait de sa propre santé mentale et l'y glissa. Ensuite, regardant sa montre, elle constata que l'heure était venue de gagner le ponton. Édouard, dit Doudou, le pittoresque préposé de la poste desservant l'île, était, sauf cas de tempête, toujours ponctuel avec son courrier. Hélène avait suffisamment insisté là-dessus au temps où il livrait par sacs colis, lettres et journaux aux clients de l'hôtel. Aujourd'hui, ce ne serait qu'un petit paquet de lettres qu'il lui tendrait mais il était impératif qu'elle soit la première à les consulter.

De retour dans la salle du fort, Hélène écarta rapidement factures, rappels d'impôts et autres commandements d'huissier pour ne retenir que la lettre adressée à Patricia, portant au dos les indications de l'expéditeur : « Luc Valentin. Poste restante. La Fourmigue. » Vivement, elle l'envoya rejoindre plusieurs enveloppes aux libellés similaires couchées sous le bijou dans le secrétaire.

Chaque fois, avant de redonner un tour de clé, elle considérait pensivement le joyau. Et si, dans un accès de jalousie, l'affreuse visiteuse lui avait menti sur Dominique ? Avec quelle ardeur, à sa première visite à l'hôpital, il l'avait aimée et avec quel emportement elle-même lui avait répondu ! Ne s'était-il pas jeté dans les flammes pour la sauver ? Un tel geste, un assassin l'aurait-il tenté ?

Elle se reprocha de s'attarder sur lui, rêvassant comme une ado ! Elle n'avait pas le temps de s'interroger sur un de ces voraces Volvani qui convoitaient ses biens, et eux seulement. À sa façon, Dominique ne valait guère mieux que Luc, il importait qu'elle s'en souvienne. Elle se pencha sur les factures. Pour régler les plus urgentes, déjà, elle avait vendu quantité de bibelots. Au mur du salon, des traces plus claires sur les revêtements témoignaient de la récente disparition de plusieurs tableaux.

Patricia, débraillée, apparut au bas de l'escalier, en robe de chambre, une cigarette aux lèvres et un verre de whisky à la main.

– Bonjour, maman, dit-elle, la voix pâteuse.

Un whisky avant le petit déjeuner ! À peine Christian était-il remis dans le droit chemin que sa fille se laissait déchoir. Hélène ne le permettrait pas davantage. Autant aborder franchement le problème ! Patricia se vautra sur le canapé. D'autorité, elle s'assit auprès d'elle. C'était un symbole, elle se rapprochait. Patricia faisait mine de suçoter des glaçons.

– Luc ne vaut pas la peine que tu te détruises pour lui, dit-elle en passant un bras affectueux autour des épaules de sa fille.

– Oh, maman ! Je suis si malheureuse que parfois je ne sais plus que penser, que faire, que ne pas faire.

– Moi, je sais. Tu dois réagir, te changer les idées ! Pourquoi pas une virée à Paris ou ailleurs ?

– Avec tous les frais que nous avons déjà... soupira Patricia, ce n'est pas vraiment le moment.

– Ma fille passe avant les fournisseurs ! s'exclama Hélène, souveraine.

Patricia soupira encore puis, traînant ses mules, le dos voûté, elle remonta lentement vers sa chambre. Elle avait vidé son verre dans une jardinière.

Hélène jeta un coup d'œil au secrétaire, eut un geste vers la clé dans sa poche et se reprit. Non, elle cacherait les lettres du « suborneur ». Elle avait décidé ce qui était bon pour le bonheur de sa fille. Elle s'y tiendrait. Et tout le monde devrait s'y tenir.

Si Geneviève s'était figurée qu'elle vivrait dorénavant en veuve esseulée, entre son petit appartement et sa boutique d'Hyères, elle s'était trompée. La plupart des habitants de l'île avaient appris à l'estimer et à l'aimer. Arnaud n'avait pas été le seul à apprécier son charme et son bon sens. Luc fut le premier à se présenter alors que, consternée, elle examinait l'état du magasin après plusieurs années de gérance.

– Tout a besoin d'être repeint de frais, la devanture, l'intérieur, tout, constata-t-elle.

Luc avait opiné et retroussé ses manches. Il serait mieux ici, juché sur une échelle à aider Geneviève, qu'à traîner à l'Hollywood Bar. La suite allait lui donner raison. Il avait trouvé une maison. Maternelle et toujours fin cordon-bleu, Geneviève lui concoctait des repas délicieux. Il la félicitait. Elle se récriait que jamais elle ne serait un grand chef comme lui. Luc flippait et remarquait alors qu'en dépit de son talent, la saison étant trop entamée, les bonnes places étaient prises. Il était contraint au chômage.

La papeterie-journaux en état, ce fut au tour de Patricia de proposer de tenir la boutique chaque fois que Geneviève devrait s'absenter. Puisque la Réserve était fermée, nul n'avait besoin d'elle dans l'île, car Hélène préférait se charger seule de la comptabilité. Une occupation épisodique l'aiderait à se changer les idées et lui éviterait de penser à ce qui aurait pu se passer si…

Journaux et magazines étaient maintenant soigneusement disposés sur les rayonnages, chaque article de papeterie était à sa place dans des tiroirs ou sur des présentoirs. Devant la caisse, des friandises aguichaient les enfants. Patricia se familiariserait vite avec les lieux et ferait une gracieuse vendeuse de circonstance.

Inévitablement, il arriva que les deux jeunes gens se croisent dans le magasin. Entre eux, les étincelles furent presque visibles. La jeune femme refusa pourtant quand Luc, penaud, humblement, lui proposa d'aller prendre un verre ensemble. Furieux à la fois contre lui-même pour s'être encore abaissé à la supplier et contre elle, qui s'entêtait à le repousser, il lui tourna le dos.

Geneviève ne dissimula pas à Patricia le fond de sa pensée. Elle était stupide de refuser ainsi le bonheur. Il suffisait de les voir ensemble tous les deux pour comprendre qu'ils étaient faits l'un pour l'autre. Et Luc était fou d'elle ! Cette façon « adorable » qu'il avait de la regarder en la mangeant des yeux !

Qu'il la regarde comme il le voudrait, les autres pouvaient l'adorer, bredouillait Patricia, il n'y avait plus rien entre eux.

– Je me suis laissée emporter par une attirance physique, c'est vrai. Mais il faut davantage que cela pour cimenter un couple, ajouta-t-elle. Et détrompe-toi, Geneviève, tu es si bonne que tu ne vois le mal nulle part. Luc ne s'est intéressé à moi que par intérêt. Maman me disait encore ce matin…

Rouge de colère, Geneviève interrompit sa nièce :

– Maman… Maman… Quelle gnangnan ! Je sais reconnaître un brave garçon quand j'en rencontre un. Elle n'est pas infaillible, ta mère !

– Maman veut m'éviter d'être malheureuse, protesta Patricia.

– Ah oui ! Moi, pour ton bonheur, je te conseille de courir rattraper Luc avant qu'il ne soit trop tard.

– De quoi aurais-je l'air ? dit la jeune femme.

Geneviève l'aurait volontiers giflée pour lui remettre un peu de plomb dans la cervelle. Ces Charrière et leur souci des apparences… Patricia était en train de gâcher sa vie, par vanité familiale !

Tanguy était aussi un visiteur fréquent. Parfois, Maurice Tardi, le chef des plongeurs du camp Favereau qui habitait non loin de là, le déposait à moto. Le plus souvent, l'homme, un quinquagénaire de belle allure avec ses cheveux blancs, restait un moment à bavarder. Parfois, le gamin se débrouillait pour venir seul, sur son skateboard.

Ce fut le cas ce matin-là où il survint en pleurnichant. Que se passait-il encore ? Face au petit visage défait, Geneviève lui pardonna volontiers de s'emparer d'un Mars sans lui en demander d'abord la permission.

– Qu'est-ce qu'il t'arrive ? demanda-t-elle en se penchant pour l'embrasser tout en ouvrant un gros paquet.

Il geignit :

– Je me suis disputé avec Christian.

– Et pourquoi donc ?

– Il veut se débarrasser de moi ! Il veut me mettre à l'orphelinat !

L'enfant étouffait de sanglots.

Geneviève sauta de l'escabeau sur lequel elle s'était juchée pour ranger une réserve de cahiers en prévision de la rentrée.

Son petit-fils à l'orphelinat ! Il ferait beau voir ! Les cahiers et les clients attendraient. Par chance, revenant de chez le coiffeur, Patricia passait par là. Geneviève l'installa d'autorité à la caisse avant de courir enfourcher son vélo. Tanguy la suivit. Casquette renversée, tee-shirt au vent, patinant comme un fou sur son skateboard, il ne tarda pas à dépasser sa jeune grand-mère qui s'essoufflait, le nez sur son guidon.

Le gamin déboula comme un fou sur la plage où Christian et Maurice s'affairaient à réparer une combinaison de plongée trouée par une ferraille dépassant d'une épave.

Les joues rougies par sa course, il se précipita vers le jeune homme en short de bain.

– Christian ! J'ai laissé Mamie Geneviève sur la route avec son vélo mais elle ne va pas tarder à débarquer. Je te préviens, elle est d'une humeur de chien.

– Pourquoi donc ? demanda Christian en choisissant avec soin une rustine dans un Tupperware détourné de sa fonction.

Tanguy n'eut pas le temps d'expliquer. Poussant tant bien que mal son vélo parmi le sable et les graviers, Geneviève surgissait à son tour et se jetait littéralement sur Christian.

– Alors, espèce de barbare, tu veux emprisonner mon Tanguy dans un orphelinat où il sera malheureux, privé d'affection et seul comme une bête ?

Relevant sur son front une mèche de cheveux blondie par la mer, le jeune homme contempla avec stupéfaction Geneviève, les poings sur les hanches, en marchande de poissons.

– Qu'est-ce c'est que cette histoire ? Tanguy, qu'as-tu encore été inventer ?

Prudent comme un chat qui vient de faire une bêtise, le gamin s'était éloigné de quelques pas et les lorgnait du coin de l'œil, attendant anxieusement l'issue de la conversation. Il redoutait d'être allé un peu trop loin, cette fois, et sentait déjà la paire de gifles, cuisante, sur ses joues. À l'avance il admettait qu'il l'aurait bien méritée.

– Ce matin j'ai simplement expliqué à Tanguy qu'il devrait reprendre une scolarité normale le 10 septembre, expliquait Christian à Geneviève encore très énervée. Je lui ai dit que, l'école étant loin du camp, il serait mieux chez vous.

– C'est vrai, reconnut Geneviève.

– Et alors, il m'a répondu qu'il avait peur de s'ennuyer tout seul avec vous et qu'il préférait aller en pension !

– Tanguy ! ordonna Geneviève.

Finalement, l'enfant fautif avait préféré ne pas s'attarder à proximité de la colère des vieux. Il détalait déjà vers la villa des Favereau.

– Excusez-moi. J'ai promis à Cornélia de l'aider à éplucher les patates, cria-t-il.

– Il ne perd rien pour attendre, promit sa grand-mère, encore toute remuée. Le petit saligaud !

– Ce n'est qu'un gosse et un orphelin, en plus, observa Maurice Tardi, témoin attentif, s'adressant surtout à Geneviève. Il a besoin d'être tout le temps rassuré. Je pense qu'il a voulu faire d'une pierre deux coups. Savoir si Christian ne cherchait pas tout simplement à se débarrasser de lui sous prétexte d'école. Et si la grand-mère l'accueillait non pas contrainte et forcée, mais par amour. Il voulait être certain que tous les deux, vous l'aimez, quoi ! L'amour, ça fait marcher le monde.

– Quand même ! Me faire croire que Christian voulait le placer dans un orphelinat ! Ce qui peut traverser la tête des gamins… Ah ! Vous avez de la chance de ne pas avoir d'enfants, monsieur Tardi.

– J'en ai quatre, répliqua le chef des plongeurs en levant les bras au ciel. Et tous en pension, malheureusement, et ça me fend le cœur à la rentrée !

Constatant, dégoûté, l'état du vélo de Geneviève, il lui proposa de la raccompagner sur sa moto. Elle accepta de bon cœur, sous l'œil amusé de Christian.

Hyères était une petite ville. Geneviève ne tarda pas à se reconstituer une clientèle d'habitués au nombre desquels figurait l'huissier de justice, Me Verdier, qui se présentait toujours bon dernier pour acheter son journal du soir alors qu'elle était déjà sur le point de fermer.

Geneviève s'apprêtait à baisser le rideau de fer quand Verdier survint, essoufflé.

– Encore une journée navrante, soupira-t-il en s'épongeant le front.

Elle sourit en lui tendant son journal.

– Alors, ce ne sont pas les nouvelles qui vous détendront. Le chômage qui augmente, des guerres partout, la Bosnie, le Rwanda… Quoi de neuf ? Vous avez l'air vanné.

– J'ai été contraint de me rendre sur l'île de la Réserve afin de procéder à une saisie pour dettes. J'ai l'habitude de ce genre d'intervention mais Mme Hélène Charrière a montré une telle dignité que j'en ai été impressionné.

En réglant son journal, l'huissier répéta :

– Hélas ! Les temps sont durs pour tout le monde et la loi est la même pour tous. *Dura lex, sed lex.* Y compris pour Mme Charrière.

La décision de Geneviève fut vite prise. Au matin, elle appela Patricia pour qu'elle se charge de la boutique. Elle se rendrait dans l'île par la navette qui amènerait sa nièce sur le continent. Le bateau était presque vide.

Elle chercha son altière belle-sœur dans les jardins et finit par la découvrir errant, désemparée, obsessionnelle, parmi les décombres de la Réserve.

– Je pensais justement à vous, dit Hélène quand Geneviève apparut.

– Pourquoi ? s'étonna l'autre qui avait toujours été convaincue de ne tenir guère de place dans l'esprit d'Hélène, et une mauvaise place !

Hélène expliqua que les circonstances l'avaient contrainte à admettre que jamais elle n'aurait les moyens de rebâtir la Réserve. Patricia lui avait soumis une idée. À vrai dire, elle émanait de ce loubard de cuisinier mais elle ne lui en paraissait pas moins avisée. Pourquoi ne pas transformer le fort, avec ses multiples pièces, en un petit hôtel de luxe ? Cependant, c'était Geneviève qui était maîtresse des lieux et disposait du terrain. Aucune décision ne pourrait être prise sans son aval.

– Je ferai ce que vous me direz, vous le savez bien, déclara Geneviève. Vous considérez peut-être que je n'appartiens pas à votre monde sans doute parce que je suis une femme honnête ! Je n'ai pas l'intention de profiter du testament d'Arnaud pour vous priver de votre île. Et quoi que vous en pensiez, Luc est vraiment malin, apprécia Geneviève, enchantée. C'est vrai que le fort ferait un palace de caractère !

Hélène s'adossa à un mur noirci de ce qui avait autrefois été le « lobby » de sa Réserve. Il y avait cependant un handicap. Ce projet risquait de ne demeurer qu'une chimère car les meubles sauvés de l'incendie, et qu'elle ne s'était pas encore résolue à vendre, avaient été saisis aujourd'hui. Elle n'avait plus le moindre argent pour entreprendre une nouvelle décoration. Alors…

Levant les yeux vers le ciel sans nuages, elle eut un geste fataliste.

– Ne renoncez surtout pas ! Pas vous ! supplia Geneviève. C'est ce que je suis venue vous dire. Il est peut-être encore possible de vous tirer d'affaire. J'ai en ma possession un objet de prix et qui vous revient, puisqu'il appartenait à votre mère.

Tirant de son sac le long collier de perles que lui avait offert Arnaud à l'occasion du mariage de Jean-Philippe et de Régine, elle le tendit à sa belle-sœur.

– Vous pourriez le vendre. Arnaud disait qu'il valait une fortune. Moi, il me brûlerait le cou si je le portais en sachant qu'il aurait pu vous éviter la ruine. Prenez-le et sauvez la Réserve !

Hélène regarda tour à tour le collier et le fort. Avant qu'elle n'ait pu émettre la moindre objection, Geneviève lui avait fourré les perles dans la main et était redescendue vers le ponton. Impeccable Geneviève. Elle osa penser qu'Arnaud aurait été fier de sa femme, de sa générosité sans calcul.

6

Claudie avait dix-huit ans, un joli minois, une conscience élastique et pas froid aux yeux. Quand Bobby, Elvis et Marco lui expliquèrent qu'ils avaient besoin de son concours pour que Luc tire de son « beauf » les informations qui les aideraient à mettre la main sur les antiquités que remontait le commandant Favereau, elle n'hésita pas. En plus, Luc la « branchait ».

Pour se rendre à l'Hollywood Bar où logeait toujours le cuisinier chômeur, Claudie choisit la plus courte de ses minijupes, le plus décolleté de ses bustiers. Dans l'atmosphère enfumée, parmi les rires avinés, embrassant négligemment au passage quelques garçons qui avaient testé sa couette, elle se dirigea droit vers le flipper sur lequel Luc s'acharnait.

Il n'interrompit pas sa partie quand elle l'enlaça par la taille et lui souffla dans le cou, aguicheuse :

– T'as un rencard, maître queux ?

– Non, dit-il sans cesser de fixer la petite boule de fer slalomant sur la machine.

La main de Claudie se fit plus pressante et descendit le long du 501 moulant.

– Bas les pattes ! ordonna-t-il, brutalisant ses flippers.

– Tu te préserves pour ta garce de l'île ? interrogea Claudie. Tu as tort. Cette salope se fiche bien de toi. Tout ce qui l'intéresse, c'est la même chose que moi. Sans doute pour ça qu'elle est en train de te mater derrière la vitre !

Luc secoua si violemment la machine qu'un « tilt » s'inscrivit en lettres brillantes au-dessus de la pin-up qui ornait son écran.

– Tu raconterais n'importe quoi pour qu'un type te mette dans son lit !

– Pas n'importe quel type, toi ! minauda Claudie en se serrant de tout son corps contre lui. Et t'as qu'à lever la tête de ce machin pour vérifier qu'elle est là, ta fille de riches !

Derrière la vitre du bar, le doux visage de Patricia était tourné vers lui. Un instant, leurs regards se croisèrent. Était-elle venue le défier ? Luc frémit. Empoignant les hanches pulpeuses de Claudie, il pressa durement ses lèvres contre la bouche trop rouge. La minijupe remonta encore. Lorsqu'il releva la tête, Patricia n'était plus là. Il se dégagea.

Dessinant des lignes brisées sur le sable de la plage, Patricia se maudissait d'avoir seulement songé à une réconciliation avec ce coureur de dot et trousseur de boniches. Elle s'était rendue à l'Hollywood Bar, le cœur à la fois plein d'espoir et d'appréhension, se répétant les paroles de Geneviève. Et si vraiment elle commettait la plus grosse erreur de sa vie en repoussant un homme qu'elle ne pouvait s'empêcher d'aimer quoi qu'elle en eût ? Résultat, elle avait constaté que, dès qu'elle avait le dos tourné, Luc ne s'intéressait vraiment qu'aux plus vulgaires des filles. De nouveau, Patricia eut honte d'avoir appartenu à un garçon qui ne valait pas mieux que ses affreux copains.

– Encore un câlin ! implora Claudie, s'accrochant au jeune homme. Pour toi, ce sera pour rien.

Il la repoussa avec si peu de ménagements que la fille glissa sur le carrelage jonché de mégots ; il remit une pièce dans le flipper.

– Frimeur ! murmura-t-elle entre ses dents.

Elle songea cependant qu'il ne perdait rien pour attendre. Comme les autres, elle saurait bien le réduire à sa merci, ce bel indifférent.

Dans le bureau personnel de Jean-Philippe, en son hôtel particulier qu'il partageait avec son épouse, Hélène, surexcitée, brandissait le collier comme un lasso.

– C'était la surprise du secrétaire d'Arnaud, s'écria-t-elle. Il sauvera la Réserve même si les deux bijoutiers, auxquels j'en ai demandé une estimation, m'ont offert des prix trop bas. Ces gens savent reconnaître quand quelqu'un est pressé et cherchent aussitôt à en profiter !

– C'est vrai, reconnut le banquier. Tu en obtiendrais davantage dans une vente aux enchères, à Monaco, par exemple, conseilla-t-il.

Les huissiers étaient là. Hélène n'avait plus le temps d'attendre. Si elle perdait la Réserve, la vie ne présenterait plus aucun intérêt pour elle.

Elle s'abattit, les yeux désormais brillants, dans le fauteuil face à lui et, une fois de plus, Jean-Philippe fut sensible à l'éclat de la chevelure blonde, à l'harmonie des traits altiers, à la silhouette toujours majestueuse.

Comment un homme refuserait-il son aide à une femme pareille ?

Jean-Philippe s'approcha d'un Cézanne sur le mur et, faisant pivoter le cadre, découvrit un coffre-fort. Il en sortit des liasses de billets qu'il posa sur les genoux d'Hélène. Il n'y a pas de petit profit amoureux. Elle laissa faire en dépit de l'ambiguïté du geste.

– Moi, je peux attendre la prochaine vente, dit-il en cherchant son regard lumineux. Cela constituera un acompte pour parer au plus urgent.

– Très bien, dit-elle en lui tendant le collier. En attendant, conserve ce bijou en gage.

En prenant le collier, il ne put s'empêcher de baiser une paume tiède qu'Hélène ne retira pas.

Régine le surprit ainsi, penché vers la femme blonde. Comme à son habitude, de retour du Palais, elle était entrée sans frapper.

Hélène s'éclipsa, triomphante, dominatrice, en saluant d'un signe de tête. Régine considéra le coffre-fort ouvert. Elle s'interrogea sur le contenu d'une enveloppe, qu'elle aperçut aux côtés de la rivière de perles qui scintillait, irisée. Qu'avait-il donc de si précieux, ce message, pour être conservé là ? Elle se promit de s'informer bientôt de ce que son mari lui dissimulait dans ce coffre, mais ce n'était pas le moment d'enquêter. Elle s'empara du collier et le passa autour de son cou.

Tout en s'approchant du miroir dans un cadre doré Louis XV sur l'un des murs tendus de soie verte, Régine se contempla, ses doigts jouant dans les perles qu'elle faisait cascader.

– Un cadeau pour moi ? Une surprise que tu me réservais ? interrogea-t-elle. C'est très délicat.

Debout à côté d'elle, prêt à lui reprendre le bijou, son mari s'agita, mal à l'aise.

– Il ne m'appartient pas... Hélène me l'a laissé en gage.

Les traits de Régine se durcirent soudain.

– Jamais elle ne pourra te rembourser, et tu le sais bien. Quand donc te libéreras-tu de l'influence de cette femme ? Elle ne t'aime pas, elle ne t'a jamais aimé et toi, tu restes là, stupide, à espérer. En oubliant que je suis là.

Prenant son mari aux épaules, son visage tout contre le sien, elle exigea :

– Offre-moi ce collier !

– Mais je ne peux pas ! soupira Jean-Philippe. S'il te plaît tant, nous chercherons dans les boutiques de la ville un autre qui lui ressemble mais celui-là m'a été confié et... Et qu'est-ce qui te prend ?

Régine avait saisi le fragile collier entre ses dents.

– Tu vas rompre le fil, s'écria son mari, affolé.

– Mais non, simplement vérifier quelque chose que je pressens déjà.

Elle croqua une perle, aussitôt réduite en miettes.

– Vieille technique pour s'assurer si des perles sont fines ou fausses ! grinça-t-elle. Mon pauvre Jean-Philippe, ton Hélène t'a encore berné. Son collier extraordinaire, ce n'est que de la vile pacotille !

Quand elle lui jeta l'objet à la figure, à son tour, il plaça une perle entre ses dents. Le craquement fut immédiat. Incrédule, il resta un instant à contempler les perles qui lui étaient apparues si magnifiques, entre les mains soignées d'Hélène. Elle l'avait leurré, lui, son ami fidèle de si longue date !

Jean-Philippe ne se sentit pas d'humeur à supporter plus longtemps les sarcasmes de sa femme. Trop humilié pour songer à refermer le coffre-fort, il annonça, jetant un vague coup d'œil sur la montre qu'il tira de son gousset :

– Il est temps que je m'en aille. J'ai un rendez-vous à la banque.

– Une meilleure affaire que celle-ci, j'espère, persifla Régine.

À peine Jean-Philippe avait-il le dos tourné qu'elle se précipita vers l'enveloppe qui excitait sa curiosité. Elle en extrayait la lettre qu'elle contenait quand un bruit de pas sur le carrelage du couloir l'avertit que son mari revenait en toute hâte vers le bureau. Vivement, elle glissa le feuillet dans une poche de sa robe.

Le banquier lui lança un coup d'œil méprisant en lui arrachant l'enveloppe des mains. Soigneusement, il la replaça dans le coffre-fort dont il referma la porte épaisse à l'aide d'une clé de son trousseau. Sans un mot, il repartit.

Régine attendit que s'éloigne le bruit du moteur de la Safrane de son mari, l'assurant que cette fois il ne s'agissait pas d'une fausse sortie, pour s'installer confortablement dans un fauteuil et déchiffrer la missive dont il lui interdisait si grossièrement la lecture.

QUATRIÈME PARTIE

LA RÉDEMPTION

1

Tanguy s'était encore frité avec ses partenaires de planche à voile. Il vantait toujours Christian et ses exploits, mais Christian, ce n'était même pas son vrai père. Son vrai père, qui était-ce au juste ? « Qu'est-ce que ça peut vous faire ? Il est mort, répétait l'enfant, et du moment que Christian et moi, on s'est choisis… »

Les autres ricanèrent. Cet imbécile ne savait même pas qui était son père ! Les joues rouges, Tanguy s'enfuit en courant vers la crique du *Circea*. Il attendit que Christian revienne de plongée pour se jeter sur lui.

– Qui c'était, mon père ? lui demanda-t-il tout de go.

Le jeune homme souriant, qui s'apprêtait à s'allonger au soleil le temps d'une pause, se renfrogna d'un coup. Il tenta une échappatoire, affirmant qu'il lui avait toujours été égal de savoir qui était le père de Tanguy. Il n'avait jamais interrogé Isa là-dessus. C'était son passé à elle et il ne le concernait pas. L'essentiel, c'était que Christian ait endossé la responsabilité de Tanguy, non ?

Le garçon était d'accord. Mais quand même, il se demandait... Préoccupé, il s'éloigna en faisant voler des graviers à coups de pied.

À la villa Favereau, il interrogea Sylvia. Ses enfants savaient-ils qui étaient leurs parents ?

– Bien sûr, c'est nous ! dit la jeune femme.

– Non, les vrais, insista Tanguy.

Les trois petits n'avaient que le commandant et elle pour « vrais » parents. L'orphelinat sud-américain qui les leur avait confiés avait pour règle absolue de ne jamais révéler les origines de ses protégés. Arrivés nourrissons, ces enfants s'épanouissaient dans leur foyer d'adoption. Ils y étaient heureux et choyés.

– Moi aussi, j'ai été adopté, dit Tanguy, songeur.

Tout ça était si compliqué ! Marc, le mari de sa mère, l'avait reconnu pour fils. Et puis, il était mort et Isa était partie vivre avec Christian. Or, Marc, ex-époux d'Hélène, était le père de Christian. De la sorte, pour Tanguy, Christian était à la fois son demi-frère et son demi-père.

– Quel sacré veinard tu fais ! remarqua Sylvia, une lumière dans ses yeux noirs, en serrant l'enfant contre sa large jupe fleurie.

Entre deux remontées d'amphores, sur le *Circea*, Christian se confia à Maurice. Tanguy était né d'un inceste. Marcel, l'oncle d'Isa, avait violé sa nièce alors qu'elle n'avait que quinze ans. Quand la vérité avait fini par éclater, l'homme avait préféré le suicide à la honte. Le père de

Tanguy était donc bel et bien mort, mais convenait-il d'informer l'enfant de quelle révoltante manière il avait été conçu ? Ce n'était pas un enfant de l'amour !

Tôt ou tard, la vérité remonte du puits, observa sentencieusement Maurice. Autant que Tanguy l'apprenne par Christian plutôt que par quelqu'un d'autre.

Des nuages plein son regard bleu, le jeune homme soupira. Il ne s'en sentait pas le courage.

Tout à ses préoccupations, Tanguy s'en alla chercher Luc. À vrai dire, ce n'était pas sa quête de paternité qui avait d'abord motivé sa visite, mais elle le tracassait tant qu'il commença par là quand il découvrit enfin l'ex-cuisinier, son bermuda rayé sur la plage, non loin de l'Hollywood Bar. Il s'assit près de lui sur le sable et attaqua bille en tête.

– Toi, ça ne t'ennuie pas d'ignorer qui étaient tes vrais parents ? Ceux qui t'ont mis à la DDASS ?

Luc s'en moquait complètement. Ils s'étaient passés de lui, il s'était passé d'eux… Tanguy ferait bien de l'imiter et de cesser de se tracasser. Et après tout, il n'était pas seul au monde. Il avait Geneviève, une grand-mère sympa, et Christian, un vrai mec, pour s'occuper de lui. Alors !

Tanguy changea brusquement de sujet et prit un ton d'homme d'affaires qui amusa le garçon.

– Ce n'est pas pour ça que je suis passé te voir. Le commandant Favereau cherche quelqu'un pour cuisiner, au camp. La dame de service est tombée malade et même si Cornélia vient souvent donner un coup de main à Sylvia, ça lui fait trop de travail avec tous ses bébés. Tu devrais te présenter. Surtout qu'ils partiront pour la Jamaïque quand ils auront fini leurs fouilles ici !

Le projet était tentant, mais Luc fronça les sourcils. Le commandant exigerait sûrement des références, et il s'imaginait mal allant demander à Madame Hélène de témoigner de ses compétences à la Réserve ! Quant à sa précédente patronne qu'il avait laissée tomber du jour au lendemain en plein coup de feu, elle ne dirait que du mal de lui.

Tanguy ne désarma pas.

La vérité, il entreprit ensuite de la découvrir du côté de Geneviève dès le déjeuner. D'accord, dit-il dans sa cuisine, en prenant pour la troisième fois de la mousse au chocolat, il voulait bien vivre avec elle quand il irait à l'école si c'était tellement plus pratique pour tout le monde. Cependant, même pour sa grand-mère, il hésitait à laisser tomber son demi-père. Et il enchaîna avec à-propos : « Au fait, qui était mon vrai père ? » Geneviève sursauta, renversant son verre de rosé sur la toile cirée. Elle en profita pour paraître tout absorbée à l'éponger. Quand elle releva la tête, elle annonça qu'il y avait un feuilleton à la télé, avec des cow-boys et des Indiens. Si Tanguy avait envie de le regarder…

Tanguy ne la laissa pas détourner la conversation, il préférait *Terminator* ou *Rahan*. Alors, son père ?

– Ton père, balbutia tant bien que mal Geneviève. Ton père… Euh, c'était un homme merveilleux, quelqu'un de vraiment bien… Hélas, il est mort en mer.

– Comment s'appelait-il ? demanda Tanguy, impitoyable.

– Je l'aimais comme un frère, hoqueta encore Geneviève, et il s'appelait…

N'y tenant plus, elle fondit en larmes.

Tanguy se mordit les lèvres. Il avait honte d'avoir provoqué le chagrin de sa grand-mère. N'empêche, il ne lâcherait plus prise. La vérité sur l'identité de son père, il finirait bien par trouver quelqu'un pour la lui confirmer ! Un fils doit savoir, non ? Ce qu'il réclamait était juste.

Dominique choisissait des journaux dans la boutique quand, toute à sa joie de sauver la Réserve grâce au collier, Hélène rendit visite à Geneviève pour la remercier. Elle s'était reproché ses anciennes préventions à l'égard d'une femme capable de se montrer d'une telle générosité.

Par son geste, Hélène le reconnaissait volontiers à présent, Geneviève avait prouvé qu'elle était la digne veuve d'Arnaud. Elle pressa sa belle-sœur dans ses bras. Elle, au moins, avait compris comme il était précieux de préserver le patrimoine familial !

– La vie peut être merveilleuse par moments ! s'exclama gaiement Hélène. On croit que tout est perdu et puis…

– Et puis, une main se tend, dit Dominique.

Hélène n'avait pas prêté attention, en entrant, au client qui, au fond, feuilletait un hebdomadaire derrière un présentoir. Elle ignorait que Dominique était devenu lui aussi un familier du magasin. Quand il lui avait adressé soudain la parole, le teint d'Hélène avait imperceptiblement rosi sous son hâle.

– Vous paraissez si heureuse, remarqua doucement Dominique. Ce bonheur peut-il se partager ?

Elle le dévisagea. Les cicatrices sur ses joues ne diminuèrent pas sa rancœur envers un homme qui avait voulu la dépouiller de sa Réserve. Jamais plus elle ne partagerait quoi que ce soit avec lui. Leur nuit d'intimité à l'hôpital, elle la regretterait toujours. Comment avait-elle pu se laisser ainsi abuser ? Cependant, elle était trop à sa joie pour entamer une querelle. Elle se contenta de se détourner.

– Personne aujourd'hui ne peut partager mon bonheur. Excusez-moi, je suis pressée, dit-elle.

Elle embrassa Geneviève sur les deux joues et ne prêta pas attention à la main que Dominique lui tendait. Elle ignora le « Hélène… » qu'il tenta encore. Déjà, du pas léger que donne la tranquillité après tant d'heures passées dans le tourment, elle était partie.

Dominique s'approcha de la caisse et tendit à Geneviève les publications qu'il avait choisies.

– Vous êtes un de mes meilleurs clients, constata-t-elle.

De ses mains gantées qui tranchaient avec sa mise sportive, il sortit son portefeuille de la poche de sa chemise de chambray.

– C'est que je passe la plus grande partie de mon temps à bord du yacht, maintenant. Je n'ai pas grande envie de promener ma triste figure par les rues de la ville au risque d'effrayer les enfants.

– Oh ! N'exagérons rien ! s'exclama Geneviève, toujours prompte à consoler.

Il hocha la tête. Son visage, il avait appris à en connaître toutes les coutures.

Dominique salua courtoisement mais, parvenu sur le pas de la porte, il demanda, comme si la question n'avait que peu d'intérêt pour lui :

– Au fait, qu'est-ce qui rend Hélène Charrière si éclatante cet après-midi ?

La physionomie de Geneviève s'illumina.

– Affaire de famille, dit-elle. Un bonheur tombé du ciel.

Il n'en tirerait pas plus.

Régine avait eu tout le loisir de photocopier la lettre interdite, de profiter du sommeil de son mari pour s'emparer de son trousseau de clés, de placer le double dans l'enveloppe du coffre et l'original dans un livre de la bibliothèque. Cette déloyauté fut inutile. Jean-Philippe, après avoir longtemps ressassé la rancœur de s'être encore une fois laissé berner, décida de lui en révéler le contenu. Il rageait. Quelle escroquerie ! Hélène lui avait à peine montré le collier que déjà, en bon chien fidèle, il lui rapportait liasses sur liasses. Au pied le banquier ! Les perles étaient certes fausses mais les billets, eux, étaient bel et bien réels. Face à cette femme blonde qui jouait si habilement de sa faiblesse à son égard, il s'était toujours conduit comme un imbécile.

Mais dorénavant, tout allait changer. À chacun son tour de ramper !

Déambulant dans le salon de leur hôtel particulier, à l'heure de l'apéritif, Jean-Philippe tempêtait :

– Si elle s'imagine que je vais me laisser avoir comme un enfant dans cette affaire…

Devant le bar, Régine dosa l'exacte proportion de Martini et de gin que son mari appréciait et lui tendit le verre.

– Tu ne peux plus rien contre elle, c'est trop tard. L'argent qu'elle t'a extorqué, tu le lui as volontairement donné. C'est même elle qui a insisté pour te confier le collier. Une plainte ne tiendrait pas, compatit-elle.

– Qui parle de porter plainte ? s'emporta Jean-Philippe. Je possède d'autres moyens d'anéantir la fière Mme Charrière. La lettre que je t'ai empêchée de lire l'autre jour, eh bien, c'est de la dynamite !

– Qu'importe cette lettre ! fit son épouse, apaisante. Le mieux serait de tout oublier et de ne plus jamais repenser à cette femme. Somme toute, il ne s'agit que d'argent. Si c'est le prix à payer pour qu'elle disparaisse de notre vie…

Mais pour Jean-Philippe, ce n'était pas la somme, si coquette soit-elle, qui importait. C'était son humiliation.

– Lis d'abord, cria-t-il.

À grands pas, il alla vers son bureau, ouvrit son coffre et apporta la lettre à Régine.

– Lis donc ! s'exclama-t-il en lui tendant la feuille.

– Puisque tu l'exiges, se résigna-t-elle, se découvrant des dons de comédienne.

Elle fut parfaite. Alors qu'elle connaissait par cœur la teneur du message, elle réussit, au fur et à mesure qu'elle parcourait les lignes, à peindre une immense stupeur sur son visage.

– Tu ne peux pas user d'une pareille arme. Ce serait indigne de toi, dit-elle enfin.

Et avant que son époux n'ait pu réagir, elle s'empara d'un briquet sur la table basse en marbre et déposa la lettre dans un vaste cendrier. Repoussant d'un coup sec la main de Jean-Philippe quand il bondit pour la préserver :

– De tels secrets ne doivent pas être révélés, dit-elle, avec conviction.

Le regard du banquier alla du feuillet en train de se consumer au visage serein de sa femme. Sa colère retomba. Régine avait raison. Quels que soient les torts d'Hélène, Régine venait de l'empêcher de commettre une ignominie. Il eut un élan vers elle. Heureusement que c'était elle qu'il avait épousée ! Régine, elle, était bien trop droite pour se livrer à la vilenie et à la malhonnêteté !

Quand il l'embrassa tendrement, elle dissimula un coup d'œil triomphant vers l'étagère où dormait la lettre qui lui permettrait si nécessaire de détruire une rivale détestée.

Plus tard, dans leur lit, Jean-Philippe considéra encore Régine avec reconnaissance. Oui, elle lui avait évité une infamie. Ce n'étaient pas Patricia, Christian, Geneviève, la famille Charrière tout entière qu'il souhaitait briser. Celle qu'il voulait anéantir, c'était Hélène, et elle seule. Rien que de repenser au mépris avec lequel elle l'avait encore traité, lui, son serviteur de toujours ! Ce n'était qu'en atteignant la femme, non la gardienne du patrimoine, qu'il satisferait son besoin de vengeance.

Pour échapper à la triste oisiveté de l'Hollywood Bar et retrouver un emploi honorable, Luc se résolut à affronter la morgue de Madame Hélène. Humblement, toute expression insolente effacée de son visage tendu, il sonna à la porte du fort. Son cœur battait. Et si Patricia était dans les parages ? Et si c'était elle qui lui ouvrait ? Qui craignait-il le plus de voir apparaître en cet instant, la fille ou la mère ?

Le battant s'ouvrit sur Madame Hélène et Luc réprima un regret. Il ne réclama pas de nouvelles de Patricia, il ne se perdit pas en considérations de politesse, il alla droit au but. Il avait besoin d'un certificat pour être engagé comme cuisinier du commandant Favereau.

Elle lui rit au nez. Comment pouvait-il espérer quoi que ce soit d'elle, lui, le petit arriviste qui avait séduit sa fille pour assurer sa carrière ? Heureusement encore que Patricia avait été assez sage pour se délivrer de l'enfant qu'il lui avait fait !

Luc recula, touché au vif par la nouvelle. Qu'il aille au diable chercher du travail, poursuivait Hélène, en tout cas, elle ne l'aiderait pas à traîner dans la région où il risquait de s'en prendre encore à sa fille.

– Justement, dit Luc, amer, avec ce certificat, j'aurais pu partir pour Jamaïque. C'est là que le commandant Favereau compte entreprendre ses prochaines fouilles archéologiques. Le *Circea* appareillera dès qu'il en aura fini avec l'épave, sur la côte. Vous voyez, vous avez eu tort de refuser de le rédiger. Vous auriez été débarrassée de moi et Patricia aussi !

Se refusant à quémander plus longtemps, il regagna le ponton, le cœur meurtri. Il avait tant compté sur cet enfant pour les réconcilier, Patricia et lui. Leur bébé à tous deux, ce fruit d'un amour qui avait été si fort, il avait compté les mois les séparant de sa naissance. Luc ressentait un sentiment de deuil trop profond pour songer au certificat qu'il avait espéré. Il s'était tant imaginé jouant avec un fils, une fille, un enfant qui, au moins, n'aurait pas à connaître toutes les infortunes des foyers d'adoption, ballotté de parents nourriciers en familles de hasard. Cet enfant aurait été sa belle revanche sur toutes les vicissitudes que lui-même avait connues avant de s'accepter, adulte, tel qu'il était, issu de nulle part et décidé à être un homme, un vrai, vivant avec la femme qu'il chérissait et le bébé de l'amour.

Dans sa chambre, Hélène avait compris sa bêtise et s'était déjà précipitée sur son téléphone pour appeler Favereau. La Jamaïque, vraiment ? Et pour une mission de trois ans ! Au commandant Favereau, elle assura que Luc s'était avéré à la Réserve un cuisinier non seulement compétent mais honnête et sérieux. Il ne regretterait pas de s'être assuré ses services.

Jean-Philippe se présenta à son tour au fort deux heures après le passage de Luc. Hélène était seule. Patricia, indolente, qui, bien qu'elle ait constaté de visu l'infidélité de Luc, ne parvenait toujours pas à oublier le garçon si gai même au plus profond de leurs ébats, était déjà montée se coucher.

Il était porteur de deux sacs en papier signés d'un grand traiteur. Sous le regard éberlué d'Hélène, il tira champagne, pots de caviar, saumon fumé et même bombe glacée. Entendait-il fêter à l'avance la résurrection de la Réserve ? Non, dit le banquier en enlaçant la femme blonde. Il était là pour un anniversaire : vingt-cinq ans d'amour et d'amitié. Ensemble. Émue, elle répondit à son baiser léger.

En dépit des dernières chaleurs de l'été, Jean-Philippe alluma un feu dans la cheminée du grand salon dont les murs épais maintenaient toujours la fraîcheur pour renforcer leur impression d'intimité. Pendant qu'il s'affairait à tout préparer, pour cette fête, Hélène était allée revêtir un somptueux fourreau de satin noir qui dénudait des épaules magnifiques. Devant les flammes, ils dégustèrent des toasts au caviar, se gorgèrent de bulles de champagne en souvenir d'heureux moments passés.

Les mains qui se posèrent sur elle, Hélène, délicieusement grisée, en reconnut la douceur. Tant d'années, ils avaient été amants. Depuis, à l'exception de ce bref intermède avec Dominique auquel elle préférait ne plus songer, son corps était demeuré vacant. Qu'importait si Jean-Philippe était marié à présent ! Soudain, sa peau réclamait sa part de caresses, son ventre exigeait satisfaction. Une onde brûlante parcourut ses reins.

Prenant Jean-Philippe par la main, elle l'entraîna vers sa chambre. Ils retrouvèrent chacun des gestes qui, si longtemps, leur avaient été familiers.

Quand il se rhabilla, satisfaite, elle ronronnait entre ses draps. Sa femme l'attendait, expliqua-t-il. Hélène remarqua :

– Tu as toujours été si serviable, mais ne crois pas que ce soit par reconnaissance que j'en avais envie…

Sèchement, il l'interrompit. Il n'y avait plus aucune trace d'amour sur ce visage hostile :

– Je sais. Tu as voulu effacer une dette. Tu m'as fait payer d'avance. Ensuite, tu m'as remboursé en nature.

Elle se redressa, effarée.

– Que veux-tu dire ?

De la poche de la veste qu'il s'apprêtait à renfiler, Jean-Philippe sortit ce qu'il restait du collier de perles et le lança sur les draps.

– Bravo, le coup de la trouvaille miraculeuse ! Tu as dû bien t'amuser quand j'ai marché, les yeux fermés. À mon tour de rire. Tu t'es conduite en prostituée malhonnête. Tu as mérité que je te traite comme une femme à louer.

Longtemps, elle fut incapable de parler quand, les yeux écarquillés, elle cria : « Jean-Philippe », pour le rappeler. Elle était déjà seule.

Elle voulait qu'il s'explique ! Elle ne comprenait pas ce qui s'était passé. À nouveau ils avaient été si bien ensemble et jusqu'à ce coup de folie. Il l'avait insultée ! De tendre amant, il s'était transformé en ennemi implacable. Pourquoi l'avait-il ainsi accablée ? De quoi l'accusait-il, déjà ? Que reprochait-il à ces perles ?

S'emparant du collier, elle en glissa une sous ses dents. Aussitôt, la perle s'émietta. Un goût de cendres imprégna sa gorge. Le visage d'Hélène se décomposa.

2

Cornélia en avait assez de voir son père errer comme une âme en peine sur le bateau. Cicatrices ou pas, il était temps de réagir. Il avait besoin de distractions. Très solennellement, au petit déjeuner, elle l'avait invité à dîner dans un des restaurants les plus renommés de la Côte. Elle avait déjà réservé la table et ne tolérerait aucun refus. Dominique avait commencé par déclarer qu'il n'avait guère envie de sortir. Une expression si désolée s'était peinte alors sur le petit visage ravissant de Cornélia qu'il avait cédé. D'accord, il la retrouverait à neuf heures, au Viking.

À présent qu'il avait accepté, Dominique envisageait avec plaisir cette escapade avec sa fille. Il arriva un peu en avance au restaurant et commanda un whisky en l'attendant. Il buvait en consultant le menu lorsqu'une voix juvénile retentit au-dessus de lui :

– Bonjour, monsieur ! Ne seriez-vous pas le père de Cornélia Volvani, le célèbre pilote ?

Relevant la tête, Dominique n'en crut pas ses yeux. C'est à peine s'il reconnut sa garçonne de fille en cette jeune femme sophistiquée, aux cheveux relevés en un impeccable chignon, aux cils à peine marqués d'un peu de mascara. Moulée dans une courte robe de stretch noir qui découvrait entièrement ses épaules, elle lui souriait de ses lèvres pleines soigneusement rosies. En homme galant, Dominique se leva pour écarter une chaise et l'aider à s'asseoir face à lui.

– C'est pour moi que tu t'es faite si belle ?

Pour ce rendez-vous avec sa fille, il avait renoncé à ses tenues relaxes pour une blanche veste de smoking qui sanglait sa poitrine de sportif. Ils étaient assortis.

– Pour moi aussi, marivauda Cornélia. Je voulais savoir qui je puis être. Inutile d'étudier ce menu, je connais tes goûts, j'ai déjà tout commandé.

Surpris, il la dévisagea.

– Sylvia Favereau, précisa-t-elle, a insisté pour me payer mes menus travaux d'aide-cuisinière. C'est mon premier argent gagné et tu es mon premier invité.

Dominique essaya de protester pour la forme. Mais il était séduit. Et la salle admirait le couple qu'ils formaient.

– Il n'y a pas de mais, dit fermement Cornélia. Maître d'hôtel !

Yeux dans les yeux, le père et sa fille se portèrent un toast à la lueur des bougies.

– Je ne t'ai pas vue grandir, soupira Dominique, posant une paume gantée de noir sur la main fine qui se réfugia dans la sienne. Hier encore, tu étais un garçon manqué et soudain, te voilà, femme magnifique !

– Je te plais, c'est l'essentiel, approuva Cornélia. Mais est-ce parce que je ressemble à maman ?

Dominique profita de l'arrivée d'un serveur, déposant devant eux des tournedos Rossini, pour réfléchir un instant.

– Oui, dit-il enfin en s'emparant de ses couverts. Oui, mais physiquement seulement. Moralement, tu es beaucoup plus forte. Droite. Saine.

– Alors, c'est que je te ressemble aussi ! s'exclama Cornélia, ravie.

Ensemble, ils éclatèrent de rire.

– Longtemps, j'ai voulu me marier avec toi, avoua Cornélia. Maintenant que j'ai dix-sept ans, j'ai compris depuis belle lurette que c'est impossible.

– Ne t'inquiète pas, intervint son père, il existe quelque part un homme fait pour toi, même s'il l'ignore encore.

Dominique prenait plaisir à cette conversation détendue avec sa fille. Même les regards admiratifs de quelques convives en direction de Cornélia, loin de susciter son agacement ou sa jalousie, l'avaient enchanté. Cornélia était intelligente et belle. Elle plaisait. Elle trouverait le bonheur.

Sa fille le fixa droit dans les yeux.

– Toi aussi, il y a une femme qui t'attend et tu le sais, même si elle refuse encore de l'admettre. Écoute les conseils de ta sage Cornélia et ne la laisse pas t'échapper.

Cornélia rentrait dormir à la villa Favereau puisque Sylvia avait encore besoin d'elle. En observant, songeur, son taxi s'éloigner dans la nuit, Dominique prit sa décision. Après ce mémorable dîner, il se sentait euphorique et prêt à tout affronter. Sa Ferrari démarra en trombe vers le port où l'attendait son Riva. Le hors-bord vola sur les flots. Déjà, il l'amarrait au ponton de l'île et escaladait le sentier parfumé. Il atteignait presque le fort quand il devina une silhouette masculine. Dans la pénombre, ses yeux perçants reconnurent le banquier. Jean-Philippe ne put l'éviter.

– Ah, c'est vous, Dominique, dit-il, s'arrêtant un instant pour renouer sa cravate. Si vous montez voir Hélène, allez-y, la place est encore chaude mais elle est libre et pas chère !

Ces mots vulgaires, si contraires à son naturel et à son attachement marqué pour la châtelaine, il les regretterait sans doute longtemps, mais déjà il repartait en courant. Dominique hésita avant de poursuivre son chemin jusqu'au portail.

Quelques secondes après qu'il eut tiré la cloche, il entendit derrière le battant :

– Oh, Jean-Philippe, je savais que tu ne…

Jamais il n'aurait imaginé qu'elle puisse avoir une voix si implorante. Hélène ouvrit à la hâte et parut stupéfaite que ce soit Dominique qui se tienne sur son seuil. Les yeux cernés, échevelée, elle était nue sous un léger peignoir. Désastreuse apparition ! Comment elle, si fière, avait-elle pu se donner à ce petit banquier qui, à peine sorti de sa chambre, la traînait dans la boue et la traitait comme une michetonneuse ? Comment lui-même avait-il pu se tromper à ce point sur le compte de la majestueuse femme blonde ? Dominique ne voyait plus qu'un être déchu, tombé du piédestal trop élevé sur lequel il l'avait lui-même juché. Hélène n'était pas Hélène.

Écœuré, il lui tourna le dos.

La nuit de tous ses malheurs, malade, dégradée, Hélène demeura recroquevillée sur le canapé blanc du grand salon. Sans lui donner une chance de s'expliquer, Jean-Philippe l'avait traitée comme une catin. Il avait été infâme. Et quel mépris elle avait lu sur le visage de Dominique !

Au lever du soleil, Hélène s'était requinquée. La responsable de cette double humiliation portait un nom : Geneviève. En prétendant lui faire don de perles de prix alors qu'elle savait pertinemment qu'elles étaient fausses, la papetière l'avait délibérément transformée en escroc au petit pied.

À sa femme, Arnaud n'avait pu offrir pareille pacotille. Hélène le connaissait trop bien. C'est donc pour lui nuire que Geneviève avait fait fabriquer cette copie catastrophique. Elle exigerait l'original qui, plus que jamais, lui revenait de droit. D'avance, Hélène se faisait un plaisir de le jeter au visage de Jean-Philippe. Elle se ferait justice. On l'avait diffamée.

L'étonnement de Geneviève à la vue de sa belle-sœur surgissant chez elle dès l'aube telle une furie devint de la stupeur lorsque Hélène, sans prendre la peine de la saluer, la prit aux épaules et, la secouant, l'accusa de duplicité.

Quel but avait-elle poursuivi en lui remettant ce faux collier ? Qu'avait-elle voulu manigancer ? Elle avait déjà abusé de la maladie d'Arnaud pour se faire épouser puis lui extorquer un testament scandaleux. Elle avait sans doute bradé ensuite un bijou de famille inestimable. Puis elle l'avait bernée, elle, Hélène, et réussi à la brouiller avec son ami le plus sûr, elle la privait d'un appui financier crucial. Si Hélène s'était laissé ridiculiser, Jean-Philippe, lui, avait vite découvert la supercherie. Jamais plus il ne lui ferait confiance !

Hélène lança à la volée les perles sur le comptoir, et Geneviève recula devant tant de fureur. Elle ne comprenait rien à toutes ces divagations. Pour l'aider, elle s'était volontairement dépouillée d'une parure qui, même si elle n'était pas inestimable, n'en était pas moins pour elle un souvenir. Quant à savoir si ces perles étaient fausses… Peut-être qu'Arnaud lui-même s'était mépris.

Hélène continuait à l'invectiver ; l'ébahissement fit place à la colère. Geneviève se dégagea. Elle ne méritait pas ces insultes et ne les supporterait pas plus longtemps.

– Je vous prie de vous souvenir que vous êtes ici chez moi. Dehors ! cria-t-elle.

Hélène avait hurlé tout ce qu'elle avait à dire. Décochant un dernier regard haineux, elle partit.

Geneviève ferma boutique et décida de se rendre chez le banquier. Hélène était allée trop loin. Elle avait dénigré son amour pour Arnaud, sali leur vie commune. Elle avait été jusqu'à la traiter de voleuse. Elle lui avait tenu des propos que même elle, toujours si indulgente, jugeait inexcusables. Geneviève ne voulait plus rien avoir à faire avec Hélène. Et donc avec la Réserve. Que Jean-Philippe vende ses actions au mieux et qu'elle n'en entende plus jamais parler !

Régine, qui n'avait pas audience ce matin-là, se trouvait dans le bureau de son mari quand Geneviève, encore bouleversée, lui fit part de sa volonté de se débarrasser de ses parts.

– Je ne supporte plus ses grands airs dédaigneux ! Pour qui se prend-elle, d'ailleurs, avec toutes ses histoires de gardienne du foyer ! s'emporta la veuve d'Arnaud. C'est une vestale de pacotille, Hélène n'est même pas une vraie Charrière !

Consciente d'en avoir trop dit, elle s'interrompit, se mordant les lèvres.

– C'est la colère… soupira-t-elle, navrée. Si Arnaud savait que j'ai révélé ce secret… qu'Hélène n'a jamais été sa sœur mais l'enfant du péché né d'une fille mère qui n'avait pas les moyens de l'élever. Et les Charrière l'ont recueillie à sa naissance par charité !

– Ne regrettez rien, l'apaisa Jean-Philippe. J'étais déjà au courant. Son père avait laissé une lettre au mien, précisant les véritables origines d'Hélène au cas où un jour elle viendrait à s'interroger.

– Ça ne lui serait jamais venu à l'esprit, s'écria Geneviève. Elle est si convaincue d'être une Charrière par excellence. Mais Patricia, Christian, qu'adviendrait-il d'eux s'ils l'apprenaient ? Et Tanguy, même, qui s'interroge déjà tant sur son père ! Promettez-moi de ne jamais parler de cette histoire à personne.

– C'est juré, dit Régine. D'autant que cette fameuse lettre, plus personne ne pourra jamais la lire. Nous avons préféré la brûler que de la voir tomber en de mauvaises mains.

Intérieurement, la femme du banquier jubilait. Elle n'aurait plus besoin de mettre en péril l'estime que son mari lui portait en usant de cette arme pour chasser Hélène de sa chère Réserve. Geneviève s'en était chargée. Hélène partirait, vaincue, n'importe où puisqu'elle venait de nulle part. Régine n'aurait plus à redouter que son mari ne retombe dans ses filets.

– Et si tu avertissais les Volvani que la majorité de l'île de la Réserve est à vendre ? proposa-t-elle.

Hélène, en cet instant où l'on croyait se partager ses dépouilles, éprouvait les mêmes scrupules que Geneviève à exposer des origines qu'il valait mieux taire. Tanguy l'avait abordée sur le quai alors qu'elle s'apprêtait à rembarquer pour la Réserve. Il lui avait posé sa sempiternelle question : « Qui était mon père ? » Pour le détourner de son obsession, elle l'avait invité à manger une glace. Médiocre stratégie ! À peine assis à une terrasse, Tanguy la surprit :

– Tu connaissais l'oncle Marcel ? (Puis il ajouta :) C'est quoi, un inceste ?

L'enfant la fixait droit dans les yeux, lui refusant toute échappatoire. Déconcertée, elle bégaya :

– L'inceste, c'est… c'est difficile à expliquer.

– C'est quand un oncle dort avec sa nièce, par exemple ?

Hélène se sentit soulagée de n'avoir ni à mentir ni à révéler de secret. Tanguy savait, depuis toujours il savait ! Il avait simplement réclamé aux uns et aux autres confirmation de ce qu'il avait surpris ; il avait entendu chuchoter sa mère ou sa grand-mère qui le croyaient endormi. Si personne ne voulait en parler à haute voix, était-ce parce que son père avait été un méchant homme et sa naissance un mal ?

– Non. Ç'a été une joie, assura Hélène. Ton oncle aimait trop ta mère pour s'intéresser à une autre femme et tu es né, c'est tout. Tu as grandi, tu es devenu un garçon que nous aimons tous et tu seras un jeune homme superbe.

Soudain, face à ce visage encore enfantin levé vers elle, perplexe, toute son amertume disparut. Il n'avait pas à souffrir de ces vicissitudes. Elle aurait voulu bercer Tanguy dans ses bras pour supprimer tous ses doutes, dissiper toutes ses inquiétudes.

– Moi, en tout cas, déclara le garçon, je n'aurai pas besoin de dormir avec ma nièce pour avoir un enfant. Quand il s'agit de mon père, tout le monde parle à voix basse. Sûr que j'aurai un jour un bébé, mais de lui, tout le monde pourra claironner le nom de son père.

Doucement, par-dessus la table, Hélène lui caressa la joue. Cette sagesse n'était pas de son âge.

– Bon, voilà un problème de réglé, reprit Tanguy en attaquant sa troisième boule de glace. Heureusement que toi, tu as accepté de m'en parler. Si quelque chose te tracasse toi aussi, fais-moi signe. Je t'écouterai. Faisons-nous confiance.

– Avec la Réserve, ce ne sont pas les soucis qui risquent de me manquer, remarqua-t-elle.

Tanguy promit solennellement de l'aider quand il serait grand. Ils se saluèrent, complices, ravis l'un de l'autre. Lorsque Hélène remonta dans son bateau, elle constata que la grâce de l'enfant l'avait aidée à oublier les cruautés et les désillusions de la nuit. Elle s'intéressait enfin à quelqu'un d'autre !

Patricia entendit le préposé de la poste corner pour annoncer son passage. Sa mère étant en ville, Patricia descendit à sa place chercher le courrier au ponton.

– Ça fait plaisir de vous revoir, mademoiselle Patricia, dit Doudou, le facteur, avec son plus bel accent méridional. C'est souvent que vous venez maintenant ?

– Le courrier concerne surtout les affaires de la Réserve, et c'est ma mère qui s'en occupe.

Quant à moi, je ne reçois quasiment jamais de lettres.

Le facteur se récria :

– Comment ça, jamais ? Il y a pas si longtemps, j'avais quelque chose pour vous presque à chaque passage, même que je pensais que vous deviez avoir un bon ami qui tenait rudement à vous !

– Presque à chaque passage ?

Patricia s'empara du maigre courrier et, plantant là le messager, remonta en toute hâte vers le fort.

Si sa mère lui avait dissimulé quelque chose, il n'y avait qu'un endroit où le chercher. Avec un coupe-papier, elle força la serrure du secrétaire Empire. La plupart des tiroirs contenaient des factures soigneusement classées dans des chemises que, les unes après les autres, elle ouvrit. Les huissiers continuaient à accomplir leur travail. Des ordonnances de saisie emplissaient toute une étagère. Elle ne s'y intéressa pas plus qu'à la boucle d'oreille en diamants qu'elle découvrit dans un casier, posée sur une pile d'enveloppes. Négligemment, elle la jeta sur le tapis pour mieux déchiffrer les libellés. Toutes lui étaient adressées. Au dos, l'expéditeur avait inscrit : « Luc Valentin. Poste restante. La Fourmigue. » Elles étaient là, ces lettres dont sa mère, délibérément, l'avait privée. Toutes, elles parlaient d'amour.

De l'amour d'un homme. De la trahison d'une mère, aussi.

Patricia lisait dix fois le même passage. Deux yeux taquins valsaient dans sa mémoire, la voix délurée lui faisait des propositions, Luc savait être gai même dans la passion. Il avait la chair heureuse. Elle monta s'affairer dans sa chambre puis, reprenant les lettres dans ses mains, elle attendit le retour de la voleuse.

La première chose qu'Hélène aperçut en rentrant dans la salle du fort, ce fut la boucle d'oreille en diamants, étincelante à terre. Elle la ramassa et se tourna vers sa fille, assise, raidie, sur le bord d'un fauteuil. Une même colère brilla dans leurs prunelles.

– Qui t'a permis de fouiller dans mon secrétaire ? demanda-t-elle.

– De quel droit as-tu confisqué mon courrier ? répliqua Patricia.

– Du droit d'une mère soucieuse de préserver l'avenir de sa fille, riposta Hélène. Tu n'avais rien à gagner à traîner avec ce bon à rien. Quand tu es revenue, j'étais convaincue que tu l'avais compris et j'ai jugé ces lettres inopportunes.

– Tu as cru… Tu as jugé ! éclata Patricia. Tu te désintéresses de mon existence pendant des années et tout à coup, tu réapparais et tu prétends régenter la vie de tout le monde. Pour quel beau résultat : Christian t'a fuie parce qu'il ne supportait pas que tu te mêles de tout, tu étais brouillée avec ton frère quand il est mort et moi, je n'ai plus de mère. C'est pour de bon que je pars. Je suis adulte, maman. Libre.

Et, s'emparant du sac qu'elle avait préparé, sans un mot de plus, Patricia se dirigea droit vers la porte. Hélène s'effondra sur le canapé. Il était inutile de rappeler cette fille que la colère aveuglait.

Elle ne sut pas combien d'heures elle était restée prostrée là, sans réagir. Résonnant sur l'île désertée, des coups de marteau la tirèrent de sa torpeur. Qui travaillait en bas ? Hélène avait longtemps étudié, sans en choisir aucun, tant de devis qu'elle n'avait pas les moyens de payer ! Aucune entreprise ne pouvait avoir encore envoyé d'ouvriers.

À tout hasard, elle descendit. Ce n'étaient pas des travaux que deux hommes entamaient à coups de marteau. Sur le panneau qu'ils enfonçaient devant les ruines de la Réserve, en lettres rouges, une pancarte annonçait : « Mise en vente par adjudication. »

Elle n'avait plus aucun moyen d'empêcher la catastrophe.

3

À la déchéance, son frère avait préféré la mort. Pourquoi Hélène ne ferait-elle pas preuve du même courage ? Fuyant l'île et le panneau d'infamie qui l'en dépossédait, elle avait rejoint sa voiture, sur les quais d'Hyères. À présent, elle aussi, elle roulait à tombeau ouvert, accélérant dans les virages de la Corniche.

Elle avait compté et recompté. L'argent que lui avait remis Jean-Philippe, en échange des fausses perles pour lesquelles il lui avait fait si chèrement payer, ne suffirait pas à racheter la Réserve tout entière. Il lui aurait certes permis de régler les créances les plus urgentes et d'entreprendre une rénovation de l'hôtel, mais voilà, tout le monde l'avait trahie. Que Geneviève l'intrigante vende ses parts était déjà difficile à supporter, mais le pire était que Patricia s'était bouché les oreilles quand sa mère s'était presque traînée à ses genoux pour la supplier de l'aider. De la Réserve, elle ne voulait plus entendre parler. Quant à Christian, pour l'hôtel, il affichait depuis toujours la même indifférence.

Hélène était seule et elle avait perdu tout ce à quoi elle tenait au monde. Son frère, ses enfants, sa Réserve… Celui qui aurait compris et partagé son chagrin en ce moment, l'homme qu'elle avait épousé et avec lequel elle avait bâti la Réserve, avait été le premier à partir. Marc, son paradis et son enfer… Il avait divorcé et lui avait préféré une autre femme, mais jusqu'au bout, il avait éprouvé pour la Réserve la même passion qu'Hélène. L'hôtel avait été leur œuvre commune. Pour lui, ils avaient continué à vivre côte à côte. Marc aurait peut-être trouvé une solution mais il n'était plus là. Plus rien ne la retenait en ce monde. Elle appuya encore sur l'accélérateur.

Le ravin se rapprocha.

À quel moment son instinct l'obligea-t-elle à freiner ? Elle ne le savait pas. Dans un crissement de pneus surmenés, la voiture s'était immobilisée, les roues frôlant les glissières.

Derrière le volant, le visage enfoui dans ses mains, Hélène sanglotait. Elle gardait le pied sur la pédale de frein et elle tremblait de tous ses membres. Soudain, elle avait honte d'avoir voulu mourir. Quelle lâcheté ! Une Hélène Charrière ne renonçait jamais.

Elle s'efforça de mettre de l'ordre dans ses idées. Il fallait faire le point. Seule, dans l'état d'affolement où elle était, elle n'y parviendrait pas. Mais à qui recourir ? Quel vide s'était creusé autour d'elle ! Un nom lui vint spontanément aux lèvres. Dominique… Elle chassa le visage viril de son esprit. Cet homme, qu'elle s'était imaginé disposé à la chérir et à la protéger, s'était avéré prêt à tout avec son frère pour la déposséder de son île.

Qui s'était véritablement, sincèrement, soucié d'elle quand elle gisait à l'hôpital ? Elle se souvint. Constamment, un moine avait prié pour elle.

Rallumant le contact, elle roula vers le monastère.

Vincent, drapé dans son austère robe de bure, la reçut dans la cellule étriquée. Hélène, assise sur un étroit tabouret de bois, se confia si facilement que sa confession devint un monologue. Elle était à bout. Elle s'était sentie si abandonnée... Elle avait voulu se suicider. Elle avait hésité entre le revolver dans son sac et la mort au volant. À la dernière minute, elle avait choisi la vie ou plutôt elle avait refusé la mort. Une telle démission aurait été indigne d'elle. Jusqu'au bout, elle se battrait.

Vincent l'écouta attentivement, mais la comprenait-il vraiment, lui qui s'était détaché des biens de ce monde ?

– Hélène, tout ce qui vous concerne m'intéresse, murmura-t-il, sans oser parler d'absolution.

Le regard que le moine eut pour elle, elle le reconnut aussitôt. Dans les yeux bruns qui la fixaient, il y avait du désir et de l'amour. Elle posa un doigt sur ses lèvres.

– N'en dites pas plus.

Rassérénée, elle retrouva le courage de rentrer au fort.

Sur la plage, une pénible surprise attendait Hélène. À présent qu'ils étaient sûrs de devenir bientôt les maîtres de la Réserve, les frères Volvani avaient décidé de respecter les dernières volontés de leur père. Ils avaient entrepris de la dresser au plus haut de l'île, la pierre sous laquelle il reposerait enfin en paix. En amarrant son bateau au ponton, Hélène aperçut aussitôt les silhouettes jumelles se détachant sur le ciel.

Recueillis devant la stèle, Dominique et Frédéric ne l'entendirent pas monter vers eux. Quel lourd tribut il lui avait fallu verser pour en arriver là, songeait Dominique. Pour la mémoire d'un mort, qui ne s'était jamais occupé d'eux, il avait renoncé à Hélène, à l'amour d'une femme bien vivante, qu'il ne tiendrait jamais plus entre ses bras. Il lui avait pris son île, elle le haïrait toujours. Devant ce désastre annoncé, il ne pouvait que serrer les dents.

– Qu'est-ce que c'est que cette comédie ? cria brusquement Hélène derrière eux. Vous vous croyez déjà chez vous ?

Ils se retournèrent et elle leur fit face, les pans de sa cape volant au vent, les yeux brillant de colère sous la frange blonde.

– C'est comme si c'était fait, admit tranquillement Frédéric, sûr de lui.

L'insulte, choisie pour faire mal, déchaîna sa fureur.

Le revolver qui aurait pu la tuer était toujours dans sa poche. D'un geste vif, Hélène le braqua sur les deux hommes.

– Partez immédiatement et ne vous avisez plus de remettre les pieds ici. Sinon…

– Sinon ? reprit Dominique.

Soudain, il eut un élan vers la femme en détresse qui, en d'autres circonstances, aurait pu être sienne.

– Hélène, commença-t-il, vous n'avez pas voulu m'entendre.

Elle tourna le canon vers lui et il comprit que si jamais elle avait eu envie de tuer un homme, c'était bien lui, aujourd'hui.

Levant les mains en un geste de soumission, il se résigna.

– Partons, dit-il à Frédéric.

Ils approchaient déjà du ponton quand, en haut, les coups de feu claquèrent derrière eux. Hélène avait-elle tourné son arme vers elle ? En courant, suivi de loin par son jumeau, Dominique escalada la pente. Au sommet, ils s'immobilisèrent, ébahis devant la scène qui s'offrait à eux. Le bras tendu, Hélène criblait de balles la plaque qui signifiait sa ruine. Elle ne s'arrêta qu'une fois son chargeur vide puis, après avoir encore contemplé la stèle éclatée, lentement, elle se dirigea vers le fort sans un regard pour Dominique. Vaincue.

– Si elle s'était suicidée, dit Dominique à son frère dans le Riva, je n'aurais pas supporté de vivre.

– Nous sommes condamnés à fonctionner ensemble, répliqua doucement Frédéric. Et cette femme est dangereuse, elle ne rêve que de nous supprimer.

Incrédule, Dominique eut un rire amer, et en lui-même Frédéric songea : Si quelqu'un doit te tuer un jour, mon incomparable jumeau, ce sera moi. Tu ne m'échapperas pas. Mais quand il arrima leur hors-bord à l'*Harlequin Boy*, son frère refusa de remonter avec lui sur le yacht. Conservant le Riva, seul, il se dirigea vers le continent. Il refusait de se laisser emporter par la démence de Frédéric. Dans son esprit, pour se sauvegarder, déjà un projet germait.

Geneviève raconta volontiers l'histoire du collier de perles quand, dans sa boutique, Dominique lui demanda les raisons de sa brouille avec sa belle-sœur. Elle avait cru bien faire mais il y avait eu méprise. Hélène était convaincue qu'elle avait sciemment voulu lui nuire. Quant à elle, elle n'avait pas supporté ses insultes et ses accusations. Pour en finir, elle avait décidé de vendre tout ce qui la rattachait encore à la Réserve. Le regrettait-elle à présent ? Oui, sa riposte avait été disproportionnée. À cause d'elle, Hélène perdrait toutes ses raisons de vivre.

Dominique hocha la tête et pria Geneviève de convier Christian et Patricia à dîner. Il avait à leur parler. Sitôt les coups de téléphone passés, elle entreprit de confectionner un aïoli. Lui se rendit à la banque de Jean-Philippe. Quand il revint, il tenait une serviette à la main.

Dans la cuisine pimpante, carrelée d'orange et décorée de plantes vertes, qui faisait fonction de salle à manger, Dominique attendit que Tanguy fût monté se coucher pour aborder l'objet de cette réunion. Il ne comprenait pas que le frère et la sœur renoncent si facilement à cet hôtel qui n'appartenait pas qu'à leur mère mais à eux aussi.

Tous deux se récrièrent. Ils avaient trop longtemps supporté une obsession maniaque. La Réserve, les attitudes autoritaires d'Hélène, ils en avaient assez. Ils devaient gérer leur propre existence. Tant pis si leur mère devait en souffrir, eux refusaient d'être entraînés dans sa folie des grandeurs.

Dominique admit volontiers qu'Hélène pouvait se montrer tyrannique, odieuse, même. N'empêche, elle vivait dans la passion. Comment une femme pareille avait-elle pu engendrer deux êtres aussi tièdes ? Si elle avait tant lutté pour la Réserve, ç'avait été également pour eux.

Christian reconnut que Dominique avait sans doute raison mais, de toute façon, eux ne pouvaient plus rien y faire. L'établissement était criblé de dettes et ils n'avaient pas les moyens d'empêcher la vente aux enchères.

– Mais si, dit Dominique. En rachetant la totalité des créances.

Détachant ses mots, il précisa :

– Je vous avancerai les sommes nécessaires.

Autour de la table, ce fut le silence. Tous le considérèrent, interloqués.

Vers quel jeu dangereux les entraînait Dominique Volvani ? Avec son frère, il avait organisé la curée et maintenant, il prétendait venir au secours de leur famille aux abois ?

– De toute façon, maman n'acceptera jamais votre aide, remarqua Christian.

– Si vous nous expliquez pourquoi vous avez décidé de contrecarrer votre frère jumeau, je servirai de prête-nom, dit Geneviève.

Dominique lui tendit la serviette bourrée de billets de banque qu'elle porterait à l'huissier. Baissant la tête, il avoua :

– Je ne veux pas sombrer dans la folie de Frédéric. En vous sauvant, je me sauve. Le compte est bon.

Trahissant sa promesse, à peine Dominique Volvani avait-il quitté son bureau, Jean-Philippe s'était empressé d'appeler Frédéric. Le compte des deux frères était commun. Le banquier s'interrogeait sur l'importance de la somme retirée. Il estima de son devoir d'en avertir son autre client.

Dominique et Frédéric étaient retombés dans leur envahissant tête-à-tête. Depuis que Cornélia avait regagné son pensionnat suisse à l'heure de la rentrée des classes, les deux frères étaient désormais seuls à bord de l'*Harlequin Boy*. Privé de sa fille, Dominique avait été plusieurs jours en proie au cafard, mais ce chagrin-là, Frédéric était capable de l'assumer. D'ailleurs, à lui aussi, l'adolescente manquait parfois. Elle faisait partie de leur famille, telle qu'il l'acceptait, et n'avait-elle pas déclaré « presque l'aimer » ?

Quand son jumeau était absent, Frédéric était incapable de manger et, tandis que Dominique dégustait l'aïoli de Geneviève, il s'était abîmé dans les plans qu'il avait prévus pour la Réserve. Plus l'attente s'était prolongée, plus il s'était inquiété du retard de son frère. D'emblée, il avait compris ce que signifiait le retrait bancaire. Dominique le sauveur au cœur fidèle avait l'intention de voler à la rescousse de la femme blonde. Tous les projets que Frédéric avait échafaudés, il refusait de les laisser tomber à l'eau. Il eut un rictus sardonique. Il avait songé qu'en cas d'accident survenant à Tanguy, une maladresse est si vite arrivée, Geneviève l'usufruitière deviendrait propriétaire. Promue seule maîtresse de l'île qu'elle détestait tant, elle se séparerait volontiers de ses nouvelles actions. L'île tout entière serait alors aux Volvani. Oui, mais à la seule condition que l'amour insensé que Dominique portait à la femme déchue ne vienne pas bafouer les ultimes vœux de leur père.

Il était près de dix heures du soir. Que faisait Dominique ? Il n'était pas à la Réserve. À la jumelle, Frédéric l'avait vérifié : le Riva n'était pas ancré au ponton. Soudain, il ne supporta plus de guetter le bruit d'un moteur sur l'eau. Il ne laisserait pas son frère se détourner de lui pour quelque femme que ce soit.

Il se rendit dans sa chambre, sortit de l'armoire le carton qui contenait perruque rousse et long tailleur de soie, n'oublia pas l'unique pendant de diamants dans son coffret et revêtit le tout. Semblable à celle qu'il avait voulu être pour convaincre Hélène que Dominique n'était qu'un dangereux assassin, lui qui n'en avait jamais joué, s'installa au piano. Ses mains erraient au hasard sur le clavier quand enfin son jumeau apparut.

D'un bond, Frédéric se leva du tabouret pour jeter ses bras autour de lui. Il l'appela son chéri, lui dit et lui redit toutes ses craintes qu'il ne l'ait délaissé pour une autre.

Dominique s'écarta, haussa les épaules face à la silhouette travestie. Quelle scène, encore une fois, son frère avait-il besoin de jouer pour entretenir sa folie ? Il était trop las pour contrecarrer sa fureur. Il se résigna à l'horreur.

– Moi aussi, je t'aime, ma femme, mon Ingrid, dit-il doucement.

Ingrid ! Le seul rappel de ce prénom honni dégrisa Frédéric. Il arracha sa perruque, la piétina et se dressa, pathétique visage masculin au-dessus de ses vêtements de femme, pour mieux l'invectiver :

– Je ne suis pas Ingrid. Elle est morte, ta femme.

De la compassion plein la voix, il ajouta :

– Mon pauvre Dominique, serais-tu devenu incapable de reconnaître ton frère, ton jumeau ? La blonde Hélène Charrière t'aurait-elle à ce point ensorcelé ?

Il savait donc tout ? Frédéric se fit un plaisir de confirmer. Le banquier lui avait téléphoné. Dominique avait retiré l'argent qui sauverait la châtelaine. Il avait trahi, et son père, et son frère. Comment avait-il pu agir ainsi ? Mais si l'amour l'égarait à ce point, qu'il parte, qu'il la rejoigne ! De vraies larmes de colère coulèrent sur les joues maquillées. Frédéric quitta le salon. La nuit fut odieuse.

Dominique dut attendre le matin pour tambouriner à la porte d'Hélène.

Par l'œil-de-bœuf du salon, Hélène observa Dominique, criant des mots qu'elle ne pouvait pas entendre mais qu'elle devinait suppliants. Sur le visage meurtri, un rayon de soleil sculpta les cicatrices de l'homme qui s'était jeté dans un brasier. Même ainsi, elle le trouva beau. Elle fit appel à toutes ses forces pour ne pas ouvrir tout grand le battant. Elle marcha vers le secrétaire qui protégeait la boucle d'oreille lui rappelant qu'elle ne pouvait pas se laisser aller ni à aimer, ni même à estimer un assassin.

Sur le seuil, Dominique insistait toujours. Hélène contempla le bijou, referma le tiroir. Après tout, qu'avait-elle encore à perdre ? N'avait-elle pas, la veille, souhaité mourir ? S'il était là pour la tuer, c'était que le sort en avait décidé ainsi. Elle ouvrit la porte. Qu'avait Dominique de si pressant à lui communiquer ?

Tout simplement qu'elle était sauvée ! Soudain, il n'avait plus envie d'user de prête-nom, Dominique voulait qu'Hélène sache que c'était lui, et lui seul, qui avait empêché la vente aux enchères, qui l'avait sauvée. Toutes ses dettes, il les avait réglées. Elle n'avait plus rien à craindre. Il pouvait repartir en paix. Il éloignerait d'elle le frère qui haïssait toutes les femmes que lui chérissait, prêt à tuer pour les écarter.

– Mais c'est vous qui avez assassiné votre femme, murmura Hélène, les yeux dilatés.

Hélène, comme lors de sa première visite à l'hôpital, soudain fit confiance à cet homme qui par deux fois avait volé à son secours. Elle lui raconta l'étrange visite nocturne d'une femme inquiétante, ses révélations sur la culpabilité de Dominique dans la mort de son épouse, montra le bijou perdu par cette harpie qui prouvait la véracité de ses dires.

– C'est mon frère qui a injecté à Ingrid des barbituriques en surdose, expliqua tristement Dominique. Après son accident, elle souffrait atrocement et avait besoin de puissants somnifères pour se reposer ne serait-ce qu'un moment. Comme pour moi, après l'incendie de votre hôtel, Frédéric s'était institué son infirmier.

Il lui avait été facile de préparer le dosage mortel. Il avait d'abord tout avoué à Dominique. N'était-ce pas là sa plus belle preuve d'amour envers son jumeau ? Ensuite, dans sa démence, Frédéric s'était convaincu que c'était son frère qui, pour être de nouveau seul avec lui, avait commis cet acte insensé.

Quand l'enquête policière s'était close sur une conclusion de surdose volontaire ou accidentelle, Dominique s'était tu. Des jumeaux ne se trahissent pas entre eux. Il n'avait pas dénoncé Frédéric. Mais maintenant, il chérissait Hélène, son frère le savait et n'hésiterait pas à frapper encore.

La boucle provenait d'une paire de pendants d'oreilles qu'il avait offerte à sa femme peu avant sa mort et que son frère avait volée au chevet de l'agonisante.

– Je suis donc venu vous dire adieu, conclut Dominique. Je vous aime et je m'en vais, malheureux de vous quitter, heureux de savoir que, grâce à moi, vous conserverez votre Réserve.

Sur le seuil, une seconde, elle le retint, et à ce bref contact, tous deux frémirent.

– Reviendrez-vous un jour ?

Il ne reviendrait jamais. Il n'avait pas le choix. Toujours, il y aurait son jumeau qui pèserait entre eux.

Le cœur serré, étouffant de sanglots, Hélène le suivit des yeux jusqu'à ce qu'il disparaisse dans la verdure du sentier.

Au premier tournant, pourtant, il s'était arrêté. Il ne s'était pas retourné vers la demeure patricienne. C'était en bas, sur le ponton, que son regard aiguisé s'était fixé. Frédéric était là, s'affairant sur le Riva de Dominique. Il attendit que son frère en ait fini et soit reparti sur son hors-bord pour reprendre sa marche. Il le connaissait si bien, son jumeau ! Il devina ce qui l'avait amené dans l'île.

Dominique ne s'était pas trompé. En montant dans son Riva, soulevant la trappe, il découvrit dans la cale les pains de plastic ! Depuis l'*Harlequin Boy,* Frédéric ne tarderait pas à télécommander, à provoquer l'explosion. Il attendrait que Dominique soit en pleine mer, puis il appuierait sur le bouton. Son frère, il le préférait mort plutôt qu'appartenant à une autre.

Souriant, Dominique s'installa. Un terrible fracas ramena Hélène à sa fenêtre. Sur les flots trop bleus, sous un soleil de plomb, elle reconnut le bateau qui flambait. Se tordant les mains, impuissante, elle courut vers la grève.

Prendre son bateau, voler vers les lieux du drame, sauver Dominique… Quand elle parvint, éperdue, sur la plage, il ne restait plus qu'une traînée de fuel sur la mer étale. Hélène tomba à genoux et pleura l'homme qu'elle n'avait pas su aimer.

4

Dans la chapelle où frère Vincent prononçait l'oraison funèbre de Dominique Volvani, les témoins des derniers jours étaient tous réunis. Jean-Philippe et Régine, Patricia, Christian, Tanguy, Hélène, Frédéric et Cornélia, accourue de son pensionnat suisse pour cette ultime messe qui serait les seules funérailles de son père. Son corps n'avait pas été retrouvé. La mer l'avait gardé. Pour le célèbre champion, il n'y aurait pas d'autre cérémonie. Des flashes crépitèrent. L'affaire avait été longuement décortiquée à la télévision et dans la presse. Accident, suicide, sabotage ? Une enquête était en cours. Le juge Régine Vannier avait été chargé de l'instruction. Tandis que son frère vantait les mérites du défunt, elle songeait déjà au plaisir sadique qu'elle prendrait à certaines auditions.

Perdue dans ses pensées, Cornélia, très droite dans ses vêtements noirs, n'écoutait pas les paroles d'espoir et de consolation rituelles de Vincent. Depuis que Frédéric l'avait appelée à Vevey pour lui annoncer le décès de son père, elle s'interrogeait. Elle ne croyait pas à l'accident. Le pilote expérimenté aurait reconnu à l'oreille le moindre défaut dans le moteur. L'absence de corps la troublait aussi. Dominique n'était pas assez loin en mer au moment du drame pour n'être pas capable de gagner un rivage à la nage. Et si près, comment les vagues n'avaient-elles pas encore rejeté leur victime ?

Que s'était-il passé réellement ?

Les yeux secs, Cornélia serrait la main de son oncle à ses côtés. Frédéric s'efforçait de contenir les tremblements qui l'agitaient. Vincent terminait son prône :

– Dominique Volvani, votre corps n'est pas ici, mais votre esprit est présent parmi nous…

Hélène n'écoutait pas. Elle pensait à ce qui aurait pu être et n'avait pas été. Aux mots qu'elle aurait dû prononcer lors de la visite d'adieu de Dominique et qu'elle n'avait pas dits. À sa générosité envers elle et qu'elle n'avait pas méritée. Un élan l'eût-il retenu ? « Je pars pour vous sauver », avait-il déclaré. Quelle dérision ! Si elle s'était jetée dans ses bras au lieu de se contraindre à demeurer toujours si digne, c'est lui qui aurait été sauvé. Encore une fois, la solitude serait le châtiment suprême. Mais Dominique, lui, n'aurait jamais dû périr ainsi, si près de la demeure qu'il avait espérée sienne et où elle n'avait pas su le garder.

Le décès de son frère modifierait-il les plans de Frédéric Volvani quant à la prise de possession de la Réserve ? Régine espérait bien que non. Avant de disparaître, Dominique avait certes renfloué Hélène Charrière, mais cette mégalo trouverait bien des moyens de se ruiner à nouveau. Elle entreprendrait des travaux gigantesques, elle s'endetterait encore... Tout au long de ces années, Hélène avait toujours eu Jean-Philippe pour la tirer d'affaire chaque fois qu'elle s'était mise dans un traquenard. Mais son fidèle bailleur de fonds avait fini par voir clair, et Régine veillerait à ce qu'il ne retombe pas dans ses erreurs anciennes. Discrètement, elle se pressa contre son mari. Il présentait un visage chagrin comme s'il avait perdu un être cher. Elle constata avec horreur que ce n'était pas l'autel qu'il fixait, ou le spectre de Volvani. Les regards de son époux, encore et toujours, étaient aimantés par Hélène !

Jean-Philippe songeait aussi à Dominique Volvani tel qu'il l'avait croisé, cette nuit-là, sortant de chez elle, sur le sentier du fort. Elle lui avait fait don de son corps, cadeau précieux qu'il n'espérait plus et qui valait mille fois le prix d'un collier. Et lui, au lieu de se précipiter à ses genoux pour l'en remercier, tout à la colère stupide qu'une épouse jalouse avait nourrie, il s'était détourné et l'avait insultée. Plus jamais Hélène ne lui pardonnerait. Plus jamais il ne la serrerait si chaude contre lui. Dominique Volvani... Il montait si sûr de lui vers la chambre d'Hélène ! Jean-Philippe avait voulu détruire dans l'esprit de cet homme tellement plus riche et renommé que lui l'image de celle qu'ils aimaient tous les deux. Il avait prononcé des paroles abominables. Et pourtant, Dominique ne l'avait pas écouté. Il était venu en aide à Hélène. C'était Dominique, et non pas lui, qui avait sauvé la femme désirée. Jean-Philippe jalouserait le défunt pour l'éternité !

Christian contemplait Cornélia qui avait pris place à l'harmonium pour offrir un choral à la mémoire de son père. Rien de la taquine gamine de l'été ne demeurait dans la jeune femme à la beauté sévère, buste incliné. Sous les vêtements stricts et austères se mouvaient toujours le corps svelte, les membres graciles, la nudité adolescente qui avait ensoleillé la plage du camp Favereau. Il l'avait vue partir avec émotion et il avait éprouvé comme une impression irrépressible de rendez-vous manqué. Cornélia ne l'avait pourtant jamais autant troublé qu'ainsi, grave et possédée par sa musique. Subjugué, il l'observait telle une inconnue.

À la sortie de l'église, Régine retint violemment par le bras son mari qui, d'instinct, se dirigeait vers Hélène. Il ne lui laissait plus le choix. Si son imbécile de mari était incapable de venir à bout de cette intrigante, il était de son devoir d'épouse de s'en charger.

La hargne de Régine envers la châtelaine de l'île valut à Luc une alliée inattendue quand il pénétra, anxieux, dans le cabinet du juge d'instruction. Un gendarme déverrouilla les menottes aux poignets du prévenu en détention provisoire puis alla se poster dans le couloir.

Régine invita Luc à s'asseoir. Ses « copains » de l'Hollywood Bar s'étaient passés de l'aide du cuisinier du camp Favereau pour leur tentative de cambriolage. Ils avaient étudié eux-mêmes les lieux – du large, ce n'avait pas été très difficile – et mis leur douteux projet à exécution. Ils avaient été surpris par les gardes de nuit qui veillaient sur les précieuses antiquités alors qu'ils tentaient de forcer les portes du hangar où étaient soigneusement rangées amphores et statuettes. Arrêtés, Bobby et les autres chargèrent le garçon. Luc, prétendaient-ils, avait tout organisé. Il ne s'était fait engager par le commandant que pour mieux préparer son coup. Eux n'étaient que des comparses. Ils avaient un témoin pour le prouver. Claudie était présente à l'Hollywood Bar quand Luc leur avait vanté tout l'argent qu'ils pourraient tirer de ce rare butin chez des receleurs spécialisés.

Tandis qu'une greffière tapait sur sa vieille machine en se disant qu'elle était tout aussi antique que ces amphores qu'on évoquait, Régine réfléchissait. Elle savait la fière Hélène exaspérée par la liaison de sa fille avec un minable cuisinier. Si elle maintenait Luc en préventive, Patricia ne tarderait pas à l'oublier car les jeunes filles sont volages. Elle s'intéresserait à un prétendant davantage au goût de sa mère. De surcroît, si Luc était déclaré coupable de vol, ce crime ne ferait que renforcer la clairvoyance d'Hélène qui avait toujours décrié ce garçon. Éventuellement, même, une Patricia esseulée retournerait auprès de sa mère au lieu de la laisser croupir comme un chien sur son île chérie. Toute cette affaire enchanterait l'encombrante maîtresse que son mari ne parvenait pas à effacer de son esprit.

Régine considéra Luc avec plus d'attention quand elle l'entendit démentir avec force toutes les accusations dont la bande l'avait chargé. Elle apprécia le visage sympathique et ouvert, décela dans ses protestations d'innocence la note de sincérité que, d'avance, elle cherchait.

S'il n'eût tenu qu'à elle, dès la première audition, elle l'aurait libéré sur-le-champ. Il importait cependant de procéder dans les règles afin que les attendus de son non-lieu soient suffisamment motivés pour ne pas être rejetés par le parquet. Régine décida de procéder le même jour à une confrontation entre Luc et Claudie, principal témoin à charge. Elle avait confiance. Si elle menait convenablement son interrogatoire, cette semi-prostituée aurait vite fait de revenir sur ses dires. Son plan était fait. Elle jetterait Luc dans les pattes d'Hélène !

Introduite à son tour dans le bureau, Claudie fut stupéfaite. D'emblée, la magistrate la traita non pas en citoyenne de bonne volonté venue de son plein gré témoigner de préméditation dans une affaire de vol mais, bel et bien, en accusée. Régine lut à voix haute l'enquête de moralité qu'elle avait réclamée à la police. Elle ironisa sur la crédibilité d'une jeune femme davantage habituée à fréquenter les aires de repos des camionneurs en mal de sexe que les restaurants de bonne renommée. Elle accusa Claudie d'accabler un honnête travailleur pour mieux protéger de mauvais garçons. La fille avait-elle déjà entendu parler d'inculpation pour faux témoignage ? Ou pour outrage à magistrat ? Régine en fit tant que Claudie, déjà mal à l'aise depuis qu'elle avait mis les pieds dans un palais de justice aux couloirs bourrés de flics, se mit à table. Elle s'effondra. Oui, elle avait voulu venir en aide à ses copains. Oui, elle avait cherché à se venger de Luc qui l'avait toujours repoussée. Soulagée de quitter sans entrave cet endroit maudit, elle signa sans la relire la déposition que la greffière lui tendit.

– Monsieur Valentin, dit Régine au jeune homme qui avait suivi l'échange incrédule, mais les yeux aux aguets, vous êtes libre.

– Formidable, balbutia Luc, avec reconnaissance. Vous avez démonté cette machination. Je ne sais comment vous remercier…

– Monsieur, déclara solennellement la magistrate, on ne remercie pas la justice ! On la sert, on la respecte.

Des heures durant, Patricia avait fait les cent pas dans la cour carrée, en bas. Cette séance interminable lui mettait les nerfs à vif. Luc était-il dans ce fourgon cellulaire qui sortait en klaxonnant ? Derrière cette fenêtre ?

Non, il apparaissait sur le perron, un large sourire aux lèvres. Elle se jeta dans ses bras. De nouveau, Patricia et Luc étaient réunis. La première partie de son plan était réussie, mais Régine n'en avait pas fini pour autant avec Hélène.

Dans le salon du yacht qu'ils avaient partagé pendant sept ans, Frédéric, les yeux rougis, le visage défait, examinait les trophées et les portraits qui avaient constitué un musée à la gloire de son frère et qui n'en étaient plus que le mémorial.

Il caressa la photographie d'un Dominique rieur, en combinaison rouge sur la plus haute marche d'un podium, éclaboussant, bouteille de champagne en main, ses rivaux hilares. Comment son frère avait-il pu l'abandonner ainsi ? Il était mort, le champion, et à lui, le jumeau survivant, que restait-il à présent ? Il s'affala sur le canapé. Il soupira, plus rien ne présentait d'intérêt.

– Si tu en as besoin, n'aie pas honte de ton chagrin, pleure, oncle Frédéric, conseilla Cornélia.

Il leva la tête vers la jeune fille qui le contemplait, attristée.

– Comme tu lui ressembles ! soupira-t-il. Tu ne sanglotes pas, tu restes forte dans le malheur, tu es une battante. Moi, sans Dominique, je ne suis plus rien.

Elle lui prit la photo des mains, examina ce champion joyeux qui avait été son père et qui, pour elle, avait toujours su se montrer si tendre. Elle se remémora leur dîner aux bougies, avec son premier argent, en intime tête-à-tête dans un restaurant. Comme ç'avait été bon d'être ensemble, seuls, elle et lui.

– Je n'arrive pas à croire que papa soit mort, murmura-t-elle. Tant que je n'aurai pas vu son cadavre, je n'y croirai pas.

Son oncle assura qu'il aurait bien aimé nourrir ce doute. Du pont où il attendait le retour de son frère, il avait entendu l'explosion. Il avait contemplé, vu, de ses yeux vu, le bateau en flammes et la tache de fuel qui s'élargissait sur la mer. Il n'espérait plus rien. Oui, lui aussi s'étonnait que l'oreille exercée du pilote n'ait rien décelé d'étrange dans son hors-bord. Il laissa même entendre que peut-être Dominique avait voulu mourir. Il ne s'était jamais remis de la mort d'Ingrid.

– Il s'est pourtant intéressé à beaucoup de femmes après la mort de maman, remarqua Cornélia.

– Aucune n'avait compté, affirma Frédéric. Sauf… Sauf peut-être…

– Hélène ? compléta sa nièce.

Oui. Et c'était elle qui aurait dû mourir. Si elle était la cause de son décès, il vengerait Dominique. En attendant, Cornélia le remplacerait dans son existence. Frédéric n'avait plus d'autre raison de vivre qu'elle. S'il tentait d'oublier son chagrin en se plongeant dans les affaires qui leur avaient été communes, ce ne pourrait être qu'en songeant à elle, son héritière et désormais à son tour sa partenaire.

Il la prit dans ses bras et la serra trop fort. De telles étreintes, Cornélia n'en avait accepté que de son père et si elle en attendait d'autres, ce n'était pas de son oncle. Les engagements qu'il lui proposait, elle les refusait tous. Elle prit peur. L'étau était tel qu'elle dut se débattre farouchement pour s'en dégager.

Elle s'enfuit. Son scooter des mers avait depuis longtemps abordé le continent quand Frédéric sauta dans son hors-bord. Dorénavant, il n'était pas seulement lui, mais aussi Dominique, les jumeaux pour toujours réunis en un seul corps. Cornélia ne l'avait pas compris. Dans la solitude du grand salon, passant de l'amertume à l'espoir, il s'en était convaincu, une autre saurait s'en réjouir. Il était capable de tout.

– Dominique ! annonça une voix sourde derrière le battant du fort.

Dans le crépuscule se dressait une haute silhouette athlétique. Prise d'un fol espoir, Hélène se jeta dans les bras qui se tendaient vers elle.

– Dominique… toi… balbutia-t-elle en l'entraînant à l'intérieur.

– Je suis venu te chercher, prononça-t-il, et instantanément elle le lâcha.

Frédéric ! Ce n'était que Frédéric. À quel jeu cruel ce malade mental se livrait-il ?

Lui qui s'était si souvent fait passer pour son frère sans que nul le remarque, même sous le feu des plus vifs projecteurs, il s'étonna qu'elle l'ait si rapidement reconnu. La tonalité de la voix, expliqua-t-elle, rageuse. Protégé par l'épaisseur de la porte, il avait été facile de la berner ; face à face, le mensonge ne tenait plus. D'ailleurs, dans la lumière de la pièce, même quelqu'un possédant une ouïe moins exercée que la sienne aurait été impossible à tromper. Cette figure lisse, sans cicatrices, si semblable certes à celle de Dominique avant l'accident, elle appartenait à son jumeau, pas à lui.

– Vous préférez les visages saccagés ? ironisa Frédéric.

Mais il n'était pas venu pour l'effrayer. À la dernière femme que son frère avait osé aimer, il devait une brutale explication. Hélène se calma et consentit à l'écouter. Pour mieux l'entendre, un cognac ou un whisky serait le bienvenu, conseilla-t-il en s'asseyant devant la table basse. Elle sortit bouteilles et verres. Elle servit. Frédéric attendit que sa victime eût avalé plusieurs gorgées avant de reprendre la parole.

Son frère avait toujours vécu au bord de la folie. Témoin cet appétit irrationnel et débridé pour le risque qui en avait fait le champion adulé des circuits... Si seulement il n'avait mis en danger que lui seul ! Mais voilà, il avait d'abord tué sa femme, puis Frédéric l'avait ensuite retenu à plusieurs reprises alors qu'il s'apprêtait à assassiner Cornélia. Sur la fin, c'était elle, Hélène, que Dominique se prépa-raait à éliminer.

– Je me suis rendu compte qu'il avait définitivement sombré dans la démence, chuchota Frédéric. Une seule alternative se présentait : soit l'assommer sous les neuroleptiques, et je ne supportais pas l'idée de transformer mon frère en légume, soit... agir violemment.

Hélène blêmit et laissa échapper son verre. Volvani prit le temps de le remplir et l'obligea à trinquer.

– J'ai profité qu'il vous rendait visite pour saboter son bateau, avoua-t-il. J'ai préféré que mon jumeau meure plutôt que d'être obligé de le faire interner dans un asile d'aliénés !

Terrifiée, Hélène poussa un cri et se cacha le visage dans ses mains. Comment avait-elle pu se méprendre, même une seconde, sur l'homme derrière la porte ? La voix insensée déclarait que Dominique lui avait sans doute menti, en affirmant que c'était son frère et pas lui qui avait assassiné Ingrid, et elle n'avait pu manquer de le croire. Il était si irrésistible, son jumeau, tellement plus séduisant que lui… Pourtant, Dominique était un dangereux meurtrier, et si Frédéric s'était enfin décidé à intervenir, c'était parce qu'ils avaient partagé un même sentiment, pour l'un sincère, pour l'autre dévoyé.

– Pour une femme incomparable. Pour vous, Hélène, acheva-t-il en vidant son verre.

Une sonnerie la tira de sa stupeur. Elle ne s'était jamais imaginé qu'un jour l'apparition de Régine sur le seuil de sa maison puisse lui procurer un tel soulagement. Apercevant Frédéric, la femme du banquier se demanda aussitôt ce qu'Hélène tramait encore dans son dos.

– Monsieur Volvani, ici ? s'étonna-t-elle.

Il partait.

– Au revoir. Entrez donc, Régine.

Hélène se doutait que cette visite ne lui apporterait rien de bon. En tout cas, si la magistrate ne lui voulait pas du bien, elle au moins ne se risquerait pas à l'assassiner. Surmontant sa répulsion, elle s'empressa de serrer la main de Frédéric et, d'un aimable sourire d'hôtesse, elle invita Régine à s'asseoir. Qu'est-ce qui lui valait le plaisir de sa venue dans l'île ?

Oh ! Hélène devait se sentir très seule dans ce fort, ses enfants partis et le souvenir de tous ces morts autour d'elle. Mais ce n'était pas pour la consoler qu'elle s'était déplacée…

– J'en aurais été très étonnée, interrompit Hélène.

Elle s'était déplacée pour lui donner lecture d'une lettre qui la passionnerait. Son propre père l'avait écrite et adressée au père de Jean-Philippe, expliqua-t-elle en chaussant des lunettes. En reconnaissait-elle l'écriture ?

Hélène jeta un coup d'œil sur les belles lettres rondes et acquiesça. Puis, comme dans un rêve, elle entendit les phrases que Régine débitait à la façon d'un procès-verbal. L'enfant d'une mère célibataire à la rue… Une fillette adoptée par charité… Elle, Hélène, si fière d'être une Charrière et pourtant sans filiation de sang avec la famille…

Elle songea à l'amour avec lequel elle avait été élevée, aux soins que ses parents, adoptifs ou non, avaient apportés à son éducation. Elle se souvint d'anniversaires et de Noëls familiaux et tendres. De conseils et d'admonestations. De présents et de câlins. D'Arnaud qui pour n'être pas son frère ne lui avait pas moins légué ses yeux afin que celle qu'il considérait comme une sœur puisse renaître à la vie… Elle n'était peut-être pas née Charrière mais elle l'était certes devenue par le cœur. Qu'importait ce message d'outre-tombe ? Elle était et à jamais elle demeurerait Charrière, et grâce au don d'Arnaud, jusque dans son corps ! Tous les siens l'avaient voulu ainsi. Ils l'avaient reconnue et ils l'avaient « choisie », comme aurait dit Tanguy auquel, à cet instant, elle adressa intérieurement un sourire.

À sa façon, cette femme haineuse était tout aussi folle que Frédéric Volvani.

– Partez, cria-t-elle à Régine en lui arrachant la feuille des mains.

– Déchirez-la si vous voulez, gardez-la précieusement si cela vous chante, ce n'est qu'une photocopie ! Tant que vous vous tiendrez tranquille, nous garderons ce secret entre nous, mais si vous rôdez encore autour de mon mari, dit Régine, le visage durci, croyez-moi, je vous le jure, l'original ne tardera pas à circuler.

– Votre mari ! Ma pauvre Régine, quel pauvre chantage ! s'exclama Hélène, toute dignité retrouvée. Qui voudrait d'un homme qui s'est abaissé à vous épouser !

Cornélia ne supportait plus l'ambiance morbide que son oncle entretenait délibérément sur le yacht. Le salon-mausolée, elle l'aurait volontiers vidé de tous ces souvenirs qui ravivaient la douleur au lieu de l'atténuer. Dans son malheur, elle n'avait qu'une joie : avoir fêté ses dix-huit ans avant l'accident. Sinon, mineure, son oncle aurait été chargé de sa tutelle. Or Frédéric commençait à se montrer aussi jaloux de Cornélia qu'il l'avait été autrefois de Dominique. Alors qu'il l'avait toujours considérée comme une intruse dans leur vie à deux, maintenant il exigeait sa présence. Il lui reprochait ses constantes visites au camp Favereau, il…

– Tout à coup, je me suis sentie prisonnnière sur le yacht, alors, expliqua Cornélia à Christian, je me suis précipitée chez toi. J'ai toujours pensé qu'au fond Frédéric aurait voulu être la femme de papa. La seule épouse idéale pour son frère, il était convaincu que c'était lui. Parfois, ils avaient tout d'un couple. Maintenant, je redoute que Frédéric veuille reporter toutes ses exigences sur moi.

Elle était là, dans son studio, quand il était rentré se changer à l'issue de sa journée de travail. La porte était ouverte. Sans façon, elle s'était introduite dans l'appartement. Elle avait soif. Elle n'avait pas hésité à se servir du jus d'orange dans le réfrigérateur. Puis, assise sur le canapé qui servait encore de lit à Tanguy le week-end et le mercredi, elle avait attendu le retour du jeune homme. Depuis la disparition de son père, elle n'avait plus d'autre refuge.

– Je te dérange ? ajouta-t-elle, la voix frémissante.

Christian sourit. Ça ne ressemblait guère à la Cornélia de l'été de s'enquérir si elle dérangeait ou non. Il se souvenait d'elle surgissant sans crier gare et se glissant sans rien demander jusque sous ses propres draps. Il remarqua qu'elle ne portait plus sa tenue sombre. Elle avait retrouvé ses jeans déchirés d'effrontée gamine. Pourtant, après la vision de la jeune femme éblouissante qu'il avait eue à l'église, Christian ne considérerait jamais plus Cornélia comme telle.

– Tu ne portes plus le deuil ? demanda-t-il.

Elle se recroquevilla sur le canapé.

– Je n'arrive pas à me convaincre que papa est mort. J'ai l'impression qu'il va revenir d'une minute à l'autre. J'ai fait quelque chose d'idiot. J'ai acheté des roses et je les ai éparpillées sur la mer, là où... Et soudain, j'ai su, j'ai senti qu'il n'était pas là. Tu me comprends ?

Christian attira la jeune fille dans ses bras. Doucement, il la berça contre lui. Sa combinaison de plongeur racla une peau sensible. Il prononça tendrement des paroles inespérées puis il se secoua.

– J'ai besoin d'une bonne douche, j'en ai pour une minute, dit-il. Ne bouge pas. Reste là. Surtout, ne pars pas.

Pensive, elle écouta l'eau couler dans le cabinet voisin et prit sa décision. Comme à sa première visite, elle se déshabilla et se glissa sous les draps. Cette fois, pourtant, elle ne permettrait pas à Christian de la traiter en petite fille. Elle avait tant et si vite mûri, cette dernière semaine ! Elle obligerait le jeune homme à s'en apercevoir.

Il réapparut, une serviette-éponge sanglée autour de ses reins, ses larges épaules surplombant la forme émouvante entre les draps blancs. Un instant, tels deux inconnus, ils se considérèrent, presque intimidés. Cornélia brisa le lourd silence.

– Viens, dit-elle en lui tendant la main.

La serviette tomba.

Déjà, c'était le premier baiser. Presque chaste d'abord, plus appuyé ensuite. Empoignant fiévreusement la longue chevelure bouclée, Christian s'en fit une corde autour de son cou. Lèvres contre lèvres, ils continuèrent à s'embrasser. Cornélia sentit frémir sous ses mains des muscles fermes et durs. Lui caressait délicatement des seins menus dont les pointes se dressèrent sous sa paume. Ses doigts descendirent plus bas, plus bas encore, cherchèrent de secrets creux d'ombre pleins de douceur. Elle tressaillit sous lui.

Cornélia découvrit que, d'un geste, elle pouvait susciter un long gémissement rauque de plaisir et s'émerveilla de sa puissance sur le garçon... Instinctivement, elle ouvrit son corps neuf à Christian, ébloui. Quelque chose de dur, d'étranger, de masculin, se pressa contre son ventre puis recula. Au-dessus d'elle, Christian hésitait. Elle l'enlaça de ses jambes et le ramena contre elle. Avec délices, elle constata qu'ils ne faisaient plus qu'un. Par la force de Christian, Cornélia était devenue femme. Heureuse et fière, elle se blottit contre le corps souple et viril qui avait si bien su la combler.

Allongé sur le dos, lui songeait que seul l'amour avait pu ranimer en lui une ardeur qu'il avait crue à jamais éteinte. Il serra plus étroitement la taille svelte, dessina les courbes qu'il chérirait désormais. Il était encore en elle quand, à l'aube, ils se réveillèrent et recommencèrent à s'embrasser.

– Génial, murmura Cornélia.

Christian rit dans son cou. Elle ne changerait jamais et telle qu'elle était, gavroche et pourtant si féminine, il l'aima.

5

L'enquête du juge d'instruction Régine Vannier sur les circonstances entourant le décès de Dominique Volvani fut vite close. Elle s'était apprêtée à supporter les rebuffades de Cornélia et à savourer les larmes d'Hélène – Frédéric mit rapidement un terme à ces velléités. C'était simple. Son frère avait péri dans une explosion qui avait dispersé son corps. Affolé et impuissant, il avait assisté à la scène.

À présent, en tant que chef de famille, il ne supporterait pas de la part d'un petit juge de province un interrogatoire inutile qui ne servirait qu'à raviver la peine de sa nièce. S'il n'y avait pas eu accident mais suicide volontaire, c'était l'affaire de son frère, dépressif depuis qu'il avait abandonné la compétition, et non celle du public. Toujours en tant que chef de famille et dans l'intérêt de sa nièce, il estimait inutile que la presse en fasse ses choux gras.

Pour en finir une fois pour toutes avec ses indiscrétions, Frédéric avait invité Régine à dîner avec son mari à bord de l'*Harlequin Boy*. Il manierait, au choix, la promesse ou la menace. Le gigot découpé, la salade servie, le valet avait quitté la pièce.

– Et s'il y avait eu assassinat ? susurra la magistrate.

– Quel serait le suspect ? Quel serait son mobile ? interrogea Frédéric d'une voix égale.

Posant couteau et fourchette, Régine exposa, précise :

– Hélène Charrière. Sa belle-sœur a servi de prête-nom, mais nous savons tous que c'était votre frère qui lui avait donné l'argent nécessaire pour éviter la mise aux enchères de la Réserve. Il aurait pu exiger un jour le remboursement de sa dette. Hélène Charrière est femme à ne reculer devant rien pour préserver ses biens. Pourquoi n'aurait-elle pas cherché à supprimer son principal créancier ?

– Mon frère aimait Hélène et moi, j'aimais mon frère, interrompit posément son hôte. Il est mort et il me revient de protéger désormais ceux ou celles qu'il aimait. En l'occurrence, Cornélia, sa fille et ma nièce, et Hélène qu'il souhaitait pour femme.

D'une carafe de cristal, il se versa un verre de vin grenat, en but quelques gorgées et reprit :

– Les sommes dont Dominique lui avait fait don, il ne les lui aurait jamais réclamées, elle le savait. Hélène Charrière n'avait aucune raison d'assassiner mon frère. En revanche, je discerne fort bien vos mobiles pour l'incriminer : haine et jalousie ! C'est humain, madame le juge…

Il étira ses lèvres en un sourire amer.

– … Tellement humain ! Comme l'intérêt, n'est-ce pas ? Prenez-vous-en à elle et je retire aussitôt le compte Volvani à la banque Vannier, en veillant à faire courir quelques rumeurs sur les mœurs et les méthodes de gestion de l'établissement, naturellement.

Régine n'y comprenait plus rien. Cet homme, en face d'elle, avait été déterminé à tout pour détruire Hélène et recouvrer l'île qu'il estimait sienne. À présent, il renonçait à exécuter les dernières volontés de son père et se dressait pour protéger celle qu'il avait traitée en ennemie mortelle. Qu'est-ce qui avait pu provoquer pareil revirement ?

« Mon frère aimait Hélène et moi, j'aimais mon frère… » Jean-Philippe, lui, avait saisi. Que de folies les hommes ne commettaient-ils pas au nom d'Hélène, et lui, le tout premier !

Il se dressa.

– Merci de votre hospitalité, Frédéric. Ce dîner était délicieux, en vérité. Ma femme et moi, nous le considérerons comme un repas d'affaires. D'une affaire réglée, n'est-ce pas, ma chérie ?

À contrecœur, Régine acquiesça. Pas une seconde, Frédéric n'avait redouté une soudaine intuition du juge d'instruction. À son égard, il manifestait le même mépris qu'Hélène. Ce qui s'était passé ne concernait que les frères Volvani, et eux seuls. Il ne laisserait pas cette magistrate de province fourrer son nez dans leurs secrets et dans leurs vies.

Hélène s'était réfugiée auprès de frère Vincent lorsque la mort l'avait si fort tentée. Ce fut encore vers lui qu'elle courut, saisie de doutes sur son identité profonde.

Décidément, le moine était devenu son unique confident. Toute à ses interrogations, elle ne vit pas dans le jardin du monastère une haute silhouette s'esquiver à son approche.

Frère Vincent était dans sa cellule. Elle lui tendit le feuillet que lui avait remis sa sœur Régine.

– J'avais besoin d'en parler à quelqu'un, dit-elle tandis qu'il le déchiffrait. Toute ma vie, j'ai brandi l'étendard des Charrière. Toute ma vie, j'ai dédaigné ceux qui n'appartenaient pas à notre milieu si noble, si distingué ! Et toute ma vie n'a été que mensonge ! Luc... Geneviève... En les méprisant, c'était moi-même que je méprisais, ces enfants sans nom.

S'asseyant sur le petit tabouret, elle reprit le monologue que tant de fois, intérieurement, elle s'était répété et qu'elle avait soif d'exprimer à haute voix :

– Et pourtant... c'est mon père, le seul père que j'ai connu du moins, ma mère, la seule mère qui m'a élevée en tout cas, qui ont forgé en moi cette fierté, qui m'ont insufflé cette passion de défendre un patrimoine qui ne me revenait pas !

Vincent posa la lettre sur la table.

– Comme dirait Tanguy, ils vous ont « choisie ». La part de l'inné en un être, celle de l'acquis... nous pourrions en discuter pendant des heures ! Mais n'en doutez pas, vous êtes une véritable.

– C'est ce que j'ai pensé quand cette… (se souvenant soudain que le religieux était le frère de Régine, elle retint l'adjectif « horrible » qui lui montait aux lèvres)… quand l'épouse de Jean-Philippe m'a remis cette lettre. Et puis, je n'ai plus été sûre de rien et je suis venue. Qui suis-je, au fond ? Personne ne m'aime, et qui pourrait m'aimer ?

– Vous avez besoin qu'on vous dise qu'on vous aime ? C'est ce que vous attendez de moi ? interrogea calmement le moine.

Elle le considéra, déstabilisée.

– Pas de vous.

– D'un homme, en tout cas. Mais s'il vous faut entendre que quelqu'un pense sans cesse à vous, que vous avez su ranimer en lui des sentiments qu'il croyait endormis à jamais, alors, rassurez-vous, dit-il, croisant les bras sur sa poitrine, ce quelqu'un est devant vous.

Elle resta silencieuse, et il demanda :

– Mais ces paroles, ce ne sont pas de mes lèvres que vous aimeriez les entendre prononcer. Ce sont à d'autres que vous rêvez ?

Tristement, elle acquiesça :

– Oui, et je l'ai su trop tard. Je l'ai compris trop tard, quand il était devenu impossible de réparer…

– Il est toujours possible… commença-t-il.

Violente, elle l'interrompit :

– Comment ? En priant ? Mais je n'ai pas votre ferveur !

– Vous savez du moins ce qu'est l'amour et l'amour est toujours capable de miracle. S'il réapparaît sur votre chemin, vous ne le laisserez plus passer. Et maintenant, dit-il en appuyant volontairement sur son nom, allez en paix et rebâtissez la Réserve, Hélène Charrière.

Elle croisa le regard serein du religieux et partit, le cœur soulagé du poids qui lui pesait si lourdement quand elle avait roulé vers le monastère.

Elle sortit de la cellule austère.

Et Dominique y entra !

Qui était-il ? Frédéric, Dominique ? Sur le yacht, le jumeau survivant sentait la folie monter en lui. Il avait assassiné son frère. Il s'était cru si machiavélique lorsqu'il avait introduit les pains de plastic dans la cale, préparé la télécommande qui provoquerait l'explosion !

Mais voilà, le hors-bord avait sauté et dans la tête de Frédéric, rien ne s'était passé comme prévu. Il avait voulu reprendre la place de son frère auprès de Cornélia, elle lui avait tourné le dos. Il avait cherché à se faire reconnaître d'Hélène comme le double de Dominique ; pas une seconde, elle ne s'était laissé berner. Il s'était figuré que la disparition de son jumeau le libérerait, jamais il ne s'était senti aussi prisonnier de son emprise. Quel piège absolu !

Frédéric lacéra ses longs tailleurs féminins et les jeta à la mer. Que nul ne les découvre jamais dans sa chambre, surtout pas Cornélia ! Seul, Dominique avait compris son besoin de se travestir pour être plus proche de lui. Il entrait alors dans son jeu, le traitait en épouse, prononçait les phrases qu'il attendait jusqu'à ce que, apaisé, Frédéric retrouve sa personnalité d'efficace homme d'affaires sans scrupule.

Qui se préoccuperait de soulager ses angoisses désormais ? Par deux fois, il avait tué. Ingrid d'abord, l'épouse trop chérie. Son jumeau enfin, son autre lui-même. Jamais il ne se consolerait de la perte de son double. Il ne méritait plus de vivre.

Il prit ses dispositions, veilla à préserver les intérêts de Cornélia, tira, comme Dominique l'aurait souhaité, Hélène des griffes de Régine. Puis il se jugea. Il méritait la mort.

Il était incapable de survivre à son jumeau, écrivit Frédéric dans la lettre adressée au parquet qui éviterait toute nouvelle enquête. Il donna congé pour la soirée à l'équipage de l'*Harlequin Boy*. Il attendit que les derniers flamboiements du soleil couchant s'éteignent à l'horizon marine. Il enjamba la rambarde. Il sauta et nagea vers le large.

Au matin, les vagues ramenèrent sur la plage le corps bouffi et tuméfié de celui qui avait été l'impeccable Frédéric Volvani.

Frédéric s'était condamné à mort.

Pour protéger Hélène et Cornélia de son frère dément, Dominique s'était voué à n'être plus qu'un fantôme. Il ne lui restait plus que la clandestinité, lui dont le décès avait été proclamé. Vincent lui-même n'avait-il pas prononcé une oraison funèbre en sa mémoire ?

En remontant sur son hors-bord, après sa visite d'adieu à Hélène, Dominique, qui avait repéré les allées et venues de son frère autour de son bateau, avait vite découvert que le hors-bord était piégé. Aussitôt, il comprit que là résidait sa chance d'échapper pour toujours à la possessivité maladive de Frédéric. Il savait que du yacht, l'autre devait observer le Riva à la jumelle. En souplesse, masqué par la coque, il s'était laissé glisser à l'eau. Le vent soulevait peu de vagues mais juste assez pour dissimuler le nageur. Dominique était déjà à vingt brasses du rivage quand le bateau explosa.

Et maintenant, où aller ? Il s'était souvenu du religieux. Un monastère serait le meilleur refuge. Nul n'y traquerait le célèbre pilote dont la disparition ferait les manchettes des journaux.

Vincent l'accueillit avec compassion. Dominique n'avait pas seulement renoncé au monde mais à l'altière femme blonde à laquelle lui-même pensait trop souvent. Hélène serait leur secret.

La visite d'Hélène le décida à intervenir. Il ne dépendait que de lui que Dominique passe le reste de sa vie à l'état de fantôme ou qu'une femme retrouve le bonheur.

À présent que son criminel de frère était mort, le sacrifice de Dominique était vain et ne ferait que vouer deux êtres au malheur. Longtemps, le religieux pria et médita dans sa cellule avant de se déterminer à agir.

Il ne fut pas facile pour Vincent de renouer avec son passé de chirurgien. Il avait vécu tant d'années à l'abri du monastère que la seule perspective de retrouver l'ambiance agitée d'un hôpital le rebutait. Des doutes aussi l'habitaient : ses mains avaient-elles conservé leur habileté d'antan ? Il s'exerça, refit en autopsie les gestes d'autrefois. Oui, il réussirait l'intervention qui ramènerait Dominique dans le monde des vivants et dans les bras d'Hélène.

Dominique n'avait plus de raison de se terrer ainsi. Une fille chérie et une femme bien-aimée avaient besoin de lui. Il serait plus utile à leurs côtés qu'ici où il tournait en rond, macérant dans le jardinet tandis qu'elles le pleuraient. Y ayant réfléchi, il se rendit vite aux arguments de Vincent pour les avoir déjà évoqués. Le chirurgien lui promit une physionomie qui ne ressemblerait pas à celle qu'il avait partagée avec son jumeau. Il lui procurerait une nouvelle identité. À Dominique ensuite d'entamer sa nouvelle vie et de se faire reconnaître.

Vincent reprit contact avec son ancien hôpital. L'équipe n'avait pas changé. Une chambre fut réservée, des dates furent programmées pour les multiples interventions que nécessitaient la face et les mains de Dominique. Ensemble, ils dessinèrent des portraits, les retouchèrent, s'accordèrent enfin sur une figure inconnue.

Lors de la première intervention, enfilant ses gants avant que l'anesthésie ne fasse effet, Vincent lui murmura à l'oreille :

– Adieu, Dominique Volvani.

– À bientôt, docteur, répliqua Dominique.

Son cœur était gonflé d'espoir. Il eut une vision blonde sur un champ d'azur et puis, ce fut le noir.

Maurice, le chef des plongeurs du camp Favereau, avait pris ses habitudes chez Geneviève. Maintenant que Tanguy habitait chez sa grand-mère, il n'avait plus le prétexte d'amener l'enfant pour lui rendre visite. Il entra un soir en déclarant avoir besoin de journaux pour meubler sa soirée solitaire. Humant les exquis effluves d'un pot-au-feu, il se plaignit, veuf solitaire, de ne se nourrir pour tout ordinaire que de tranches de jambon et de boîtes de conserve. Compatissante, Geneviève le retint à dîner. Tanguy aimait l'animation. Il était content quand ils étaient plus de deux autour de la table dans la petite cuisine. Sur la plage, Maurice s'était toujours montré son ami. Après le repas, il y eut une partie de cartes avant que sonne l'heure du coucher. Geneviève invita Maurice à revenir quand il voudrait. Quand il y en avait pour deux, il y en avait pour trois !

Il revint et finit par passer plus de temps dans le petit appartement au-dessus de la papeterie-journaux que dans son propre logis où nul ne l'attendait.

Quand revint l'été et que, tous les travaux terminés, Hélène annonça une grande réception pour l'inauguration de la nouvelle Réserve, Maurice et Geneviève déclarèrent qu'eux aussi avaient une grande nouvelle à publier : ils allaient se marier. Tanguy applaudit. Hélène proposa de conjuguer les deux fêtes.

Au sommet de la colline, émergeant des bougainvillées et des mimosas, elle se dressait fièrement, la nouvelle Réserve. Hélène l'avait reconstruite à l'identique, avec ses murs crépis de blanc, ses toits de tuiles roses, ses terrasses ombragées de palmiers, ses sentiers serpentant pour mieux retrouver les parfums de garrigues, jusqu'à la plage dallée, en bas, réservée à la clientèle huppée de l'hôtel.

Chaque chambre, chaque salon avait été redécoré avec goût. Pour cette réouverture annoncée avec éclat, l'établissement affichait d'ores et déjà complet et la saison s'annonçait fastueuse.

La presse régionale et même nationale était là. Tout ce que la région comptait de notables, d'artistes, de célébrités avait été convié à cette inauguration. Des buffets surmontés de dais rayés de vert avaient été installés autour de la piscine et des serveurs en habit blanc circulaient avec leurs plateaux parmi la foule des invités.

Un journaliste entraîna Hélène devant des caméras de télévision installées dans le jardin. Christian, Cornélia, Patricia, Luc, Tanguy, Geneviève et Maurice l'attendaient déjà auprès des techniciens.

L'interview commença :

– La Réserve renaît aujourd'hui de ses cendres. Quelle est votre impression ?

Hélène sourit.

– Un immense bonheur, bien sûr, auquel s'ajoute celui de voir enfin toute ma famille réunie ici.

– Comptez-vous reprendre les rênes de l'hôtel ?

Vivement, elle secoua la tête.

– Oh non ! J'ai reconstitué le patrimoine. À mes enfants à présent de l'entretenir !

– Madame Charrière, il est difficile de vous imaginer vous désintéressant de la Réserve, remarqua le commentateur.

– Mais je ne m'en désintéresserai pas. Simplement, je la regarderai vivre, dit-elle, l'œil brillant, concluant l'entretien.

Sur les conseils de Jean-Philippe, un directeur compétent en matière de gestion avait été engagé. Patricia avait repris sa place à l'accueil. Luc s'enthousiasmait déjà dans ses cuisines ultra-modernes, rêvant d'étoiles et de fabuleux menus. Les équipements de loisir étant désormais l'indispensable complément des établissements de renom, surtout si on voulait s'attirer une clientèle jeune et dynamique, Christian avait décidé de créer un complexe de voile, de surf et de plongée. Pour cette première saison, il en dirigerait les moniteurs. Ensuite... Après un hiver blottis dans les bras l'un de l'autre dans son ancienne chambre du fort, Cornélia et lui n'avaient pas d'autre projet que de rester ensemble, qu'importe où les mèneraient leurs désirs !

La famille se dispersa. Dans le hall, par pure curiosité, Cornélia interrogea le concierge qui, après des mois d'absence, était enchanté de retrouver son poste :

– Qui occupe la suite royale ?

L'homme aux clés d'or consulta le petit ordinateur derrière le comptoir blanc :

– M. Nicolas Guimard. Il a réservé depuis des mois.

Le nom rappela vaguement quelque chose à la jeune femme. Elle chercha dans ses souvenirs.

– Vous le connaissez ? demanda-t-elle.

– Non, je ne pense pas qu'il soit jamais venu ici. Je n'oublie jamais un client. À plus forte raison, quelqu'un à même de s'offrir la plus belle de nos suites !

Nicolas Guimard… Cornélia fronça les sourcils. Et puis, d'un coup, elle se souvint. C'était le nom de l'homme qui, par l'intermédiaire d'un courtier, lui avait proposé de racheter l'*Harlequin Boy*. Le navire évoquait trop de tristes souvenirs et elle voulait ne plus jamais le voir. Aux yachts opulents, Christian préférait les voiliers. Jean-Philippe estima que l'offre était honnête. De plus, il n'y avait pas tant d'amateurs pour un bateau nécessitant sept hommes d'équipage.

– Encore une fortune qui a trouvé refuge dans un paradis fiscal, avait-il remarqué quand le montant de la transaction fut viré sur le compte bancaire que Cornélia avait conservé à sa banque. Cc Nicolas Guimard était-il un ami de votre père ou de votre oncle ?

Pas à sa connaissance.

Et voilà que ce nom revenait en ce jour de retrouvailles !

Cornélia sortit à la recherche d'Hélène. Peut-être cette maîtresse femme en saurait-elle davantage sur ce mystérieux et richissime client. Elle la chercha des yeux et la découvrit, au plus haut de la colline. Dans la lumière, une silhouette masculine se dessinait en ombre chinoise devant la femme qu'elle cherchait ; un couple dans le soleil. Cornélia frissonna. Elles étaient si familières, ces épaules déliées, ce torse athlétique, ces jambes solides plantées dans le gravier. Cette taille haute, enfant, fillette, adolescente, elle avait grandi à sa toise. Le cœur battant, elle se précipita.

Là-haut, cet inconnu à l'épaisse moustache s'inclinait devant Hélène.

– Madame Charrière, permettez-moi de me présenter, je suis Nicolas Guimard.

Le parfum de pin et de verveine… La voix aux inflexions viriles entre toutes… Comme au temps où elle était aveugle, pour mieux humer, pour mieux entendre, Hélène ferma les yeux. Elle voyait autrement, de toute son âme.

– Je tenais à être parmi les premiers à vous féliciter de cette résurrection, continuait l'homme.

Elle se concentra, tous ses sens aux aguets. Cette odeur, cette voix, si caractéristiques, elles n'étaient l'apanage que d'un seul être au monde !

– Dominique ! s'exclama-t-elle.

Il la reçut dans ses bras, pleurant et riant à la fois, au bord de l'évanouissement.

Cornélia se décida. Son cœur battait la chamade ; essoufflée d'avoir tant couru, elle s'arrêta. Sa tête tournait, le soleil et sa course folle la soûlaient. Ils se tenaient debout, devant la stèle à la mémoire de Rocco Volvani. Cornélia put enfin s'approcher. Elle n'avait plus peur de briser son rêve.

– Papa, je le savais, j'étais sûre que tu étais vivant. Tu ne pouvais pas mourir comme ça, sanglota-t-elle.

Un bras autour des épaules de la femme qu'il aimait, un autre autour de sa fille tant chérie, Dominique songea que les vœux de son père seraient exaucés. Ensemble, ils en avaient fini avec la malédiction de l'île. Tous, ils auraient droit au bonheur.

Grands romans

La littérature conjuguée au pluriel, pour votre plaisir. Des œuvres de grands romanciers français et étrangers, des histoires passionnantes, dramatiques, drôles ou émouvantes, pour tous les goûts...

ADLER PHILIPPE

Bonjour la galère !
1868/1

Les amies de ma femme
2439/3

Mais qu'est-ce qu'elles veulent ces bonnes femmes ? Quand il rentre chez lui, Albert aimerait que Victoire s'occupe de lui mais rien à faire : les copines d'abord. Jusqu'au jour où Victoire se fait la malle et où ce sont ses copines qui consolent Albert.

ANDREWS™ VIRGINIA C.

Fleurs captives

Dans un immense et ténébreux grenier, quatre enfants vivent séquestrés. Pour oublier leur détresse, ils font de leur prison le royaume de leurs jeux, le refuge de leur tendresse, à l'abri du monde. Mais le temps passe et le grenier devient un enfer. Et le seul désir de ces enfants devenus adolescents est désormais de s'évader... à n'importe quel prix.

- Fleurs captives
1165/4
- Pétales au vent
1237/4
- Bouquet d'épines
1350/4
- Les racines du passé
1818/5
- Le jardin des ombres
2526/4

La saga de Heaven

- Les enfants des collines
2727/5

C'est l'envers de l'Amérique : la misère à deux pas de l'opulence. Dans la cabane sordide où elle vit avec ses quatre frères et sœurs, Heaven se demande comment ses parents ont eu l'idée de lui donner ce prénom : «Paradis». Un jour, elle apprendra le secret de sa naissance.

- L'ange de la nuit
2870/5
- Cœurs maudits
2971/5
- Un visage du paradis
3119/5
- Le labyrinthe des songes
3234/6

Ma douce Audrina
1578/4

Etrange existence que celle d'Audrina ! Sur cette petite fille de sept ans, pèse l'ombre d'une autre : sa sœur aînée, morte il y a bien longtemps dans des circonstances tragiques et qu'elle est chargée de faire revivre.

Aurore

Un terrible secret pèse sur la naissance d'Aurore. Brutalement séparée des siens, humiliée, trompée, elle devra payer pour les péchés que d'autres ont commis. Car sur elle et sur sa fille Christie, plane la malédiction des Cutler...

- Aurore
3464/5
- Les secrets de l'aube
3580/6
- L'enfant du crépuscule
3723/6
- Les démons de la nuit
3772/6
- Avant l'aurore
3899/5

ARCHER JEFFREY

Le souffle du temps
4058/9

ASHWORTH SHERRY

Calories story
3964/5 Inédit

ATTANÉ CHANTAL

Le propre du bouc
3337/2

AVRIL NICOLE

Monsieur de Lyon
1049/2

La disgrâce
1344/3

Isabelle est heureuse, jusqu'au jour où elle découvre qu'elle est laide. A cette disgrâce qui la frappe, elle survivra, lucide, dure, hostile, adulte soudain.

Jeanne
1879/3

Don Juan aujourd'hui pourrait-il être une femme ? La belle Jeanne a appris, d'homme en homme, à jouir d'une existence qu'elle sait toujours menacée.

L'été de la Saint-Valentin
2038/1

La première alliance
2168/3

Sur la peau du Diable
2707/4

Dans les jardins de mon père
3000/2

Il y a longtemps que je t'aime
3506/3

L'amour impossible entre Antoine, 14 ans, et Pauline, sa belle-mère.

BACH RICHARD

Jonathan Livingston le goéland
1562/1 Illustré

Illusions/Le Messie récalcitrant
2111/1

Un pont sur l'infini
2270/4

Grands romans

BELLETTO René
Le revenant
2841/5
Sur la terre comme au ciel
2943/5
La machine
3080/6
L'Enfer
3150/5

BERBEROVA Nina
Le laquais et la putain
2850/1
Astachev à Paris
2941/2
La résurrection de Mozart
3064/1
C'est moi qui souligne
3190/8
L'accompagnatrice
3362/4
De cape et de larmes
3426/1
Roquenval
3679/1
A la mémoire de Schliemann
3898/1

BERGER Thomas
Little Big Man
3281/8

BEYALA Calixthe
C'est le soleil qui m'a brûlée
2512/2
Le petit prince de Belleville
3552/3
Maman a un amant
3981/3
Loukoum, douze ans, est un Africain de Belleville, gouailleur et tendre comme tous les gamins de Paris. Mais voilà que sa mère décide soudain de s'émanciper. Non contente de vouloir apprendre à lire et à écrire, elle prend un amant, un Blanc par-dessus le marché ! Décidément, la liberté des femmes, c'est rien de bon...

BLAKE Michael
Danse avec les loups
2958/4

BORY Jean-Louis
Mon village à l'heure allemande
81/4

BOUDARD Alphonse
Saint Frédo
3962/3

BRAVO Christine
Avenida B.
3044/3

TERROIR

Romans et histoires vraies d'une France paysanne qui nous redonne le goût de nos racines.

BRIAND Charles
De mère inconnue
3591/5
Le destin d'Olga, placée comme domestique chez des paysans angevins et enceinte à 14 ans.

CLANCIER G.-E.
Le pain noir
651/3

GEORGY Guy
La folle avoine
3391/4
Orphelin, Guy-Noël vit chez sa grand-mère, une vieille dame qui connaît tout le folklore et les légendes du pays sarladais.

JEURY Michel
Le vrai goût de la vie
2946/4
Une odeur d'herbe folle
3103/5
Le soir du vent fou
3394/5
Un soir de 1934, alors que souffle le vent fou, un feu de broussailles se propage rapidement et détruit la maison du maire...

LAUSSAC Colette
Le sorcier des truffes
3606/1

MASSE Ludovic
Les Grégoire
Histoire nostalgique et tendre d'une famille, entre Conflent et Vallespir, en Catalogne française, au début du siècle.
- Le livret de famille
3653/5
- Fumées de village
3787/5
- La fleur de la jeunesse
3879/5

PONÇON Jean-Claude
Revenir à Malassise
3806/3

SOUMY Jean-Guy
Les moissons délaissées
3720/6
Mars 1860. Un jeune Limousin quitte son village natal pour aller travailler à Paris, dans les immenses chantiers ouverts par Haussmann. Chaque année, la pauvreté contraint les gens de la Creuse à délaisser les moissons... Histoire d'une famille et d'une région au siècle dernier.

VIGNER Alain
L'arcandier
3625/4

VIOLLIER Yves
Par un si long détour
3739/4

Grands romans

BROUILLET Chrystine
Marie LaFlamme
- Marie LaFlamme
3838/6
En 1662, à Nantes, la mère de Marie est condamnée au bûcher. Pour sauver sa fille, elle lui fait épouser un riche et cruel armateur, Geoffroy de St Arnaud. Mais Marie aime Simon et pour conquérir sa liberté, elle est prête à tout. Même à s'embarquer pour la Nouvelle-France, qui va devenir le Canada...
- Nouvelle-France
3839/6
- La renarde
3840/6

BYRNE Beverly
Gitana
3938/8

CAILHOL Alain
Immaculada
3766/4 Inédit
Histoire d'un écrivain paumé, en proie au mal de vivre. Un humour désespéré teinte ce premier roman d'un auteur bordelais de vingt ans, qui s'inscrit dans la lignée de Djian.

CALFAN Nicole
La femme en clef de sol
3991/2

CAMPBELL Naomi
Swan
3827/6

CATO Nancy
Lady F.
2603/4
Tous nos jours sont des adieux
3154/8
Sucre brun
3749/6
Marigold
3837/2

CHAMSON André
La Superbe
3269/7
La tour de Constance
3342/7

CHEDID Andrée
La maison sans racines
2065/2
Le sixième jour
2529/3
Le choléra frappe Le Caire. Ignorante et superstitieuse, la population préfère cacher les malades car, lorsqu'une ambulance vient les chercher, ils ne reviennent plus. L'instituteur l'a dit : «Le sixième jour, si le choléra ne t'a pas tué, tu es guéri.»
Le sommeil délivré
2636/3
L'autre
2730/3
Les marches de sable
2886/3
L'enfant multiple
2970/3
Le survivant
3171/2
La cité fertile
3319/1
La femme en rouge
3769/1

CLANCIER Georges-Emmanuel
Le pain noir
651/3
Le pain noir, c'est celui des pauvres, si dur, que même les chiens n'en veulent pas. Placée à huit ans comme domestique chez des patrons avares, Cathie n'en connaîtra pas d'autre. Récit d'une enfance en pays Limousin, au siècle dernier.

CLERC Christine
Jacques, Edouard, Charles, Philippe et les autres
3828/5

CLÉMENT Catherine
Pour l'amour de l'Inde
3896/8
Le roman vrai des amours de Nehru et de Lady Edwina Mountbatten, l'une des plus grandes dames de l'aristocratie anglaise,femme du dernier des vice-rois des Indes britanniques.

COCTEAU Jean
Orphée
2172/1

COLETTE
Le blé en herbe
2/1

COLOMBANI Marie-Françoise
Donne-moi la main, on traverse
2881/3
Derniers désirs
3460/2

COLLARD Cyril
Cinéaste, musicien, il a adapté à l'écran et interprété lui-même son second roman Les nuits fauves.
Le film 4 fois primé, a été élu meilleur film de l'année aux Césars 1993. Quelques jours plus tôt Cyril Collard mourait du sida.
Les nuits fauves
2993/3
Condamné amour
3501/4
Cyril Collard : la passion
3590/4 (par J.-P. Guerand & M. Moriconi)
L'ange sauvage (Carnets)
3791/3

CONROY Pat
Le Prince des marées
2641/5 & 2642/5
Le Grand Santini
3155/8

CORMAN Avery
Kramer contre Kramer
1044/3

Grands romans

DEMILLE Nelson

Le voisin
3722/9

DENUZIERE Maurice

A l'aube du XIXe siècle, le pays de Vaud apparaît comme une oasis de paix, au milieu d'une Europe secouée de furieux soubresauts. C'est cette joie de vivre oubliée que découvre Blaise de Fontsalte, soldat de l'Empire, déjà las de l'épopée napoléonienne. De ses amours clandestines avec Charlotte, la femme de son hôte, va naître une petite fille... La nouvelle saga de Maurice Denuzière.

Helvétie
3534/9
La Trahison des apparences
3674/1
Rive-Reine
4033/6 & 4034/6

DHÔTEL André

Le pays où l'on n'arrive jamais
61/2

DICKEY James

Délivrance
531/3

DIWO Jean

Au temps où la Joconde parlait
3443/7

1469. Les Médicis règnent sur Florence et Léonard de Vinci entame sa carrière, aux côtés de Machiavel, de Michel-Ange, de Botticelli, de Raphaël... Une pléiade de génies vont inventer la Renaissance.

DJIAN Philippe

Né en 1949, sa pudeur, son regard à la fois tendre et acerbe, et son style inimitable, ont fait de lui l'écrivain le plus lu de sa génération.

37°2 le matin
1951/4

Se fixer des buts dans la vie, c'est s'entortiller dans des chaînes... Oui, mais il y a Betty et pour elle, il irait décrocher la lune. C'est là qu'ils commencent à souffrir. Car elle court derrière quelque chose qui n'existe pas. Et lui court derrière elle. Derrière un amour fou...

Bleu comme l'enfer
1971/4
Zone érogène
2062/4
Maudit manège
2167/5
50 contre 1
2363/2
Echine
2658/5
Crocodiles
2785/2

Cinq histoires qui racontent le blues des amours déçues ou ignorées. Mais c'est parce que l'amour dont ils rêvent se refuse à eux que les personnages de Djian se cuirassent d'indifférence ou de certitudes. Au fond d'eux-mêmes, ils sont comme les crocodiles : «des animaux sensibles sous leur peau dure.»

DOBYNS Stephen

Les deux morts de la Señora Puccini
3752/5 Inédit

DORIN Françoise

Elle poursuit avec un égal bonheur une double carrière. Ses pièces (La facture, L'intoxe...) dépassent le millier de représentations et ses romans sont autant de best-sellers.

Les lits à une place
1369/4
Les miroirs truqués
1519/4
Les jupes-culottes
1893/4
Les corbeaux et les renardes
2748/5

Baron huppé mais facile à duper, Jean-François de Brissandre trouve astucieux de prendre la place de son chauffeur pour séduire sa dulcinée. Renarde avisée, Nadège lui tient le même langage. Et voilà notre corbeau pris au piège, lui qui croyait abuser une ingénue.

Nini Patte-en-l'air
3105/6
Au nom du père et de la fille
3551/5

Un beau matin, Georges Vals aperçoit l'affiche d'un film érotique, sur laquelle s'étale le corps superbe et intégralement nu de sa fille. De quoi chambouler un honorable conseiller fiscal de soixante-trois ans ! Mais son entourage est loin de partager son indignation. Que ne feraiton pas, à notre époque, pour être médiatisé ?

Pique et cœur
3835/1

Grands romans

DUBOIS JEAN-PAUL
Les poissons me regardent
3340/3
Une année sous silence
3635/3
Vous aurez
de mes nouvelles
3858/2

DUNKEL ELIZABETH
Toutes les femmes
aiment un poète russe
3463/7

DUROY LIONEL
Priez pour nous
3138/4

EDMONDS LUCINDA
En coulisse
3676/6

ELLISON JAMES
Calendar girl
3804/3

FERBER EDNA
Show-Boat
4016/5
Au début du siècle, tous les grands fleuves américains sont sillonnés de bateaux affrétés par des troupes théâtrales. Ces comédiens ambulants abordent pour quelques représentations et repartent un peu plus loin. La vie et les amours de Magnolia, une enfant de la balle, dans le Sud pittoresque d'autrefois.

FIELD MICHEL
L'homme aux pâtes
3825/4

FIELDING JOY
Dis au revoir à maman
1276/4
Lors de son divorce, Donna s'est battue pour avoir la garde de ses enfants. Mais lors d'un week-end, Victor, son ex-mari, disparaît avec Adam et Sharon. Que peut Donna contre ce rapt qui ne tombe sous le coup d'aucune loi ? Pour retrouver ses enfants, elle va se battre, espérant et désespérant tour à tour...
La femme piégée
1750/4

FOSSET JEAN-PAUL
Saba
3270/3

FOUCHET LORRAINE
Jeanne sans domicile fixe
2932/4

FREEDMAN J.-F.
Par vent debout
3658/9

FRISON-ROCHE
Né à Paris en 1906, l'alpinisme et le journalisme le conduisent à une carrière d'écrivain. Aujourd'hui il partage son temps entre de grands reportages, les montagnes du Hoggar et Chamonix.
La peau de bison
715/3
La vallée sans hommes
775/3
Carnets sahariens
866/2
Premier de cordée
936/3
Le mont Blanc, ses aiguilles acérées, ses failles abruptes, son pur silence a toujours été la passion de Jean Servettaz. C'est aussi pour cela qu'il a décidé d'en écarter son fils. Mais lorsque la montagne vous tient, rien ne peut contrarier cette vocation.
La grande crevasse
951/3
Retour à la montagne
960/3
La piste oubliée
1054/3
La Montagne
aux Écritures
1064/2
Le rendez-vous
d'Essendilène
1078/3
Le rapt
1181/4
Djebel Amour
1225/4
En 1870, une jolie couturière épouse un prince de l'Islam. A la suite de Si Ahmed Tidjani, elle découvre, éblouie, la splendeur du Sahara. Décidée à conquérir son peuple, elle apprend l'arabe, porte le saroual et prend le nom de Lalla Yamina.
La dernière migration
1243/4
Les montagnards de la
nuit
1442/4
Frison-Roche, qui a lui-même appartenu aux maquis savoyards, nous raconte le quotidien de ces combattants de l'ombre.
L'esclave de Dieu
2236/6
Le versant du soleil
3480/9

GEDGE PAULINE
La dame du Nil
2590/6
L'histoire d'Hatchepsout, reine d'Egypte à 15 ans. Les splendeurs de la civilisation pharaonique et un destin hors série.